Das Kochbuch

für Babys, Kleinkinder & Kinder

Gesunde Ernährung für

Neugeborene bis Schulkind – Alter

2. Auflage

ISBN 9781690141303

Inhaltsverzeichnis

VORWORT

In diesem Kochbuch für Neugeborene bis Schulkind - Alter erwarten Dich viele köstliche Rezepte, die zeigen, wie bunt und abwechslungsreich gesundes Essen sein kann. Das Wohlbefinden und die Gesundheit Deines Kindes liegt Dir besonders am Herzen, so dass eine ausgewogene Ernährung auf Deiner Wunschliste natürlich an erster Stelle steht.

Obwohl Dein Alltag als Elternteil kaum Verschnaufpausen zulässt, wird es durch dieses Buch für Dich ein leichtes sein, dieser Aufgabe nachzukommen. Für jeden Geschmack und für jede Lebensphase ist etwas dabei, was schnell und unkompliziert zubereitet werden kann.

Eine optimale Ernährung von Anfang an ist eine der wichtigsten Säulen für die Gesundheit und das Wohlbefinden Deines Nachwuchses, denn sie bildet das Grundgerüst für sein weiteres Leben. Hier findest Du nützliche Tipps zur Ernährung vom Baby bis zum Vorschulkind, ebenso wie Du Antworten bekommst, was die richtige Portionsgröße der Mahlzeiten betrifft, wie Du Probleme beim Essen spielerisch in den Griff bekommst und welche Lebensmittel gut oder gar nicht geeignet sind beim Kochen für die Kids.

Aber auch bei Allergien, Bauchweh, Fieber und Co wirst Du nicht im Stich gelassen.

Darüber hinaus gibt es noch praktische Ratschläge, wie Du die erste Zeit mit Deinem Baby stressfrei für beide Seiten meisterst, das Fläschchen geben zum positiven Erlebnis wird oder wie das Stillen zur Bindung zwischen Mutter und Kind beiträgt.

Du erfährst, wie wichtig Rituale sind, welche Bedeutung das Einbeziehen von Kleinkindern bei Essenszubereitung und Tisch decken hat und wie Du eine entspannte Atmosphäre beim Essen schaffst.

Dieses Buch wird für Dich ein unverzichtbarer Begleiter sein, der Dich in Deinem Auftrag, Deinem Kind ein gesundes und wohlbehütetes Aufwachsen zu ermöglichen, unterstützt.

Noch nie war kochen für die Kids so einfach und unkompliziert wie mit diesen Rezepten, die sich mühelos in jede Alltagssituation integrieren lassen.

Genieße das Strahlen in den Augen Deines Kindes, wenn es geschmeckt hat.

Auf graphische Darstellung der Rezepte wurde bewusst verzichtet, damit Du die Zubereitungsbeschreibungen auf Dich wirken lassen kannst und Deiner Vorstellungskraft keinerlei Grenzen gesetzt werden.

Natürlich ist es mir auch ein Anliegen, dass dieses spektakuläre Leseerlebnis in jeden Familienetat passt.

EIN BABY IST EIN WUNDER DER NATUR UND VERANTWORTUNG FÜR EIN NEUES LEBEN

Endlich ist der kleine Erdenbürger da und deine Freude natürlich übergroß. Dieses Gefühl wird nicht selten von einer gewissen Unsicherheit überschattet.

Neben dem komplett neuen Alltag müssen auch noch formelle Dinge, wie Beantragung der Geburtsurkunde, des Kindergeldes und der Elternzeit erledigt werden.

In den ersten Wochen ist es sehr wichtig, dass Du dir ab und zu helfen lässt, um Dich von den Strapazen der Schwangerschaft und Geburt zu erholen.

Genieße soviel Zeit wie möglich mit Deinem Baby, um die Bindung zwischen euch zu stärken. Noch ist dein Wonneproppen ein Fulltimejob, aber was genau heißt das für Dich?

Du wirst in dieser Zeit sehr wenig Schlaf bekommen, so dass es wichtig ist, dass Du von deinen kurzen Verschnaufpausen optimal profitierst, um Deinen Akku wieder aufzuladen.

In dieser Zeitspanne ist ein perfekter Haushalt unwichtig, so dass Du Dinge einfach einmal liegen lässt und Menschen, die das bemängeln, einfach ignorierst.

Ebenso wichtig ist aber auch, dass Du mit dir und Deinem Körper zufrieden bist und rechtzeitig mit einer Rückbildungsgymnastik anfängst.

Nach und nach findest Du Dich in deiner neuen Rolle ein und begibst dich auf eine wunderschöne Entdeckungsreise.

Obwohl Dein Baby natürlich im Mittelpunkt steht, solltest Du aber auch die Zweisamkeit mit Deinem Partner nicht vergessen, denn nur so wird aus euch ein unschlagbares Elternteam.

So oft wie möglich solltest Du mit Deinem Kleinen rausgehen, denn frische Luft ist gesund für euch beide, entspannt Dich und macht den Nachwuchs müde.

Dein Alltag hat sich nun komplett geändert und wenn eine gewisse Routine im Umgang mit Deinem Wonneproppen vorhanden ist, kann es schnell passieren, dass Du Dich einsam und alleine fühlst. Das Leben Deiner Freunde lässt sich mit Deinem nur schwer koordinieren, so dass es an der Zeit ist, neue Kontakte zu knüpfen. Besonders gut gelingt das auf dem Spielplatz oder in Babygruppen. Der Vorteil davon ist, dass Du dort Gleichgesinnte kennenlernst, die mitunter die gleichen Probleme und Schwierigkeiten haben wie Du und ihr euch gegenseitig beraten und unterstützen könnt.

Mit den neuen Kontakten lernst Du auch neue Angebote für Deinen kleinen Liebling kennen. Hier ist es wichtig, dass du dich von den anderen Eltern nicht unter Druck setzen lässt. Entscheide ganz in Ruhe, welche Angebote für Deinen Sprössling nützlich sein könnten, denn weniger ist hier definitiv mehr.

STILLEN ODER FLÄSCHCHEN

Jede schwangere Frau wird früher oder später mit diesem Thema konfrontiert. Die Entscheidung für oder gegen das Stillen kannst ganz alleine nur Du treffen, denn jede Variante hat ihre Vorteile. Solltest Du Dich für das Stillen Deines kleinen Erdenbürgers entscheiden, verschaffst Du Dir damit eine Menge Vorteile. Nicht nur, dass Du Deinem Neugeborenen mit der ersten Muttermilch, dem sogenannten Kolostrum, alle nötigen Nährstoffe gibst, die er braucht, sondern Du sorgst auch dafür, dass er eine Vielzahl an Abwehrstoffen gegen Krankheitserreger bekommt, die einen erheblichen Anteil an seiner Gesundheit haben.

Aber auch Du hast einige wichtige Vorzüge durchs Stillen, denn Du beugst damit Brustkrebs und Osteoporose vor, verbrennst die angelegten Reserven zum schnelleren Erlangen Deiner alten Figur und förderst die Rückbildung der Gebärmutter.

Der mit Abstand schönste Aspekt ist allerdings die innige Nähe, die Du währen des Stillvorgangs zu Deinem Kleinen aufbaust. Wichtig zu wissen ist, dass das Stillen zwar eine biologische Verankerung hat, aber kein angeborener Instinkt ist, so dass das richtige Stillen mit Unterstützung deiner Hebamme erst erlernt werden muss.

Die erste Regel hierfür ist, das Baby immer an die Brust zu legen, wenn es danach verlangt, da das die Milchproduktion anregt. Besonders in den ersten Tagen kannst Du wunden Brustwarzen und Milchstaus vorbeugen, indem du wechselnde Positionen beim Stillen einnimmst, zumal sich dieser Vorgang innerhalb von 24 Stunden zehn – bis zwölfmal wiederholen kann. Achte auch darauf, dass dein Säugling immer auch einen Teil des Warzenhofes umschließt, damit deine Brustwarzen sich nicht entzünden.

Bei allem, was Du zu beachten hast, gibt es natürlich auch Hilfsmittel, auf die Du zurückgreifen kannst.

Besonders saugfähige Tücher

Egal, ob Du stillst oder Deinem Schatz die Flasche gibst, es kann immer etwas danebengehen und deshalb solltest Du Dir einen großen Vorrat weicher saugfähiger Tücher anschaffen. Ein wichtiges Kriterium dieser Tücher sollte sein, dass sie im Kochprogramm zur Desinfektion heiß waschen kannst.

Der richtige BH

Der Still – BH ist eine besonders weiche Variante, die Deine empfindliche Brust behutsam in Form hält. Das Angenehme daran ist, dass Du den BH so öffnen kannst, dass Du Deinen Säugling stillen kannst, ohne dass Du Dich des BH's komplett entledigen musst.

Spezielle Einlagen

Spezielle Einlagen für den BH, die die restliche Milch zwischen den Stillvorgängen aufsaugen, kannst Du in der Einwegversion, wie auch zum Waschen und damit mehrmaligen Gebrauch im Supermarkt kaufen.

Umhüllung für die Brust

Diese Brustumhüllung besteht aus Silikon und hat einen Aufsatz und einen Behälter zum Auffangen der Restmilch. Die Auffanggefäße sind geschlossen und haben viele kleine Löcher zur besseren Luftzirkulation, damit kein feuchtes Klima entsteht. Nützlich sind diese Umhüllungen auch, wenn die Brust eingecremt werden muss, weil die Warzen schmerzend sind, denn so bleibt die Wundsalbe an Ort und Stelle und beschmutzt die Kleidung nicht.

Stillkegel

Stillkegel bieten den lädierten Brustwarzen Schutz und sind enorm förderlich, wenn dein kleiner Wonneproppen das ein oder andere Zähnchen hat.

Milchpumpe

Die Milchpumpe wird Dein ständiger Begleiter sein, wenn Du zum einen zu viel Milch herstellst oder Du über einen längeren Zeitraum von Deinem Liebling getrennt bist. Milchpumpen gibt es sowohl im Handbetrieb als auch in elektrischer Ausführung. Die Handhabung generell ist nicht ganz einfach und bedarf der Übung.

Fürs Stillen entwickelte Kissen

Die gezielt für den Stillvorgang entwickelten Kissen ermöglichen es Dir, Deinen kleinen Schatz zu stillen, ohne ihn auf dem Arm zu haben.

Das große Tuch

Das große Tuch eignet sich vor allem dann, wenn Du Deinen Nachwuchs in der Öffentlichkeit stillen musst, denn Du kannst damit die freie Brust und Dein Baby abschirmen. Du solltest allerdings bedenken, dass der Tuchstoff hauchzart sein sollte, damit dein Kleines mühelos atmen kann und nicht ins Schwitzen kommt.

Neben diesen einfachen Hilfsmitteln spielt auch die Stellung, in der du stillst, eine wichtige Rolle. Probiere die unterschiedlichen Positionen, wie die wiegende Haltung, die seitliche Lage, den Griff, bei dem die Beine des Kindes in Richtung deines Rückens zeigen und dein Säugling auf dem Schoß liegt einfach aus.

Anfangs wirst Du Deinen Wonneproppen zehn - bis zwölfmal pro Tag stillen, doch mit fortschreitender Zeit werden die Abstände zwischen den Mahlzeiten länger und letztendlich wirst Du mit Deinem Baby einen Rhythmus finden. In der Stillzeit ist es enorm wichtig, wie Du Dich als Mutter ernährst, denn es gibt Lebensmittel, die den Milchfluss anregen. Wichtig ist eine Ernährung reich an Vitaminen, Mineral- und Nährstoffen, denn diese werden über den Blutkreislauf der Muttermilch zugeführt. Aus diesem Grund sollte Alkohol für Dich ein absolutes NOGO sein und Koffein nur in geringen Mengen vergönnt sein.

Hast Du dazu nicht genügend Muttermilch oder Du entscheidest Dich aus einem anderen Grund gegen das Stillen, dann lass Dir von Menschen in Deiner Umgebung niemals einreden, dass Du eine schlechte Mutter bist. Auch das Fläschchen geben hat seine Vorteile, da auch Dein Mann nachts das Baby füttern kann und Dir somit mal eine durchschlafene Nacht ermöglichen kann. Auch musst Du nicht übermäßig Deine Ernährung umstellen oder auf Alkohol und Koffein verzichten, ebenso fällt die manchmal anstrengende Umgewöhnungszeit vom Stillen auf die Flasche aus. Du hast das große Glück, Deinen Nachwuchs überall füttern zu können, ohne neugierige Blicke auf Dich zu ziehen.

Die Babyflasche

Das Material, aus dem die Babyfläschchen bestehen, ist in der Regel Plastik oder Glas. Bei Plastikflaschen musst Du sehr sorgfältig auf die Hochwertigkeit des Materials schauen, aber sie sind langlebiger und haben ein geringeres Gewicht als Glasflaschen.

Ein Fläschchen aus Glas lässt sich leichter keimfrei halten, da es sehr heiß gespült oder ausgekocht werden kann, dafür liegt es aber schwerer in der Hand. Probiere einfach beides aus, um zu sehen, welches Dir mehr zusagt.

Der Flaschensauger

Flaschensauger gibt es in Latexausführung, was sehr geschmeidig und nachgiebig ist. Aber auch im Plastikdesign, welches eine höhere Haltbarkeitsdauer aufweist, finden sie sich im Einzelhandel. Sehr beliebt sind Sauger im Brustwarzenlook, da der Säugling das Gefühl hat, an Mamas Brust zu trinken. Schließlich hilft auch hier nur ausprobieren, ausprobieren und nochmals ausprobieren, bis der richtige Sauger für Baby und Mutti gefunden ist.

Die Warmhaltekanne

Die Warmhaltekanne ist ein unverzichtbares Utensil für eine Flaschenmama, die viel unterwegs ist, denn hier kannst Du das heiße Wasser einfüllen, welches Du für die Zubereitung des Milchpulvers brauchst. In einer zweiten Kanne solltest Du immer kaltes Wasser zum Mischen der richtigen Temperatur haben. In beiden Kannen darf ausschließlich nur das Flaschenwasser transportiert werden, denn Kaffee und Tee gehören nicht unbedingt zur Geschmacksrichtung eines Neugeborenen.

Das richtige Milchpulver

Viele unterschiedliche Sorten Milchpulver werden im Handel angeboten. So wird der Pre - Milch nachgesagt, dass sie besonders passend für den kleinen Magen ist, die HA – Pre – Milch wunderbar einsetzbar bei Allergien. Dann gibt es noch das etwas angedicktes Milchpulver B oder Typ 1, welchem Stärke untergemischt ist, die zwar für eine längere Sättigung sorgt, aber etwas schwerer zu verdauen ist und unter Umständen nicht so gut vertragen wird.

Gerät zum Sterilisieren des Fläschchens

Hygiene ist besonders in den ersten Wochen Deines Wonneproppen das A und O, da das kleine Lebewesen noch keine Abwehrkräfte gegen Bakterien und Keime hat. Selbstverständlich ist hier das Fernhalten von Krankheitserregern durch das Sauberhalten von Fläschchen, Sauger und Schnuller. Es bietet sich die Möglichkeit, alle Utensilien in kochend heißem Wasser abzubrühen oder Du schaffst Dir ein Sterilisationsgerät an, das diese Aufgabe für Dich erledigt.

Wasser, speziell für Babys

In unserem Leitungswasser sind trotz strenger Hygienevorschriften Bakterien enthalten, die Deinem Kind schaden können, da es diesen nicht entgegenzusetzen hat. Es bietet sich daher an, dass Du Dir für Babys Fläschchen im Supermarkt das spezielle Babywasser holst.

Geschmäcker sind verschieden oder die ersten Schritte zu fester Nahrung

Im ersten Jahr Deines Babys wird die Flasche oder das Stillen die Hauptmahlzeit darstellen. Allerdings solltest Du spätestens ab dem 4. Monat Dein Kleines gut beobachten, denn es gibt Anzeichen, die Dir zeigen, dass Du mit der Beikost beginnen kannst. Ein wichtiger Faktor hierfür ist, dass sich das Gewicht Deines Neugeborenen zum Geburtsgewicht verdoppelt haben sollte und natürlich ist das Kopfheben können Voraussetzung. Sobald Du über einen größeren Zeitraum den Eindruck hast, dass eine große Portion Milch Deinen kleinen Schatz nicht mehr richtig satt macht, er den Mund bewegt, wenn Du isst, dann sendet er Dir deutliche Signale für sein Interesse an fester Nahrung. Weitere spezielle Merkmale sind der abgeschwächte Ausspuckreflex, den jedes Baby hat und das in den Mundstecken von Spielzeug und Händen.

Ab jetzt kannst Du Deinem Wonneproppen immer mal wieder püriertes Obst oder Gemüse in Miniportionen anbieten, auf denen er lutschen kann, ohne sich zu verschlucken. Somit schaffst Du die besten Voraussetzungen für den Übergang vom Stillen / Fläschchen zu fester Nahrung.

Und augenblicklich stellst Du Dir die Frage, wie Du diesen Übergang wohl am besten meisterst. Die klare Antwort: Geduld, Geduld, Geduld!

Mach Dir keinen Stress und bedenke, dass Dein kleiner Mensch bei seinem ersten Breierlebnis mit vielen Eindrücken, wie zum Beispiel dem unterschiedlichen Geschmack zur Milch, dem Essvorgang vom Löffel oder den Gefühlen der Vorliebe und Abneigung, konfrontiert wird. Wichtig ist natürlich ebenso, dass Dein Baby nicht todmüde ist und deshalb empfiehlt es sich mit wenigen Löffeln fein püriertem Brei, der aus lediglich einer Zutat besteht, mittags zu beginnen. Anfangs solltest Du bei einer Breizutat bleiben, da sich Immun – und Verdauungssystem auf die neue Nahrungskonsistenz erst einstellen müssen. Selbstverständlich ist auch, dass Du erst einmal weiterhin die Flasche gibst oder stillst, denn bis es soweit ist, dass Dein Liebling vom Brei auch wirklich satt wird, wird eine gewisse Zeit vergehen.

Trotzdem solltest Du Dir jetzt schon klar darüber werden, ob Babys Brei selbst gekocht oder in Gläschen gekauft werden soll. Für den Fall, dass Du Dich fürs Selbstkochen entscheidest, gibt es einige wichtige Punkte zu beachten:

Immer frische Zutaten

Um Deinem Nachwuchs die beste optimale Versorgung zukommen zu lassen, müssen die Breizutaten immer absolut frisch und nach Möglichkeit in Bio – Qualität sein, denn frische Zutaten enthalten eine größere Menge an Nährstoffen, die für eine gesunde Entwicklung sorgen.

Anfangs immer Brei nur mit einer Zutat

In den ersten Wochen ist es bedeutsam, Brei mit immer nur ein und derselben Zutat zu füttern, damit das kleine Verdauungssystem sich an die Nahrungsumstellung langsam gewöhnen kann. Außerdem hast Du dann eher die Möglichkeit zusehen, was Deinem kleinen Erdenbürger schmeckt oder was er verträgt. Allerdings ist es nicht ungewöhnlich, wenn in der ersten Zeit Durchfall, Blähungen oder Bauchschmerzen auftreten, bis sich eine Gewöhnung an die feste Nahrung einstellt. Sollten die Beschwerden jedoch länger anhalten, wird es nötig sein, Dein Kleines beim Arzt auf eine Unverträglichkeit untersuchen zu lassen.

Zusätzliche Getränke

Automatisch fallen Milchmahlzeiten aus, wenn Du Deinen kleinen Sprössling auf feste Nahrung umstellst. Aus diesem Grund ist es immer bedeutsam, zusätzliche Flüssigkeit anzubieten. Am geeignetsten sind Leitungswasser, Stilles Wasser oder ungesüßte Tees. Eine Menge von 200ml pro Tag ist anfangs ausreichend, da die noch bestehenden Milchmahlzeiten den Flüssigkeitshaushalt im Gleichgewicht halten.

Die optimalen Nährstoffe

Bisher hat Dein kleiner Racker alle wichtigen Nährstoffe über die Muttermilch oder die Flaschenmilch erhalten, aber mit Einführung von fester Nahrung ist es von Bedeutung, dass Du Dich mit den wichtigsten Nährstoffen für eine gesunde Entwicklung Deines Kleinkindes auseinandergesetzt hast.

Eisen

Eisen ist ein wichtiger Bestandteil für die Blutbildung, die für den Transport von Sauerstoff verantwortlich ist. Auch zur gesunden Entwicklung des Gehirns und für verschiedene Stoffwechselvorgänge ist Eisen unverzichtbar. Das tierische Eisen, das der kleine Körper aufnehmen kann, findest Du in allen roten Fleischsorten, wie beispielsweise Rindfleisch. Beachte, dass Wild nicht angeboten werden sollte. Eisenreiche Gemüsesorten oder Getreide mit hohem Eisengehalt können ebenso die benötigte Menge liefern. Der Tagesbedarf liegt bis zum 12. Monat zwischen 0,5mg und 8mg und steigt bis zum 6. Lebensjahr nicht weiter an.

Vitamin C

Vitamin C stärkt Knochen, Zähne und Bindegewebe und hilft so beim gesunden Wachstum. Aber es ist auch ein bedeutungsvoller Lieferant für die körpereigene Abwehr, zur Unterstützung der Blutbildung und für eine gelungene Wundheilung. In frischem Obst und Gemüse, wie auch in fast allen pflanzlichen und tierischen Nahrungsmitteln ist Vitamin C zu finden. Die Tagesdosis bis zum 12. Monat sollte 20mg nicht überschreiten, steigt aber bis zum 6. Lebensjahr auf 30mg.

Kalzium

Kalzium sorgt für den Knochenaufbau und die Knochenstabilität, aber auch Vorgänge im Stoffwechsel, wie die Verdauung, profitieren davon. Für Blutgerinnung und Nervenimpulsübertragung ist die Kalziumzufuhr ein unverzichtbarer Faktor. Kalzium findet sich vorrangig in Milchprodukten, wie Quark, Joghurt oder Buttermilch, aber auch in Karotten, Sesam und Kokosnuss. Ein weiterer guter Kalziumlieferant sind Mandeln, die Du Deinem Baby in Form von weißem Mandelmus geben kannst. Ein täglicher Bedarf von 330mg ist bis zum 12. Monat ausreichend und steigt bis zum 6. Lebensjahr auf 750mg.

Omega – 3 – Fettsäuren

Omega – 3 – Fettsäuren werden vom Körper nicht selbstständig gebildet, so dass eine Zugabe von außen nötig ist. Unzählige Prozesse des Körpers, wie Hormonproduktion, Zellstoffwechsel oder Infektionsabwehr benötigen diese essentiellen und mehrfach ungesättigten Fettsäuren. Walnuss -, Lein -, Hanf – und Rapsöl sind Omega – 3 – Lieferanten, aber der größte Zulieferer ist mit Abstand der Lachs. Bis zum 12. Monat sollte zweimal pro Woche Fisch angeboten werden.

Omega – 6 – Fettsäuren

Der wohl bekannteste Begriff für Omega – 6 – Fettsäuren ist Linolsäure. Sie wirken sich positiv auf die Wundheilung und das Wachstum aus. Omega – 6 – Fettsäuren finden sich beispielsweise in Wal – und Paranüssen, Sojabohnen, Schweineschmalz und Sonnenblumenöl. Der Bedarf an Omega – 6 – Fettsäuren muss immer höher sein als an Omega – 3 – Fettsäuren.

Zink

Zink wird zur Insulinspeicherung ebenso gebraucht wie für das Haar – und Hautwachstum, die Eiweißsynthese und für das Abwehrsystem des Körpers. Zu finden ist Zink in Cashewkernen, Haferflocken oder Vollkorngetreide. Der Bedarf an Zink liegt bis zum 12. Monat zwischen 1,5mg und 2,5mg pro Tag und steigt bis zum 6. Lebensjahr auf 4mg.

Jod

Jod hat eine enorme Bedeutung für die Schilddrüse, deren Hormone einen großen Einfluss auf die körperliche und geistige Entfaltung haben, ebenso wie auf Stimmung und Körpertemperaturregelung. Bei einer Schilddrüsenunterfunktion kann es bei Deinem kleinen Zwerg zu einer Beeinträchtigung der Entwicklung und der Reifung, zu Depressionen und Konzentrationsstörungen kommen, bei einer Überfunktion zu Herzrasen. Lebensmittel, wie Ei, Milchprodukte und Fisch enthalten Jod. Der Tagesbedarf liegt bis zum 12. Monat zwischen 40mg und 80mg und steigt bis zum 6.Lebensjahr auf 120mg.

Fluor

Jeder weiß, dass Fluor wichtig für die Zähne ist, aber auch für einen stabilen Knochenbau. Diesen Nährstoff findet man in Walnüssen, Fisch und Innereien, die für Kleinkinder aber nicht in Frage kommen. Eine tägliche Dosis von 0,25mg bis 0,5mg wird bis zum 12. Monat empfohlen, bis zum 6. Lebensjahr 1,1mg.

Kalium

Auf die Reizweiterleitung des Nervensystems und die Steuerung des körpereigenen Wasserhaushalts hat Kalium einen großen Einfluss. Enthalten ist dieser Mineralstoff beispielsweise in Kartoffeln, Spinat, Petersilie, Nüssen, Bananen, Aprikosen und Trauben. Der Bedarf pro Tag liegt bis zum 12. Monat zwischen 400mg und 600mg und steigt bis zum 6.Lebensjahr auf 1300mg.

Natrium

Natrium hat eine regulierende Wirkung auf den Säuren – Basen – Haushalt, den Blutdruck und den Wasserhaushalt. Bei der Nervenübertragung müssen Natrium und Kalium zusammenspielen, sonst funktioniert diese nicht. In Lebensmitteln, wie Hüttenkäse, Erdnussflips, Käse und Würstchen befindet sich Natrium. Der Tagesbedarf bis zum 12. Monat liegt zwischen 130mg und 200mg und steigt bis zum 6. Lebensjahr auf 500mg.

Magnesium

Für Nervensystem, Knochenaufbau und Stoffwechsel ist Magnesium ein unverzichtbarer Nährstoff, der in Bananen, Vollkornprodukten und Nüssen enthalten ist. Der Tagesbedarf bis zum 12. Monat liegt zwischen 24mg und 60mg und steigt bis zum 6. Lebensjahr auf 120mg.

Vitamin B2

Vitamin B2 sorgt für intakte Stoffwechselvorgänge im Körper und ist auch unter dem Namen Riboflavin bekannt. Dieses fettlösliche Vitamin findet sich in Obst, Nüssen, Brot und Milchprodukten. Der tägliche
Bedarf liegt bis zum 12. Monat zwischen 0,3mg und 0,4mg und steigt bis zum 6.Lebensjahr auf 0,8mg.

Vitamin B12

Die Hauptaufgabe von Vitamin B12 ist die Bildung der roten Blutkörperchen. Lebensmittel, wie Fisch, Milch und Eier enthalten dieses Vitamin. Der Tagesbedarf bis zum 12. Monat liegt zwischen 0,5mg und 1,4mg und steigt bis zum 6.Lebensjahr auf 2mg.

Übertreibe es nicht mit der Abwechslung

Vergiss bitte nie, dass sich Dein Baby erst an die neuen Geschmacksrichtungen gewöhnen muss, so dass zu viel Abwechslung im Speiseplan zur Überforderung werden kann. Das kleine Wesen braucht vertraute Elemente, die ihm Sicherheit geben. Deshalb sei glücklich, wenn Du eine Reihe von Lebensmitteln gefunden hast, die Deinem Knirps schmecken und alle wichtigen Nährstoffe enthalten.

Gewürze werden nicht gebraucht

Dein Kleines lernt die Geschmacksrichtungen erst kennen und sollte die Gelegenheit bekommen, diese im Originalzustand zu erleben. Abgesehen davon sind seine Geschmacksrezeptoren noch sehr sensibel und somit können sie leicht überbeansprucht werden. Aus diesem Grund solltest Du auf Gewürze, wie Zucker, Salz oder andere Aromastoffe im Brei gänzlich verzichten.

Keine Resteverwertung

Anfangs wird Dein kleiner Wonneproppen nur kleine Mengen Brei zu sich nehmen und du wirst mehr als einmal einen Rest im Teller haben, auch wenn Du noch so sparsam kochst. Bitte komme niemals auf die Idee, die Reste bei der nächsten Mahlzeit wieder aufzuwärmen, denn damit kannst Du Dein kleines Lebewesen in Gefahr bringen. Durch die Fütterung mit dem Löffel gelangen Speichelreste in den Brei, dessen Bakterien und Keime sich leicht ansiedeln und Deinen Schatz krank machen können. Bei der Fütterung aus dem Gläschen verhält sich das Ganze etwas anders, da Du eine kleine Menge in einen Teller füllen kannst und den Rest in den Kühlschrank zurückstellst.

Aller Anfang ist schwer

Alles Neue ist für Kleinkinder spannend und aufregend und muss mit allen Sinnen untersucht werden. Genauso verhält es sich auch mit dem Essen. Für Deinen Nachwuchs ist es äußerst interessant, seinen Brei nicht nur mit dem Mund, sondern auch mit den Händen zu erkunden. Also drück ein Auge zu, wenn die Mahlzeit nicht ganz so sauber verläuft, wie Du es gerne hättest. Sei stolz auf Deinen Sprössling, dass er seinen Brei auf seine ganz eigene Art und Weise entdeckt.

Zwang ist kontraproduktiv

Dein Liebling weiß eigentlich recht gut, ob er Hunger hat oder nicht. Sollte er zu seiner gewohnten Zeit einmal nicht essen wollen, dann zwinge ihn keinesfalls dazu, denn zum einen ist anfänglich sein Brei sowieso nicht zur Sättigung gedacht und zum anderen soll Essen etwas positiv Genussvolles sein. Natürlich besteht auch die Möglichkeit, dass Deinem Nachwuchs der Brei heute einfach nicht schmeckt, dann sei nicht traurig, sondern versuche es irgendwann mit dem gleichen Geschmack nochmals. Allerdings wenn die gleiche Geschmacksrichtung dauerhaft abgelehnt wird, dann akzeptiere diese Entscheidung Deines Kindes einfach und sei stolz darauf, dass er seinen eigenen Geschmack entwickelt.

Geduld ist alles

Alle Essensabläufe, die für Dich selbstverständlich sind, muss Dein kleines Lebewesen erst erlernen. Dieses Lernen braucht Zeit, bis es reibungslos klappt. Es bedeutet für Deinen Knirps eine Höchstleistung, wenn die Koordination zwischen Zunge und Brei vom Löffel nehmen, erlernt wird und deshalb bestimmt immer Dein kleiner Erdenbürger das Tempo der Mahlzeit und Du als gute Mutter musst die Geduld aufbringen, ihm den Übergang vom Stillen / Fläschchen so sanft und angenehm zu gestalten wie es geht. Alles in allem kann die Umstellung auf Brei bis zu vier Monate dauern.

Der Baby – Brei: selbst zubereitet oder aus dem Gläschen

Den Entschluss zum Selbstkochen oder Fertigkaufen des Babybreis kannst nur ganz alleine Du treffen. Faktoren, wie Lebensumstände, Beruf, eigene Vorlieben spielen dabei eine große Rolle. Grundsätzlich kann gesagt werden, dass beide Varianten Vor – und Nachteile haben, aber auch beide bestens geeignet sind.

Ganz klar ist das Kaufen von Gläschen die bequemere und mit weniger Zeit verbundene Version. Du brauchst nicht zu überlegen, welche Zutaten oder Konsistenz du für welches Alter benötigst, da jedes Gläschen mit einer Altersangabe versehen ist. Auch im Hinblick auf die Qualität brauchst du dir keine Gedanken zu machen, denn Babynahrung unterliegt in Deutschland sehr hohen Qualitätskontrollen, so dass du dich nicht wegen Schadstoffen oder krankmachenden Zusatzstoffen sorgen musst. Babygläschen enthalten immer für das entsprechende Alter alle benötigten Nährstoffe in der richtigen Zusammensetzung und abgestimmt auf die altersentsprechenden Bedürfnisse. Ein sehr wichtiger Aspekt ist natürlich die Zeit, denn einkaufen geht wesentlich schneller als selbst zu kochen. Nun wirst Du denken, dass es nicht besser sein kann, aber fairerweise sollen auch die Nachteile erwähnt werden. So wirst Du sehr schnell merken, dass Babygläschen Deinen Geldbeutel sehr viel mehr belasten als Selbstgekochtes. Tatsache ist auch, dass die fertigen Gläschen oft zu wenig Fett nach Expertenansicht enthalten, so dass dieses ergänzt werden muss, denn ein Nährstoffmangel ist als genauso schlecht zu bewerten wie ein Nährstoffüberschuss.

Ein zusätzliches Manko ist auch der Zusatz von Salz oder Brühe, um den Geschmacksverlust durch die Konservierung auszugleichen. Deshalb gilt es immer, sich die Zutatenliste genau anzuschauen und dabei darauf zu achten, ob die Zutaten ökologisch angebaut wurden und ob der Brei frei von Salz, Zucker, Gewürzen oder Süßungsmitteln ist.

Was ist am selbstgekochten Brei nun besser?

Du hast die absolute Kontrolle über die verwendeten Zutaten und dein kleiner Schatz hat die Möglichkeit, Obst und Gemüse in seinem ursprünglichen Geschmack kennenzulernen und Du die optimale Chance eine Unverträglichkeit oder Allergie frühzeitig zu erkennen. Auf Vorrat kochen und portionsweise einfrieren, ist möglich, so dass Du immer die richtige Menge parat hast, die Du brauchst. Der Kostenfaktor liegt bei Selbstgekochtem auf einem weitaus niedrigeren Level. Natürlich gibt es auch hier eine Kehrseite der Medaille und dazu zählt unter anderem Vor – und Zubereitungsdauer, die unumstritten deutlich mehr Zeit in Anspruch nimmt. Um optimal für den kleinen Zwerg kochen zu können, ist es wichtig, dass Du Dir ein gutes Wissen über erforderliche Nährstoffmengen, die Vitaminerhaltung und erlaubte Zutaten verschaffst. Ebenso bedeutsam ist die gewissenhafte Einhaltung der hygienischen Zustände. Bei der Auswahl der zu verarbeitenden Zutaten wirst Du immer saisonabhängig sein. Sollte es Dir schwerfallen, eine Entscheidung zwischen beiden Varianten zu treffen, dann versuche es doch einfach mit einer Kombination von beiden.

Wie ernähre ich mein Kind richtig?

Jeder Elternteil kann bestätigen, dass sich Kinder gerade zwischen dem ersten und dritten Lebensjahr mit Siebenmeilenstiefeln entwickeln.

Dein Baby zählt nun schon zu den Kleinkindern und dementsprechend hast Du natürlich ab dem 6. Monat immer wieder zwischendurch Brei angeboten. Spätestens ab dem 10. Monat solltest Du dann den nächsten Schritt gehen und ausschließlich zu Breinahrung übergehen und spätestens ab dem 12. Monat ist es langsam an der Zeit für feste Nahrung, denn auch Kinder, die begeistert ihren Brei löffeln, wollen irgendwann das Essen, das sie bei Mama und Papa sehen.

Im 1. Lebensjahr

Nun ist der Moment gekommen, an dem Du beginnen kannst, Deinem Kleinen Dein Essen anzubieten, allerdings nach wie vor ungewürzt. Sicher musst Du alles noch ganz klein schneiden und rohes Gemüse kann erst geknabbert werden, wenn die ersten Zähnchen da sind, aber erlaubt ist alles, was schmeckt.

Im 2. Lebensjahr

Ab dem 2. Lebensjahr wird Dein kleiner Zwerg schon fast alles vertragen, was Mama und Papa essen, denn die Schneidezähne sind schon alle vorhanden, auf die Backenzähne wird noch gewartet. Jetzt wird der Grundstein für eine gesunde und ausgewogene Ernährung gelegt, das heißt, dass eine ausgeglichene Mischkost angeboten werden sollte, um den Nährstoffbedarf in diesem Lebensabschnitt zu decken. Süßigkeiten sollten die Ausnahme bleiben und Nahrungsmittel, wie Nüsse solltest Du erst dann reichen, wenn Dein Nachwuchs sie ausreichend zerkauen kann. Die angebotene Nahrung sollte zerdrückt oder gut püriert serviert werden und von Nahrungsmitteln, wie Kohl oder Bohnen solltest Du erst einmal absehen. Sollte es trotzdem zu Durchfall, Verstopfung oder Bauchschmerzen kommen, streiche die nicht so gut vertragenen Lebensmittel zunächst vom Speiseplan. Besser ist es auch feste Essenszeiten einzuführen, da der Kleine nun mit am Tisch essen kann und somit drei Hauptmahlzeiten und zwei Zwischenmahlzeiten zu sich nehmen sollte. Generell sind fünf kleine Mahlzeiten zu diesem Zeitpunkt ideal

Im 3. und 4. Lebensjahr

Ein geregelter Tagesablauf bekommt nun eine Bedeutung, denn zwischen dem 3. und 4. Lebensjahr versucht der kleine Mensch, seine Grenzen auszutesten, was sich Trotzphase nennt. Hier ist es gerade in Hinsicht auf eine gesunde Ernährung wichtig, ganz klare Strukturen vorzugeben, wozu ein geregelter Tagesablauf genauso gehört wie ausreichend Schlaf, also feste Bettzeiten. Inzwischen kann Dein Nachwuchs auch die gleichen Mahlzeiten einnehmen wie Du. Dabei ist darauf zu achten, dass Du mit fettreichen und tierischen Lebensmitteln sparsam umgehst und reichlich mit pflanzlichen Nahrungsmitteln und Getränken. Ganz verzichten kannst Du auf spezielle Kinderlebensmittel, denn diese sind teuer und völlig unnötig.

Im 5. Und 6. Lebensjahr

Dein Sprössling gehört nun zu den Vorschulkindern und muss deshalb auch teilweise schon gute Denkarbeit leisten, die Energie benötigt. Ein Frühstück sollte deshalb nährstoffreich sein, wie beispielsweise Müsli mit frischem Obst und Milch oder belegte Brote. Am Vor – und Nachmittag sollte die Möglichkeit gegeben sein für eine Zwischenmahlzeit, bestehend aus Obst, rohem Gemüse oder Vollkornkeksen. Mittagessen oder Abendessen sollte eine warme Mahlzeit sein, in Form von Kartoffeln oder Nudeln, Hülsenfrüchten oder Getreide mit Salat oder Gemüse. Dreimal die Woche darf eine kleine Menge Fleisch und einmal pro Woche Fisch auf dem Menüplan stehen. Über den ganzen Tag müssen ausreichend Getränke zur Verfügung stehen, die aus Leitungswasser, Stillem Mineralwasser oder Früchte – und Kräutertees ohne Zuckerzusatz bestehen sollten. Gelegentlich kannst Du Fruchtsaft als Schorle anbieten.

Zusammenfassend kann also gesagt werden, für eine gesunde Ernährung brauchen Kinder einen geregelten Tagesablauf mit drei Hauptmahlzeiten und zwei Zwischenmahlzeiten, kalorienarme Getränke und ausreichend Schlaf.

Unterschiedliche Formen der Ernährung

Ernährungsformen, wie vegetarisch oder vegan, Rohkost oder Low Carb schießen wie Pilze aus dem Boden. Nicht selten übertragen Eltern diese Ernährungsformen auch auf ihre Kinder.

Wie bedenklich oder unbedenklich ist das?

vegetarisch / vegan

Grundsätzlich ist eine vegetarische oder vegane Ernährung mit körperlichen und gesundheitlichen Vorteilen verbunden. Die Entscheidung für diese Art der Ernährung resultiert meistens daraus, dass das Wohl der Tiere oder ein besserer Umgang mit den Ressourcen unseres Planeten im Vordergrund steht. Generell ist diese Ernährungsart auf den Verbrauch von Obst, Getreide und Gemüse ausgerichtet, aber Kleinkinder benötigen Fleisch als Proteinquelle und Milch als Kalziumlieferant. Der Verzehr von vielen Sojaprodukten ist ebenfalls nicht kleinkindgeeignet, so dass die Auswahl an Lebensmitteln, die als Eiweiß - und Mineralstofflieferanten dienen, erheblich eingeschränkt ist. Solltest Du diese Ernährungsform in das Leben Deines Kindes integrieren wollen, führe zuvor bitte ein Gespräch mit Deinem Kinderarzt, der Dir bestimmt gute Tipps zur Umsetzung und Optimierung geben kann.

Rohkost

Bei einer Ernährung mit Rohkost sind zwar tierische Produkte erlaubt, aber nur in rohem Zustand, was für Kleinkinder keinesfalls empfehlenswert ist. Auch die Nährstoffquellen aus Hülsenfrüchten, Kartoffeln, Getreidesorten und Reis fallen weg, da diese ohne Garvorgang nicht zum Verzehr für Kinder geeignet sind.

Einzig und alleine das Obst und Gemüse käme hier als Bestandteil der Ernährung in Frage, was aber auf Dauer für Deinen kleinen Knirps zu eintönig und nährstoffarm wäre. Deshalb verzichte bei Deinem Sprössling ganz auf diesen Ernährungsstil und lege lediglich den Grundstein dazu, damit Dein Kind im Erwachsenenalter selbst entscheiden kann.

Low Carb

Low Carb wird in der Regel als Diäternährungsform gewählt, um Gewicht zu verlieren, indem mit einer sehr heruntergefahrenen Menge an Kohlenhydraten gegessen wird. Der Organismus Deines Kleinkindes läuft aber ständig auf Hochtouren durch sein Wachstum, seine Bewegung und seine kognitiven Leistungen, die erbracht werden müssen, was jede Menge Energie kostet, die eben zum Großteil aus Kohlenhydraten bezogen werden. Das Resümee ist also, dass Low Carb im Kleinkindalter keine Option ist, Du aber darauf achten kannst durch den Gebrauch von Vollkornprodukten, dass Dein Kind gesunde Kohlenhydrate zu sich nimmt.

Geeignete und nicht geeignete Lebensmittel für Kindergerichte

Drei Hauptmahlzeiten und zwei Zwischenmahlzeiten sollten den Kleinkindalltag einteilen und das natürlich auf ausgewogene Art und Weise. Aber welche Lebensmittel braucht oder braucht es nicht für eine Ernährung im Gleichgewicht? Lebensmittel, die zu einer ausgewogenen Ernährung beitragen, beinhalten:

Eiweiß

Die optimale Entwicklung der Muskeln ist ohne Eiweiß undenkbar. Eiweiß ist in Fleisch und Geflügel enthalten, wobei Hühnchen, Gans oder Ente weiche Geflügelfleischsorten sind, die zudem auch noch mild im Geschmack sind. Durch ihre weiche Konsistenz können sie von Kleinkindern besser gekaut und geschluckt werden.

Kohlenhydrate

Kohlenhydrate sind für den Energiehaushalt des Organismus verantwortlich und sind somit unverzichtbar im Ernährungsplan deines Nachwuchses.

Obst / Gemüse

Vorrangig versorgen Obst und Gemüse Deinen Sprössling mit Vitaminen, aber auch verdauungsfördernde Ballaststoffe lassen sich finden.

Produkte aus Milch

Produkte aus Milch sind der optimale Kalziumlieferant, was besonders bei ganz kleinen Kindern wichtig ist.

So bedeutsam bestimmte Lebensmittel sind, so gibt es auch Nahrungsmittel, die auf dem Ernährungsplan von Kindern absolut nichts zu suchen haben.

Lebensmittel mit Alkohol

Wein oder Bier haben in den Händen von Kindern nichts zu suchen, das weiß jeder, aber auch beim Kauf von Keksen, Schokolade und Kuchen ist es angebracht, dass Du die Zutatenliste aufmerksam durchliest, um vor bösen Überraschungen sicher zu sein.

Bienenhonig und Öle in kaltgepresster Form

Für Kinder unter einem Jahr können Honig und Öle in kaltgepresster Form sehr gefährlich werden, da durch die vorhandenen Bakterien folgenschwere Infektionen, wie Botulismus auslösen kann. Erst ab dem zweiten Lebensjahr ist Honig dann aber eine gesunde Alternative zum handelsüblichen Zucker.

Nusshaltige Lebensmittel

Nüsse sind zwar eigentlich gesund, bergen aber für Kleinkinder eine gewisse Gefahr, sich zu verschlucken. Deshalb ist es besser, wenn Du Nüsse und nusshaltige Lebensmittel in gemahlener Form anbietest und sie mit Joghurt oder Müsli mischst.

Zuckerhaltige Getränke

In den meisten abgepackten Säften ist mehr Zucker enthalten als gedacht und sind so für Deinen Zwerg ungesund, wie auch Cola, Fanta oder Limonade. Gesünder ist es, Säfte selbst frisch herzustellen, da diese dann eine perfekte Vitaminquelle darstellen.

Rohe tierische Produkte

Rohe tierische Produkte, wie beispielsweise Eier, bringen die Gefahr von Salmonellen, die bei kleinen Kindern bleibende gesundheitliche Schäden verursachen können.

Salzhaltige Lebensmittel

Salz besitzt zwar wichtige Spurenelemente und Natrium, kann aber in zu hoher Menge zur Austrocknung führen und sollte deshalb nur sparsam zum Einsatz kommen.

Die richtigen Portionen

Die Portion einer Erwachsenmahlzeit lässt sich natürlich nicht mit der Menge für ein Kleinkind gleichsetzen, obwohl diese einen höheren Nährstoff – und Energiebedarf hat. Bei der Berechnung der Portionsgröße spielt auch der Abstand zwischen den Mahlzeiten eine große Rolle und dieser sollte bei Kleinkindern einen Rhythmus von zwei bis maximal vier Stunden nicht übersteigen. Der optimale Richtwert für eine Essensportion ist die eigene Hand, denn durch sie findet eine Anpassung an die aktuellen Gegebenheiten statt, da sie automatisch mitwächst. Und so werden die einzelnen Lebensmittel richtig portioniert:

Eine Handvoll ist für Obst und Gemüse

Zwei Hände zur Schale gehalten für geschnittenes Gemüse, kleine Obstsorten, Nudeln, Müsli oder Kartoffeln

Eine Handfläche mit ausgestreckten Fingern für Brot

Ein Handteller ohne Finger für Fleisch oder Fisch

Täglich sollte es zur gesunden ausgewogenen Ernährung drei Portionen Milch oder Milchprodukte geben, wobei hier eine Portion einem Glas mit 100ml entspricht.

Kinder und Allergien

Die häufigste chronische Erkrankung bei Kindern ist eine Allergie, die in den letzten Jahrzenten drastisch zugenommen hat. Da Allergien zu einem großen Teil über das Erbgut weitergegeben werden und bereits 40% der Erwachsenen betroffen sind, liegt das Risiko einer Erkrankung bei einem Neugeborenen bei 20% bis 40%, wenn ein Elternteil betroffen ist, aber schon bei 60% bis 80%, wenn beide Elternteile die gleiche Allergie aufweisen. Die Entstehung einer Allergie umfasst zwei Phasen:

Die Sensibilisierungsphase, die in der Regel ohne Symptome verläuft.
Die eigentliche Allergie, die je nach Typ Reizungen der Atemwege, der Schleimhäute oder des Magen - Darmtrakts hervorruft.

Die Allergietypen reichen von Lebensmittelallergie über Inhalations – und Medikamentenallergie bis hin zu Insektengift – und Kontaktallergie. Und schließlich gibt es noch allergische Hauterkrankungen, wie beispielsweise Neurodermitis, die sich hier nicht deutlich einordnen lässt. Die am weit verbreitesten Allergien bei Kindern sind wohl die Inhalations -, Kontakt – und Insektengiftallergie, sowie Zöliakie.

Inhalationsallergie

Die Inhalationsallergie hat Auslöser, wie Hausstaubmilben, Pollen und Schimmelsporen, die in der Luft sind und eingeatmet werden. Eine Immuntherapie, eine medikamentöse Behandlung oder eine Desensibilisierung können hier Erleichterung oder Abhilfe schaffen.

Kontaktallergie

Die Kontaktallergie wird durch den unmittelbaren Kontakt mit dem herbeiführenden Stoff ausgelöst, meistens in Form eines Hautausschlags. Die Vermeidung der auslösenden Stoffe ist bei einer Kontaktallergie relativ schwierig und teilweise sogar unmöglich. Bei einer Kontaktallergie gibt es die Behandlungsmöglichkeit einer Bioresonanztherapie oder einer medikamentösen Therapie.

Insektengiftallergie

Eine Insektengiftallergie lässt sich in vier Grade einteilen:

In Grad 1 juckt die Stichstelle und ist gerötet. Es bildet sich eine Schwellung an der Stelle, sie wird heiß und es bilden sich Quaddeln am Körper.

In Grad 2 kommen zusätzliche Beschwerden, wie Atemnot, Schluckbeschwerden, Angstzustände und Pulsrasen dazu.

In Grad 3 kommen zusätzlich Schocksymptome, blaurote Verfärbung der Haut und blaue Lippen hinzu.

In Grad 4 folgt dann der Stillstand des Atems – und Kreislaufsystems.

Wer nachweislich nach einem Insektenstich eine allergische Reaktion hatte, sollte immer ein Notfallset mit sich führen. Ansonsten kann eine Hypersensibilisierung sinnvoll sein.

Zöliakie

Kinder, die eine Zöliakie haben, reagieren auf in Lebensmittel befindliches Gluten, was dramatische Auswirkungen auf den Darm haben kann. Deutliche Anzeichen hierfür sind Gewichtsstillstand, sowie eine Gewichtsabnahme trotz reichlichem Essen. Die einzige Behandlungsalternative ist eine lebenslange glutenfreie Ernährung.

Bitte lass dein Kind vom Arzt untersuchen,

- ***wenn ein Ausschlag besteht, der nachweislich nicht mit einer Infektion oder einer Hauterkrankung in Verbindung steht***
- ***wenn Schnupfen, Husten oder allgemeine Atemwegsbeschwerden nicht in Zusammenhang mit einem Infekt stehen***
- ***wenn unerklärbare Schlafstörungen auftreten***
- ***wenn eine Erkältung trotz Medikamenten nicht abklingt***
- ***wenn Niesreiz, Schnupfen oder Husten nur in speziellen Situationen oder Zeiten wahrzunehmen sind***

Schwierigkeiten beim Essen – was ist zu tun?

Alle Eltern kennen das sporadische Meckern ihrer Kinder über das Essen. Was aber ist zu tun, wenn die Essunlust Deiner Kids für Dich zur Zerreißprobe wird?

Hier ein paar leicht umsetzbare Tipps:

Das Kind isst wie ein Spatz

Hast Du einen kleinen Wenig - Esser zuhause, ist erst einmal keine Panik angesagt, denn ein geringer Appetit kommt bei Kindern bis zum Vorschulalter häufig vor und ist in der Regel unproblematisch. Auch über kleine Mengen kann eine ausgewogene Ernährung möglich sein und wenn Du unsicher bist, ob Dein Wonneproppen gesund ist, dann lass es durch den Kinderarzt abklären.

Tipp:

Bestrafe oder belohne Deinen Nachwuchs niemals für sein Essverhalten und zwinge ihn auch nicht dazu. Versuche die momentanen Essgewohnheiten seines Sprösslings so gelassen wie möglich zu sehen, denn es ist noch kein gesundes Kind vor dem vollen Teller verhungert.

Dein Kind findet das Haar in der Suppe

Ein beliebter Kindersatz lautet: Mama, das sieht komisch aus. Egal, welche Erklärung Du nun aus dem Hut zauberst, Du stehst auf verlorenem Posten.

Tipp:

Unterlasse jeden Versuch, Deinem Zwerg zu erklären, dass beispielsweise die Tomatensauce genauso ist wie er sie mag, denn Erwachsenenlogik bringt Dich hier keinen Schritt weiter. Lege Dir eine neue Taktik zu, indem Du das negative Gefühl Deines Kindes bestätigst, aber auch deutlich klarmachst, dass es bis zur Nachmittagsmahlzeit nichts anderes gibt. Ganz wichtig ist, dass Du dann aber auch nicht nachgibst.

Dein Kind ist ein kleiner Gourmet

Du hast auf Wunsch die Lieblingssuppe gekocht, aber der kleine Gourmet möchte nicht einmal probieren, weil die Suppe ja so gar nicht schmeckt und dreht sich weg.

Tipp:

Reagiere zunächst gar nicht auf seinen Einwand oder nimm Dir den Teller mit dem Satz: Super, dann bleibt mehr für mich. Und schon wird das Essen für Deinen kleinen Essensverweigerer wieder interessant, weil jetzt das, was die Vorbilder essen, für ihn unerreichbar wird. Oft geht es bei der Essenszurückweisung nur darum, Aufmerksamkeit zu bekommen und schon bist Du in einem Teufelskreis gefangen.

Dein Kind möchte aber lieber etwas Ungesundes

Das Mittagessen steht auf dem Tisch und Deinem Sprössling fällt nun ein, dass er jetzt doch lieber einen Pudding will. Mache jetzt bitte nicht den Fehler und verspreche ihm, dass er seinen Pudding bekommt, wenn das Mittagessen aufgegessen ist, denn dann bist du erfolgreich in einem Teufelskreis gelandet.

Tipp:

Die erste Regel heißt immer, dass Essen niemals als Strafe oder Belohnung einzusetzen. Nimm Dein Kind zum Einkaufen mit und versuche, die Mahlzeiten gemeinsam mit ihm zuzubereiten, denn Selbstgekochtes schmecken immer besser. Hilfreich sein, können auch kleine Rituale, wie ein Tischspruch, den das Kind aussuchen darf oder das gemeinsame Decken des Tisches.

Bestimmte Regeln beim Essen sollten eingehalten werden

Beim Essen geht bei Kindern öfter etwas daneben, was auch völlig in Ordnung ist. Aber trotz allem solltest Du Deinem Kleinkind ein paar Tischmanieren beibringen, die Du als gutes Vorbild vorleben solltest.

Regel 1:

Vor dem Essen Hände waschen nicht vergessen. Kinder sind mit ihren Händen überall und dementsprechend sind diese auch meistens schmutzig. Eigentlich kein Problem, aber gegessen wird mit sauberen Händen, schon aus rein hygienischen Gründen.

Regel 2:

Übe mit Deinem Kleinkind schon ab dem zweiten Lebensjahr mit dem Löffel zu essen und spätestens ab dem vierten Lebensjahr sollte dann auch der Gebrauch von Messer und Gabel kein Fremdwort mehr sein, denn in diesem Alter sollte jedes Kind mit Besteck essen können.

Regel 3:

Für **Bitte** und **Danke** sollte immer Zeit sein. Bitte zu sagen, wenn man etwas will und Danke, wenn man etwas bekommen hat, ist eine Sache des Anstandes und für einfache Anstandsregeln ist kein Nachwuchs zu klein.

Regel 4:

Gegessen wird erst, wenn jeder etwas auf dem Teller hat. Schaffe mit dieser Regel ein sinnvolles Ritual, das Konkurrenzverhalten unter Geschwistern entkräftet.

Regel 5:

Es ist genug für alle da. Bringe Deinem Kleinkind schon frühzeitig bei, kleine Portionen auf den Teller zu nehmen, die wirklich gegessen werden und wenn es noch hungrig ist, eine zweite Portion zu nehmen. So wird Dein Knirps schnell lernen, was es heißt, satt zu sein.

Regel 6:

Essen ist nicht zum Spielen da. Mit dieser Regel schaffst Du eine Differenzierung zwischen Spiel und Essen. Auch die Kleinsten verstehen schnell, dass die Spielzeit zum Spielen und die Essenszeit zum Essen eingesetzt wird.

Regel 7:

Schlürfen, schmatzen, schlingen und rülpsen haben am Esstisch nichts zu suchen. Achte konsequent darauf, dass diese Regel eingehalten wird, denn sie wird deinem Schatz sein weiteres Leben unheimlich erleichtern.

Regel 8:

Es wird sitzengeblieben bis alle fertig sind. Bei den ganz Kleinen kann diese Regel dahin abgeändert werden, dass das Kind aufstehen darf, wenn es fertiggegessen hat. Ansonsten schafft diese Regel eine entspannte Atmosphäre am Tisch und fördert die Konzentration auf das Essen.

Regel 9:

Spielsachen und Bücher haben am Tisch nichts zu suchen. Spielsachen lenken Deinen Wonneproppen nur vom Essen ab und werden zudem noch schmutzig.

Regel 10:

Wir führen das Besteck zum Mund und nicht umgekehrt, da wir sonst mehr auf dem Tisch liegen als an diesem zu sitzen und der Kopf fast auf dem Teller liegt, was kein schöner Anblick ist. Achte schon früh darauf, wie Dein Sprössling am Tisch sitzt und korrigiere eine falsche Haltung immer wieder.

Durch die Einhaltung dieser Regeln kann Dein Kleinkind schon sehr früh Verantwortungsbewusstsein, Geduld, Sozialverhalten und eine gewisse Routine kennenlernen, was ihm sein späteres Leben enorm erleichtern wird.

Bauchweh & Co – die besten Tipps aus der Hausapotheke

Kleine Wunden, Bauchweh und Erkältung bekommen Kinder schnell, ebenso wie Kinderkrankheiten, aber der Griff zu Medikamenten kann mit Omas Hausmittelchen oft umgangen werden. Hier ein paar nützliche Tipps aus Omas Hausapotheke:

Bauchweh

Bauchschmerzen kommen bei Kleinkindern häufig vor. Eine Massage im Uhrzeigersinn um den Nabel herum, eine Wärmflasche und Fenchel – Anis – Kümmeltee wirken hier wahre Wunder. Aber auch ein Bauchwickel mit Kamille kann Abhilfe schaffen. Hierzu wird ein weiches Tuch, das in Längsrichtung gefaltet ist, in ziemlich warmen Kamillentee getaucht, ausgedreht und auf ein trockenes Tuch gelegt. Unter den Rücken Deines Kindes legst Du beide Tücher, schlägst sie ein und verfährst mit Handtuch und Decke ebenso. Solange sich der kleine Patient damit wohlfühlt, kann der Wickel dableiben, wo er ist, sofern Dein Wonneproppen warm und nicht alleine ist. Damit die Auflage nicht verrutscht, kannst Du die Beine einer alten Strumpfhose abschneiden, so dass der Schritt geöffnet ist und die Strumpfhose über den Wickel ziehen.

Achtung:

Geh bitte schleunigst zum Kinderarzt, wenn die Schmerzen in der Unterbauchgegend sind, denn dann könnte eine Blinddarmentzündung vorliegen. Kommen noch Fieber, Übelkeit, Brechreiz, Schwindel oder Kopfschmerzen hinzu, fahr am besten gleich ins Krankenhaus.

Kleine Wunden

Beim Spielen in der Natur passieren schnell mal kleine Unfälle, die aber in der Regel nicht weiter dramatisch, aber oft schmerzhaft sind. So komisch sich das auch anhört, aber diese kleinen Wunden sind ein Geschenk an Dein Kind, da sie ihm seine Grenzen aufzeigen und Erkenntnisse beeinflussen, die es braucht, um ein selbstbestimmtes Leben führen zu können.

Passieren diese kleinen Malheure in der Natur, hat man selten Pflaster oder Desinfektionsmittel zur Hand. Nun ist guter Rat teuer, denn jede Mama weiß, dass ein buntes Pflaster den Schmerz schnell vergessen lässt. Aber natürlich hat Mama immer einen Plan B parat und der heißt Blätterpflaster und ist in Windeseile hergestellt.

Du brauchst dafür nur ein paar Blätter Spitz – oder Breitwegerich pflücken, in der Hand zerreiben und dann auf die Wunde geben wie ein Pflaster.

Zuhause solltest Du dann Calendula - Essenz, eine Tinktur aus der Ringelblume, mit gekochtem Wasser 1:10 mischen und die Wunde damit desinfizieren. Das restliche Gemisch füllst Du in einen Eiswürfelbehälter, frierst es ein und so kann Dein Kind sich bei der nächsten Wunde diese selbst desinfizieren. Damit die kleine Blessur besser heilt, kannst Du zur Nachsorge Ringelblumenöl oder – Salbe verwenden, denn generell sind die Selbstheilungskräfte Deines Kindes die reinsten Superkräfte.

Fieber

Lauwarme Wadenwickel sind bei Fieber das beste Hausmittel.

Achtung:

Wadenwickel sollten nur dann gemacht werden, wenn die Beine warm sind, damit der kleine Zwerg nicht friert.

Erkältung

Gegen eine Erkältung kannst Du erst etwas tun, wenn sie ausgebrochen ist, denn die verursachenden Viren lassen sich leider nicht so leicht aus der Welt zu schaffen. Aber auch wenn es Deinen Knirps erwischt hat, gibt es in Omas Hausapotheke schonende Mittel, die schnell und gut helfen.

Dazu zählt an erster Stelle ein warmes Fußbad, in das Dein Kleinkind die Füße stellt und Du nach und nach warmes Wasser dazu schüttest, bis eine Temperatur von 39 – 40°C vorhanden ist. Zehn Minuten später die Füßchen gut abtrocknen und in dicke Socken stecken.

Um eine ausreichende Luftfeuchtigkeit zu gewährleisten, die die Schleimhäute vor dem Austrocknen bewahren, ist das regelmäßiges Hereinlassen von frischer Luft ins Zimmer unabdingbar. Zur Erhöhung der Luftfeuchtigkeit kannst Du nasse Laken aufhängen oder im Winter Wasserbehälter auf die

Heizung stellen. Ebenso wichtig wie die Luftfeuchtigkeit ist, dass der kleine Patient viel trinkt, denn dadurch wird der Schleim verdünnt und lässt sich leichter abhusten. Ist Dein Kleiner momentan kein so guter Trinker, dann wirken bunte Strohhalme wahre Wunder oder verdünnte Fruchtsaftschorlen mit Vitamin C. Jeder weiß, dass Schwitzen bei einer Erkältung gut ist und hier bietet sich Holunderblüten – oder Lindenblütentee an, dem schweißtreibende und fiebersenkende Eigenschaften nachgesagt werden. Dreimal täglich sollte der Nachwuchs eine Tasse trinken. Sollte der Tee bei Deinem Sprössling nicht gerade auf Gegenliebe stoßen, kannst du ihm auch ein heißes Zitronenwasser mit Honig machen. Bei hartnäckigem Husten leisten Rettich – Honig – Saft und Zwiebeltee hervorragende Arbeit. Vom Rettich – Honig – Saft sollte viermal täglich ein bis zwei Teelöffel eingenommen werden, vom Zwiebeltee eine Tasse über den Tag verteilt.

Bei Halsschmerzen hilfst Du Deinem Nachwuchs mit Mahlzeiten, die sich leicht schlucken lassen, wie Suppen, Eintöpfe und pürierte Speisen. Vor allem viel trinken ist wichtig und zwar kühle, aber zuckerarme Getränke. Zusätzlich hilft das Lutschen von Ingwerbonbons und zuckerarmes Eis, das kühlt. Für Kleinkinder über einem Jahr kann Mama auch mal eine heiße Milch mit Honig machen, denn sie vertreibt den lästigen Reiz im Hals und sollte wegen seiner verschleimenden Wirkung nicht zu oft getrunken werden. Eine noch bessere Wirkung hat die Honigmilch, wenn sie mit Zwiebeln aufgekocht wird. Aber auch bei Halsschmerzen können Tees aus Thymian, Salbei oder Lindenblüten eingesetzt werden.

Ein über Generationen bewährtes Hausmittel ist die gute alte Hühnersuppe, die durch den enthaltenen Eiweißstoff Cystein eine entzündungshemmende Wirkung haben soll und zum Ausgleich von Wasser – und Mineralstoffhaushalt beiträgt.

Auch das Gurgeln mit Salzwasser, Kamillen – oder Salbeitee verspricht Linderung und wird deshalb gerne eingesetzt. Zur Befeuchtung des Rachens und zur Reduzierung der Schluckschmerzen hilft das Inhalieren von Salbeitee.

Zur Minderung der Entzündung haben sich je nach empfinden heiße oder kalte Halswickel bewährt. Für heiße Wickel wird in der Regel Salbeitee oder Kartoffeln eingesetzt, für die kalte Variante Quark.

Ein ganz besonderes Hausmittel kommt aus Russland, bei dem ein Esslöffel Meerrettich, ein Teelöffel Nelken und ein Teelöffel Honig in ein Glas mit warmem Wasser gegeben und nach gutem Umrühren ohne die Nelken schluckweise getrunken wird.

Achtung:

Ätherische Öle, wie Kampfer, Menthol oder Eukalyptus sind für Kinder tabu, da sie Schleimhautreizungen, Erbrechen und im schlimmsten Fall eine gefährliche Atemnot hervorrufen können.

Der Kinderarzt sollte aufgesucht werden, wenn hohes Fieber oder geschwollene Lymphknoten hinzukommen, aber auch wenn nach drei bis vier Tagen noch keine Besserung eingetreten ist.

Durchfall und Erbrechen

Die wohl von Eltern meist gefürchtet Erkrankung ihres Nachwuchses ist Durchfall und Erbrechen, weil es mehr als ekelerregend ist und für die kleinen Racker schnell gefährlich werden kann. Leider sind Durchfall und Erbrechen bei Kleinkindern eine häufige Erscheinung, da das Verdauungssystem sehr empfindlich ist und somit leicht auf körperliche Mängel reagiert.

Doch was ist nun zu tun, um eine schnelle Linderung herbeizuführen?

Kleine Kinder verlieren durch den Durchfall jede Menge Flüssigkeit und Elektrolyte, die in erster Maßnahme ausgeglichen werden sollten. Dazu gibst Du sechs gestrichene Teelöffel Zucker und einen Teelöffel Salz in einen Liter Wasser, rührst das Ganze um und gibst es Deinem Kind zu trinken. Auf das altbekannte Hausmittel Cola und Salzstangen solltest Du besser verzichten, da der hohe Zuckergehalt in Cola die ohnehin durch den Durchfall verursachte Flüssigkeitsabgabe ins Darminnere fördert, was somit nicht den gewünschten Effekt hat. Auch das Koffein, das enthalten ist, intensiviert eher den bestehenden Kaliumverlust, als ihn auszugleichen.

In manchen Fällen bringt es schon viel, wenn Du dem kleinen Patienten sechs bis zehn Stunden nichts zu essen, aber unbedingt etwas zu trinken gibst. Auch ein geriebener Apfel mit Schale kann schnell eine Besserung bringen, da die Flüssigkeit vom enthaltenen Pektin gebunden wird. Eine starke Brühe gleicht den Elektrolytverlust aus und eine pürierte Banane bringt füllt die Kaliumreserven wieder auf und bringt verlorengegangene Mineralien zurück. Kehrt der Appetit langsam nach Abklingen der Beschwerden zurück, solltest Du Deinem kleinen Schatz eine reizstoffarme, aber fett – und stärkereiche

Mahlzeit anbieten, wie beispielsweise Zwieback und Tee. In Italien schwören die Eltern auf trockenes Risotto mit geriebenem Parmesan.

Achtung:

Ein Kinderarzt sollte Dein Kind unbedingt untersuchen, wenn heftige krampfartige Bauchschmerzen, hohes Fieber oder blutige Durchfälle dazukommen, aber auch wenn es bei einem Baby in 24 Stunden mehr als viermal wässrigen Durchfall gibt, bei Kleinkindern mehr als sechsmal und bei Schulkindern mehr als achtmal.

Kopfschmerzen

Hält sich Dein Kind beim Husten oder Niesen den Kopf, hat es wahrscheinlich aufgrund seiner Erkältung Kopfschmerzen, das heißt, dass es in den Schläfen und im Hinterkopf pocht. Jetzt ist es am besten Du gönnst Deinem Sprössling ganz viel Ruhe, denn momentan braucht der Kopf eine Pause ohne irgendwelche Reize, ohne laute Geräusche, ohne Helligkeit und ohne irgendetwas zu tun. Außerdem solltest Du seine Stirn mit einem in kühles Wasser getauchten Tuch erfrischen. Entspannend ist auch eine kleine Massage an Schläfen, Scheitel und Nacken oder gezielte Entspannungsübungen. Und auch bei Kopfschmerzen ist das A und O das Trinken und die Zufuhr von Frischluft. Manche Kinder empfinden auch ein warmes Tuch im Nacken als angenehm und krampflösend.

Achtung:

Ein Kinderarztbesuch wird erforderlich, wenn der Schmerz vorrangig hinter der Stirn und an den Wangenknochen sitzt, denn dann könnte es sich um eine Stirn – und Kieferhöhlenentzündung handeln. Ein absolutes Alarmsignal sind auch hohes Fieber, plötzlich auftretende starke Kopfschmerzen mit einer gewissen Nackensteifheit, denn das sind alles Symptome für eine Hirnhautentzündung. Ebenfalls solltest Du mit Deinem Kleinen zum Arzt gehen, wenn die Beschwerden nach drei Tagen immer noch nicht abgeklungen sind oder Schwindel und Sehstörungen auftreten. Auch plötzlich auftretende Kopfschmerzen nach einem Schlag oder Sturz sind Anzeichen für einen Besuch beim Kinderarzt.

Windpocken

Windpocken sind die Kinderkrankheit Nr. 1 und eigentlich auch nicht weiter dramatisch, wenn da nicht der Juckreiz des Ausschlages wäre. Doch auch in diesem Fall weiß Omas Hausapotheke Rat. So lindert eine Mixtur aus Zink und Talg den Juckreiz, da sie entzündungshemmend wirkt. Gute Dienste kann hier auch ein Kühl – Akku verrichten, denn Kühle beruhigt die juckende Haut, ebenso wie kalte Kamillenumschläge, die auf den Ausschlag aufgelegt werden. Achte auch, dass die Temperatur im Kinderzimmer 18°C nicht übersteigt und die Luftfeuchtigkeit durch regelmäßiges Lüften niedrig gehalten wird, denn so entstehen keine neuen Bläschen, die noch mehr Juckreiz hervorrufen. Ratsam ist auch, dass Du Deinem Kind die Fingernägel kurz schneidest, damit eventuelle Kratzattacken so weinig Folgen wie möglich haben. Sorge dafür, dass Dein kleiner Patient möglichst luftige Kleidung trägt.

Hatte das Kratzen dann doch einmal Folgen, die sich entzündet haben oder gar schon eitern schafft ein Kräutersud aus 50g Salbei, 30g Goldrute und 30g Hirtentäschel aufgekocht und dann abgekühlt als Umschlag Abhilfe.

Wichtig ist auch, dass Du beim Duschen oder Waschen Deines Lieblings milde Seifen oder Duschgels ohne Duft – und Farbstoffe verwendest, damit die Haut nicht austrocknet und somit das Jucken noch stärker.

Lebensmittel, die einen hohen Lysin – Gehalt aufweisen, wie Hülsenfrüchte, Eier, Milch oder Fleisch können durch ihre antivirale Wirkung den Heilungsprozess beschleunigen, ebenso wie eine Melissen – Tinktur innerlich angewandt die Virenvermehrung hemmen kann.

Weitere unterstützende Naturheilmittel sind Belladonna im Anfangsstadium, Rhus toxicodendron im Bläschenstadium und Antimonium crudum, wenn die Bläschen beginnen zu verkrusten.

Scharlach

Eine weitere Kinderkrankheit ist Scharlach, deren typisches Merkmal die sogenannte Himbeerzunge ist. Auch Scharlach wird begleitet von einem Hautausschlag, der sich wie Schmirgelpapier anfühlt, aber nicht juckt. Halsschmerzen, entzündete weiß belegte Mandeln, Schluckbeschwerden, Kopfschmerzen und deutlich verdickte Lymphknoten sind deutliche Merkmale einer Scharlachinfektion. Gelegentlich treten auch Bachschmerzen, Durchfall, Erbrechen und Husten als Begleitsymptome auf. Diese Kinderkrankheit hat in der Regel einen harmlosen Verlauf, sollte aber im Hinblick auf mögliche Spätfolgen immer von einem Arzt begleitet werden, der normalerweise mit Antibiotika behandeln wird.

Es besteht aber die Möglichkeit, die Scharlach typischen Symptome auch alternativ zu behandeln. So kannst Du Deinem Sprössling gegen das Fieber Wadenwickel machen und die Halsschmerzen lassen sich gut mit Zitronen – und Quarkwickeln, durch Gurgeln mit Salbei – oder Eibischtee kalte Getränke oder Eis behandeln. Die Ernährung sollte in dieser Zeit durch die teilweise heftigen Schluckbeschwerden weich, flüssig, salz – und eiweißarm sein und viel trinken ist immens wichtig. Auch das Lutschen von Salzpastillen hat eine antibakterielle Wirkung, wie auch Kapuzinerkresse als Urtinktur.

Masern

Masern gehören auch zu den typischen Kinderkrankheiten, deren Krankheitsverlauf mit grippeähnlichen Symptomen, wie Husten, Fieber, Abgeschlagenheit und Müdigkeit beginnt und schließlich Beschwerden, wie Kopfschmerzen, Bauchschmerzen, Bindehautentzündung und der übliche Ausschlag nach sich zieht. Am dritten Tag der Erkrankung kann man weiße Beläge, die sogenannten Koplik - Flecken an der Wangenschleimhaut erkennen, die mit steigendem Fieber und einer Rötung der Rachen – und Mundschleimhaut einhergehen und das Gesicht des kleinen Patienten ist aufgedunsen.

Aufgrund des Krankheitsbildes ist nun absolute Bettruhe angesagt mit kalten Wadenwickeln gegen das Fieber und einem abgedunkelten Raum gegen die durch die Bindehautentzündung hervorgerufene Lichtempfindlichkeit. Im Krankenzimmer sollte es niemals stickig sein und die Luftfeuchtigkeit hoch.

Die Mahlzeiten sollten klein, aber dafür zahlreich über den Tag verteilt sein und reich an Vitamin A und C sein. Auch die Einnahme von Zink und B – Vitaminen hilft die Krankheit schneller zu überstehen.

Keuchhusten

Keuchhusten ist eine äußerst unangenehme Krankheit, die den kleinen Patienten durch die krampfartigen Hustenanfälle, das Fieber, die Appetitlosigkeit, Erbrechen und Schlafstörungen sehr mitnimmt. Der Gang zum Kinderarzt ist bei Keuchhusten unumgänglich und doch kannst Du Deinem kleinen Racker mit Omas Hausmitteln unterstützend unter die

Arme greifen. Die absolute Bettruhe ist bei Keuchhusten nicht unbedingt notwendig, aber viel Schlaf und wenig Anstrengung sind erforderlich. Selbstverständlich sind Wadenwickel gegen das Fieber und der kleine Zwerg muss viel trinken. Das ruhige Spielen lenkt ab und Mamas Zuwendung ist wohltuend und gesundheitsfördernd.

Ein selbsthergestellter Rettich – Sirup oder Kamille – Huflattich - Trunk mit dunklem Kandiszucker und Rosinen helfen den Husten einzudämmen. Eine krampflösende Wirkung hat ein Anisaufguss zum Trinken. Hast Du die Möglichkeit, mit Deinem Kleinen ins Hochgebirge zu fahren, dann nutze die Gelegenheit.

Mumps / Ziegenpeter

Der Krankheitsverlauf von Mumps geht mit einer Entzündung und Schwellung der Ohrspeicheldrüsen einher, so dass die Wangen schmerzen, was beim Kauen und Öffnen des Mundes noch intensiviert wird. Das allgemeine Wohlbefinden wird nur aufgrund der schmerzhaften Schwellungen eingeschränkt.

Eine Behandlung von Ziegenpeter ist nur im Hinblick auf die Beschwerden möglich. So lassen sich beispielsweise die geschwollenen Wangen und Ohren hervorragend mit einer Wärmflasche behandeln, die bei unangenehmem Empfinden durch einen Quarkwickel ausgetauscht werden kann. Manchmal verschafft auch das Kauen eines Kaugummis Abhilfe oder das Gurgeln mit Salbeitee.

Die zubereiteten Speisen sollten flüssig und weich sein und zum Trinken ist Mineralwasser mit ganz wenig Kohlensäure oder mit Tee verdünnter Apfelsaft optimal.

Röteln / Ringelröteln

Röteln gehören zu den Virusinfektionen und äußert sich durch einen Hautausschlag, der eine Rötung auf Wangen und Nase hinterlässt, die großfleckig ist und aussieht wie ein Schmetterling und dann auf Arme und Beine übergreift. Hinzu kommen Fieber, Kopfschmerzen, Muskelschmerzen und ein Gefühl der Kälte. Auch bei Röteln / Ringelröteln lassen sich nur die Begleiterscheinungen behandeln. Gegen das Fieber kannst Du Deinem Nachwuchs Wadenwickel machen. In der chinesischen Medizin wird Sanddorn als Allgemeintonikum bei Röteln eingesetzt, da es viele Vitamine,

Spurenelemente und Mineralstoffe erhält. Ansonsten sollte die Ernährung bei Röteln reich an Vitamin A, C, E und B - Komplex sein und eine Versorgung mit Zink gewährleistet sein.

Dein Kind sollte im Bett bleiben und bis zum Verschwinden des Ausschlags keinen Kontakt zu anderen Kindern haben. Da die Krankheit mit Fieber einhergeht, ist Trinken ein absolutes Muss und Kratzen sollte unterbunden werden, indem du gegen den Juckreiz Quark – oder Joghurtwickel machst.

Ohrenschmerzen

Ohrenschmerzen ist wohl eine der unangenehmsten und schmerzhaftesten Erkrankung bei Kindern, so dass schnelle Abhilfe geschaffen werden muss.

Viel Ruhe und Schlaf aktivieren die Selbstheilungskräfte des Körpers, die durch viel Flüssigkeit unterstützt werden können. Das Zwiebelsäckchen ist wohl das Hausmittel der ersten Wahl bei Ohrenschmerzen. Hierzu schneidest Du eine Zwiebel klein, erwärmst sie ohne Öl, wickelst alles in ein Geschirrtuch, bis etwas Zwiebelsaft ausläuft und legst es dann Deinem Kind noch warm auf das schmerzende Ohr. Aber auch Wärme in Form einer Rotlichtlampe kann Linderung bringen, ebenso wie ein Kamille - Dampfbad oder ein Senfwickel.

Es sollte noch erwähnt werden, dass all die erwähnten Hausmittel nichts gegen die Liebe, Fürsorge und Zuwendung von Mama und Papa sind.

Die nachfolgenden Dinge sollten ein fester Bestandteil des Inhalts Deiner Hausapotheke für Kinder sein:

Kernkissen oder Wärmflasche

Fieberthermometer

Pflaster

Sterile Gaze – Kompressen

Mullbinden

Spucktücher

Pinzette

Nagelschere

Wund – und Heilsalbe für Kinder

Zinkpaste

Wunddesinfektionsmittel

Zäpfchen zur Fiebersenkung

Bachblüten – Notfallcreme

Meersalz ohne Jod – und Fluorzusätze

Traubenzucker

REZEPTE

BREI

Erbsen – Süßkartoffelbrei

Nährwerte pro Portion

Kalorien	215 kcal
Kohlenhydrate	25 g
davon zugesetzter Zucker	0 g
Fett	9 g
davon gesättigte Fettsäuren	1 g
davon ungesättigte Fettsäuren	8 g
Eiweiß	6 g

Zubereitungszeit: 20 min.
Schwierigkeit: ganz einfach
Portionen: 6

Zutaten für 6 Personen

400	g	tiefgekühlte Erbsen
250	g	Süßkartoffeln
5	EL	Haferflocken
5	EL	Rapsöl
1		große Orange

Zubereitung

Wasche die Süßkartoffel und koche sie butterweich (30 – 40 Minuten)

Bringe nach 25 Minuten in einem zweiten Topf für Erbsen und Haferflocken Wasser zum Kochen und gare beides 5 – 6 Minuten.

Halbiere die Apfelsine, presse sie aus und nimm 100ml vom Saft ab.

Spüle die fertig gegarte Süßkartoffel und kaltem fließendem Wasser ab, schäle sie und gebe sie zu den Erbsen und dem Orangensaft.

Püriere nun alles mit etwas Öl zu Brei.

Füttere eine Portion, lass den Rest abkühlen und friere ihn portionsweise ein.

Kakao – Bananenbrei

Nährwerte pro Portion

Kalorien	169 kcal
Kohlenhydrate	30 g
davon zugesetzter Zucker	0 g
Fett	4 g
davon gesättigte Fettsäuren	0,7 g
davon ungesättigte Fettsäuren	3,3 g
Eiweiß	2 g

Zubereitungszeit: 15 min.
Schwierigkeit: ganz einfach
Portionen: 1

Zutaten für 1 Person

3 EL	Reisflocken
1 TL	Rapsöl
½ TL	entöltes Kakaopulver
½	Banane

Zubereitung

Verrühre in einem kleinen Topf 100ml Wasser mit den Reisflocken, lasse alles kurz aufkochen und 1 – 2 Minuten weiterkochen.

Zerdrücke die geschälte Banane mit einer Gabel und füge sie dem Brei bei.

Füge dann Kakaopulver und Rapsöl hinzu und verrühre alles gut miteinander.

Lass den Brei abkühlen, bevor du ihn fütterst.

Brei mit Lachs und Chinakohl

Nährwerte pro Portion

Kalorien	190 kcal
Kohlenhydrate	8 g
davon zugesetzter Zucker	0 g
Fett	12 g
davon gesättigte Fettsäuren	1,3 g
davon ungesättigte Fettsäuren	10,7 g
Eiweiß	11 g

Zubereitungszeit: 25 min.
Schwierigkeit: leicht
Portionen: 1

Zutaten für 1 Person

150	g	Chinakohl
40	g	Lachsfilet
1	EL	Rapsöl
je 1		kleine Kartoffel und Schuss Apfelsaft

Zubereitung

Putze, wasche und schneide den Chinakohl in dünne Streifen.

Wasche und schäle die Kartoffel und schneide sie in 1 cm große Würfel.

Koche 90ml Wasser auf und gare die Kartoffel und den Chinakohl bei mittlerer Hitze im zugedeckten Topf etwa 10 min. gar.

Uberprüfe das Lachsfilet auf eventuell vorhandene Gräten und entferne diese mit einer Pinzette.

Spüle den Lachs dann ab und schneide ihn, nachdem du ihn trockengetupft hast, in kleine Würfel.

Gebe Apfelsaft zum Brei, bis dieser die richtige Festigkeit hat.

Rühre nun die Lachswürfel unter den Brei und lasse alles noch 3 – 4 min. weiterköcheln.

Füge letztendlich das Rapsöl hinzu und püriere alles mit einem Stabmixer fein.

Polenta – Brei mit Orangen

Nährwerte pro Portion

Kalorien	220 kcal
Kohlenhydrate	29 g
davon zugesetzter Zucker	0 g
Fett	7 g
davon gesättigte Fettsäuren	4,3 g
davon ungesättigte Fettsäuren	2,7 g
Eiweiß	8 g

Zubereitungszeit: 15 min.
Schwierigkeit: ganz leicht
Portionen: 1

Zutaten für 1 Person

200	ml	Milch
1	EL	Polenta
½		Orange
½		kleine Banane

Zubereitung

Erwärme die Milch in einem Topf und rühre die Polenta langsam ein.

Lasse alles aufkochen und bei geringer Hitze unter ständigem Rühren 5 min. quellen.

Schäle zwischenzeitlich die Banane und zerdrücke sie auf einem Teller.

Presse die Orange aus, rühre 2 – 3 EL des Saftes und das Bananenmus unter den Brei, nachdem du diesen vom Her genommen hast.

Füttere den Brei, nachdem er abgekühlt ist.

Wurzelgemüsebrei mit Geflügel

Nährwerte pro Portion

Kalorien	204 kcal
Kohlenhydrate	14 g
davon zugesetzter Zucker	0 g
Fett	11 g
davon gesättigte Fettsäuren	1,1 g
davon ungesättigte Fettsäuren	9,9 g
Eiweiß	11 g

Zubereitungszeit: 15 min.
Schwierigkeit: ganz einfach
Portionen: 1

Zutaten für 1 Person

100 g	Topinambur
30 g	Hähnchenbrustfilet
1,5 EL	zarte Haferflocken
1 EL	Rapsöl
½	Orange

Zubereitung

Wasche, schäle und schneide die Topinambur in 1cm große Würfel.

Spüle und tupfe das Hähnchenbrustfilet ab und schneide es in dünne Streifen.

Bringe die Topinambur und das Hähnchenbrustfilet mit 125ml Wasser zum Kochen und lasse alles dann zugedeckt bei mittlerer Hitze noch 10 – 12 min. weiterköcheln.

Presse die Orange aus und gebe 4 – 5 EL des Saftes mit den Haferflocken und dem Öl in den Topf dazu und verrühre alles miteinander.

Püriere den fertigen Brei mit dem Stabmixer und füttere ihn, wenn er etwas abgekühlt ist.

Spinat – Putenbrei

Nährwerte pro Portion

Kalorien	164 kcal
Kohlenhydrate	7 g
davon zugesetzter Zucker	0 g
Fett	10 g
davon gesättigte Fettsäuren	0,9 g
davon ungesättigte Fettsäuren	9,1 g
Eiweiß	10 g

Zubereitungszeit: 25 min.
Schwierigkeit: leicht
Portionen: 1

Zutaten für 1 Person

100	g	Blattspinat
25	g	Putenbrustfilet
1	EL	Rapsöl
1		Kartoffel
½		Orange

Zubereitung

Wasche, schäle und schneide die Kartoffel in kleine Stücke.

Wasche und tupfe das Putenbrustfilet ab und schneide es ebenfalls klein.

Bringe 150ml Wasser zum Kochen, gebe Kartoffel und Putenbrustfilet hinzu und lasse alles 10 min. bei mittlerer Hitze garen.

Wasche und putze den Blattspinat, zupfe ihn von den Stielen und hacke ihn grob.

Gebe den Spinat dann ebenfalls in den Topf und lasse das Ganze weitere 5 – 6 min. weiterköcheln.

Presse die Orange aus, rühre 1 EL des Saftes und das Öl unter die gegarte Kartoffel und den zusammengefallenen Spinat.

Püriere nun alle Zutaten mit dem Stabmixer fein.

Kartoffel – Kürbis – Lamm – Brei

Nährwerte pro Portion

Kalorien	168 kcal
Kohlenhydrate	11 g
davon zugesetzter Zucker	0 g
Fett	10 g
davon gesättigte Fettsäuren	1,1 g
davon ungesättigte Fettsäuren	8,9 g
Eiweiß	6 g

Zubereitungszeit: 15 min.
Schwierigkeit: leicht
Portionen: 4

Zutaten für 4 Personen

80 g	Lammfleisch
4 EL	Birnensaft
4 EL	Rapsöl
2	Kartoffeln
1	Hokkaido – Kürbis

Zubereitung

Wasche die Kartoffeln und den Kürbis.

Schäle die Kartoffeln und schneide sie in kleine Stücke.

Entkerne den Kürbis und schneide diesen auch in kleine Stücke.

Wasche und tupfe das Lammfleisch ab und schneide es in Steifen.

Koche 250ml Wasser auf und gebe dann Kartoffeln, Kürbis und Lammfleisch hinzu und lasse alles bei mittlerer Hitze 15 min. garen.

Rühre dann den Birnensaft unter, ebenso wie das Öl und püriere alles zu einem Brei.

Heidelbeeren - Mandel - Brei

Nährwerte pro Portion

Kalorien	442 kcal
Kohlenhydrate	48 g
davon zugesetzter Zucker	4 g
Fett	22 g
davon gesättigte Fettsäuren	2,2 g
davon ungesättigte Fettsäuren	19,8 g
Eiweiß	14 g

Zubereitungszeit: 15 min.
Schwierigkeit: leicht
Portionen: 4

Zutaten für 4 Personen

200 g	Haferflocken
120 g	Heidelbeeren
800 ml	Mandeldrink
4 EL	ungeschälte Mandeln
4 EL	Mandelmus
4 TL	Ahornsirup
4 TL	Amaranth – Pops

Zubereitung

Erhitze den Mandeldrink in einem Topf, rühre Haferflocken und Ahornsirup ein und lasse alles 2 – 3 min. bei mittlerer Hitze weiterköcheln.

Lasse das Ganze dann noch weitere 5 min. bei mittlerer Hitze aufquellen.

Wasche zwischenzeitlich die Heidelbeeren und tupfe sie ab.

Hacke die Mandeln grob.

Fülle das fertige Porridge in Schälchen und füttere es mit Heidelbeeren, Mandeln und Amaranth – Pops, nachdem es etwas abgekühlt ist.

Hackfleisch – Kohlrabi – Brei

Nährwerte pro Portion

Kalorien	175 kcal
Kohlenhydrate	9 g
davon zugesetzter Zucker	0 g
Fett	12 g
davon gesättigte Fettsäuren	1,9 g
davon ungesättigte Fettsäuren	10,1 g
Eiweiß	6 g

Zubereitungszeit: 10 min.
Schwierigkeit: leicht
Portionen: 1

Zutaten für 1 Person

20 g	Rinderhackfleisch
1 EL	Rapsöl
1	kleine Kartoffel
½	kleine Kohlrabi
½	kleine Orange

Zubereitung

Wasche, schäle und schneide die Kartoffel in kleine Würfel.

Wasche, putze und schneide den Kohlrabi in Stifte.

Verfahre ebenso mit dem Grünen der Kohlrabi und hacke es grob.

Erhitze 150ml Wasser und füge Kartoffel, Kohlrabi samt gehaktem Grün und Hackfleisch hinzu.

Dünste alles 15 min. bei mittlerer Hitze.

Presse die Orange aus und gebe 1 EL des Saftes in den vom Herd genommenen Brei.

Rühre das Öl dann unter und püriere das Ganze mit einem Stabmixer.

Pastinaken – Kartoffelbrei

Nährwerte pro Portion

Kalorien	229 kcal
Kohlenhydrate	23 g
davon zugesetzter Zucker	0 g
Fett	12 g
davon gesättigte Fettsäuren	1,5 g
davon ungesättigte Fettsäuren	10,5 g
Eiweiß	4 g

Zubereitungszeit: 15 min.
Schwierigkeit: leicht
Portionen: 4

Zutaten für 4 Personen

250 ml		Apfelsaft
4	EL	Hirseflocken
4	EL	Rapsöl
4		kleine Kartoffeln
3		Pastinaken
1		Apfel
1		Ei

Zubereitung

Wasche, schäle und schneide Kartoffeln und Pastinaken in kleine Würfel.

Wasche, schäle, entkerne und schneide den Apfel in kleine Stücke

Koche Kartoffeln, Apfel und Pastinaken mit 250 ml Wasser auf und lasse sie bei mittlerer Hitze 20 min. garen.

Rühre dann Apfelsaft und Hirseflocken unter und lasse es weitere 3 min. köcheln.

Verquirle nun das Ei in einer Schüssel, gebe es in den Brei und lasse alles nochmals aufkochen.

Püriere nun das Ganze und lasse es etwas abkühlen.

Gemüse – Hähnchenbrei

Nährwerte pro Portion

Kalorien	162 kcal
Kohlenhydrate	8 g
davon zugesetzter Zucker	0 g
Fett	10 g
davon gesättigte Fettsäuren	0,9 g
davon ungesättigte Fettsäuren	9,1 g
Eiweiß	8 g

Zubereitungszeit: 15 min.
Schwierigkeit: leicht
Portionen: 4

Zutaten für 4 Personen

4 EL	Rapsöl
4	kleine Kartoffeln
2	kleine Fenchelknollen
1	kleines Hähnchenbrustfilet
1	Teebeutel Fencheltee
½	kleine weiche Birne

Zubereitung

Übergieße den Teebeutel mit 700 ml Wasser und lasse ihn 10 min. ziehen.
Wasche, schäle und schneide zwischenzeitlich die Kartoffeln in kleine Würfel.
Putze, wasche und schneide den Fenchel in schmale Streifen.
Wasche das Hähnchenbrustfilet, tupfe es trocken und schneide es ebenfalls in schmale Streifen.
Entferne nun den Teebeutel und koche 600 ml davon auf.
Gebe dann Kartoffeln, Fenchel und Hähnchenbrustfilet hinzu und lasse alles 10 min. weiterkochen.
Schäle, halbiere und entkerne die Birne und füge es den Zutaten im Topf hinzu.
Püriere das Ganze nun mit einem Stabmixer und gebe das Öl dazu.

Grießbrei mit Papaya

Nährwerte pro Portion

Kalorien	156 kcal
Kohlenhydrate	16 g
davon zugesetzter Zucker	0 g
Fett	8 g
davon gesättigte Fettsäuren	1 g
davon ungesättigte Fettsäuren	9 g
Eiweiß	4 g

Zubereitungszeit: 15 min.
Schwierigkeit: ganz einfach
Portionen 2

Zutaten für 2 Personen

1,5	EL	Sesam
4	EL	Vollkorngrieß
2	TL	Rapsöl
½		Papaya

Zubereitung

Rühre den Grieß in 180 ml kochendes Wasser ein, lasse alles nochmals aufkochen und nehme dann den Topf vom Herd.

Mische dann den Sesam unter und lasse den Grieß noch 5 min. quellen.

Schäle und entkerne die Papaya und schneide sie in kleine Stücke.

Zerdrücke die kleinen Stücke mit einer Gabel und rühre sie unter den Grießbrei.

Rühre dann das Öl noch unter und fertig.

Rote Beete – Kartoffelbrei

Nährwerte pro Portion

Kalorien	181 kcal
Kohlenhydrate	15 g
davon zugesetzter Zucker	0 g
Fett	10 g
davon gesättigte Fettsäuren	1,2 g
davon ungesättigte Fettsäuren	8,8 g
Eiweiß	6 g

Zubereitungszeit: 15 min.
Schwierigkeit: ganz einfach
Portionen: 4

Zutaten für 4 Personen

4 EL	Sonnenblumenkerne
2	große Kartoffeln
2	Knollen Rote Beete
1	kleine Orange

Zubereitung

Wasche, schäle und schneide alle Kartoffeln in 1 cm große Würfel.

Säubere die Rote Beete gründlich unter fließendem Wasser, schäle sie und schneide sie ebenfalls in Würfel. Benutze dazu Einweghandschuhe.

Koche Kartoffeln und Rote Beete in 100 ml Wasser auf und lasse alles 10 min. weitergaren.

Halbiere die Orange und presse sie aus.

Male die Sonnenblumenkerne in einem Blitzhacker fein.

Füge dann die gehackten Sonnenblumenkerne und den Orangensaft den übrigen Zutaten bei und püriere alles mit einem Stabmixer.

Schmelzflocken – Erdbeerenbrei

Nährwerte pro Portion

Kalorien	163 kcal
Kohlenhydrate	26 g
davon zugesetzter Zucker	0 g
Fett	5 g
davon gesättigte Fettsäuren	0,5 g
davon ungesättigte Fettsäuren	4,5 g
Eiweiß	3 g

Zubereitungszeit: 10 min.
Schwierigkeit: ganz einfach
Portionen: 1

Zutaten für 1 Person

2 EL	Schmelzflocken
1 TL	Rapsöl
5	reife Erdbeeren
½	kleine Banane

Zubereitung

Koch die Schmelzflocken in 100 ml Wasser auf und lasse sie bei kleiner Hitze 2 min. quellen

Schäle und schneide die Banane in Stücke.

Wasche, putze und schneide alle Erdbeeren in kleine Stücke.

Gebe nun Banane, Erdbeeren und das Öl zu den Schmelzflocken und püriere alles fein.

Karotten – Lachs – Brei

Nährwerte pro Portion

Kalorien	203 kcal
Kohlenhydrate	12 g
davon zugesetzter Zucker	0 g
Fett	12 g
davon gesättigte Fettsäuren	1,5 g
davon ungesättigte Fettsäuren	10,5 g
Eiweiß	9 g

Zubereitungszeit: 20 min.
Schwierigkeit: leicht
Portionen: 1

Zutaten für 1 Person

40 g	Lachsfilet
1 EL	Rapsöl
1	kleine Kartoffel
1	Karotte
½	Orange

Zubereitung

Wasche und schäle Kartoffel und Karotte und schneide beides in kleine Würfel.

Koche beide Zutaten mit 100 ml Wasser auf und lasse sie 10 min. garen.

Untersuche das Lachsfilet nach Gräten und entferne diese gegebenenfalls mit einer Pinzette.

Spüle das Lachsfilet danach ab, tupfe es trocken und zerteile es in kleine Stücke.

Gebe das gewürfelte Lachsfilet zum Gemüse und gare es noch weitere 5 min.

Presse zwischenzeitlich die Orange aus.

Püriere das Gemüse und den Lachs fein und vermische alles mit 3 EL Orangensaft und dem Öl.

Nudel – Hackfleisch – Zucchini – Brei

Nährwerte pro Portion

Kalorien	225 kcal
Kohlenhydrate	16 g
davon zugesetzter Zucker	0 g
Fett	14 g
davon gesättigte Fettsäuren	2,2 g
davon ungesättigte Fettsäuren	11,8 g
Eiweiß	8 g

Zubereitungszeit: 30 min.
Schwierigkeit: leicht
Portionen: 4

Zutaten für 4 Personen

100	g	Vollkornnudeln
80	g	gemischtes Hackfleisch
4	EL	Rapsöl
2		Zucchini
1		Salbeiblatt

Zubereitung

Wasche und schäle die Zucchini und rasple sie auf einer Kastenreibe grob.
Erhitze 1 EL Öl in einer Pfanne und dünste das Hackfleisch darin an. Achte darauf, dass es nicht braun wird.
Füge dann die Zucchini hinzu und gare alles 15 min. bei kleiner Hitze in der zugedeckten Pfanne.
Gebe die Nudeln und das Salbeiblatt in 750 ml kochendes Wasser und gare sie nach Packungsanleitung.
Beim Abgießen der Nudeln fange das Nudelwasser in einer Schüssel auf.
Rühre das aufgefangene Nudelwasser unter das Hack – Zucchini – Gemisch, falls dessen Garflüssigkeit zu schnell verdampft.
Gebe die Nudeln schließlich zu Zucchini und Hackfleisch, mische das restliche Öl unter und wenn notwendig noch etwas Nudelwasser.
Püriere letztendlich alles mit einem Stabmixer klein.

Haferflocken – Melonen – Brei mit Keksbröseln

Nährwerte pro Portion

Kalorien	167 kcal
Kohlenhydrate	23 g
davon zugesetzter Zucker	0 g
Fett	6 g
davon gesättigte Fettsäuren	0,7 g
davon ungesättigte Fettsäuren	5,3 g
Eiweiß	3 g

Zubereitungszeit: 15 min.
Schwierigkeit: ganz einfach
Portionen: 1

Zutaten für 1 Person

100 g		Fruchtfleisch einer Wassermelone
2	EL	Haferflocken
1	TL	Rapsöl
2		Vollkorn – Butterkekse

Zubereitung

Bringe 100 ml Wasser zum Kochen.

Gebe die Kekse in einen Gefrierbeutel und zerstückle sie fein mit einem Nudelholz.

Rühre Keksbrösel und Haferflocken in das kochende Wasser und nehme alles vom Herd.

Entkerne die Melone, schneide das Fruchtfleisch klein und zerdrücke es mit einer Gabel.

Vermische Fruchtmus und Öl mit dem Brei und lasse alles abkühlen.

Erdäpfel – Brei mit Geflügelleber

Nährwerte pro Portion

Kalorien	184 kcal
Kohlenhydrate	19 g
davon zugesetzter Zucker	0 g
Fett	8 g
davon gesättigte Fettsäuren	1 g
davon ungesättigte Fettsäuren	7 g
Eiweiß	6 g

Zubereitungszeit: 30 min.
Schwierigkeit: leicht
Portionen: 4

Zutaten für 4 Personen

100 g		Hähnchenleber
3	EL	Rapsöl
4		Kartoffeln
1		großer Apfel

Zubereitung

Wasche die Kartoffeln und koche sie samt Schale 20 – 25 min. zugedeckt weich.

Putze, wasche und tupfe die Hähnchenleber trocken und schneide sie in kleine Würfel.

Wasche, entkerne und viertle den Apfel und schneide ihn ebenfalls in kleine Stücke.

Gare nun den Apfel und die Leber in 2 EL Wasser 8 – 10 min. und püriere alles anschließend.

Gieße die Kartoffeln ab, spüle sie mit kaltem Wasser und pelle sie.

Drücke die Kartoffeln nun durch eine Presse und gebe sie zu Apfel und Leber.

Rühre zum Schluss noch das Rapsöl und etwas Wasser unter und lasse das Ganze abkühlen.

Pfirsich – Couscous – Brei

Nährwerte pro Portion

Kalorien	138 kcal
Kohlenhydrate	24 g
davon zugesetzter Zucker	0 g
Fett	3 g
davon gesättigte Fettsäuren	0,3 g
davon ungesättigte Fettsäuren	2,7 g
Eiweiß	2 g

Zubereitungszeit: 10 min.
Schwierigkeit: ganz einfach
Portionen: 1

Zutaten für 1 Person

2 EL	Apfelsaft
2 EL	Couscous
1 TL	Rapsöl
1	kleiner Pfirsich

Zubereitung

Lasse den Couscous in 90 ml kochendem Wasser zugedeckt 3 min. quellen.

Wasche, entsteine und schneide den Pfirsich grob.

Mische Apfelsaft, Pfirsichstücke und Öl unter den Couscous und püriere alles fein.

Obst – Hirsebrei mit Walnüssen

Nährwerte pro Portion

Kalorien	249 kcal
Kohlenhydrate	40 g
davon zugesetzter Zucker	5 g
Fett	8 g
davon gesättigte Fettsäuren	2 g
davon ungesättigte Fettsäuren	6 g
Eiweiß	5 g

Zubereitungszeit: 15 min.
Schwierigkeit: leicht
Portionen: 2

Zutaten für 2 Personen

250	ml	Mandelmilch
50	g	Hirse
1	EL	Ahornsirup
½	TL	Kokosöl
4		Pflaumen oder Obst nach Wahl
1		Zimtstange
1		Vanilleschote
1		Handvoll Pflaumen oder Obst nach Wahl
1		Handvoll Walnüsse

Zubereitung

Wasche und befrei die Pflaumen von ihrem Stein und schneide sie in kleine Stücke.

Koche die Mandelmilch mit dem Mark der Vanilleschote und der Zimtstange auf.

Reduziere die Hitze, bevor du die Pflaumen dazu gibst.

Lasse dann alles 5 min. bei geringer Hitze einköcheln.

Mische den Hirsebrei mit Ahornsirup und Kokosöl.

Garniere den fertigen Brei mit Walnüssen und den restlichen Pflaumen.

Nudel – Runkelrüben – Brei

Nährwerte pro Portion

Kalorien	210 kcal
Kohlenhydrate	23 g
davon zugesetzter Zucker	0 g
Fett	7 g
davon gesättigte Fettsäuren	0,8 g
davon ungesättigte Fettsäuren	6,2 g
Eiweiß	11 g

Zubereitungszeit: 25 min.
Schwierigkeit: ganz einfach
Portionen: 4

Zutaten für 4 Personen

120 g	Vollkornnudeln
80 g	Schweineschnitzel
2,5 EL	Rapsöl
1	kleine Orange
½	Steckrübe

Zubereitung

Spüle und tupfe das Schnitzel trocken und schneide es in schmale Streifen.

Schäle die Steckrübe, schneide sie in Würfel und koche sie in 100 ml Wasser auf und lasse sie dann 5 min. garen.

Gebe die Schnitzelstreifen dann hinzu und lasse alles 10 – 15 min. weiterköcheln.

Zwischenzeitliche koche die Nudeln in reichlich Wasser nach Packungsbeilage.

Halbiere die Orange und presse sie aus.

Gieße die Nudeln in ein Sieb und lasse sie abtropfen.

Mische schließlich die Nudeln und den Orangensaft mit dem Fleisch und Gemüse und püriere das Ganze fein.

Getreidebrei mit Fruchtsaft

Nährwerte pro Portion

Kalorien	172 kcal
Kohlenhydrate	25 g
davon zugesetzter Zucker	0 g
Fett	3 g
davon gesättigte Fettsäuren	2 g
davon ungesättigte Fettsäuren	1 g
Eiweiß	9 g

Zubereitungszeit: 10 min.
Schwierigkeit: ganz einfach
Portionen: 1

Zutaten für 1 Person

200	ml	Milch
2	EL	Apfelsaft
1	EL	Weizenmehl

Zubereitung

Gieße eine Hälfte der Milch in einen Topf und die andere mit dem Mehl in einen Schüttelbecher oder ein Schraubglas und schüttle beides kräftig durch.

Gebe die Milch – Mehl – Mischung zu der Milch im Topf und bringe alles unter Rühren zum Kochen.

Lasse den Brei nun unter ständigem Rühren 4 – 5 min. köcheln und nehme ihn dann vom Herd.

Rühre den Saft unter und fülle es in eine Trinkflasche zum Abkühlen.

Körniger Melonenbrei

Nährwerte pro Portion

Kalorien	211 kcal
Kohlenhydrate	26 g
davon zugesetzter Zucker	0 g
Fett	7 g
davon gesättigte Fettsäuren	4,4 g
davon ungesättigte Fettsäuren	2,6 g
Eiweiß	9 g

Zubereitungszeit: 10 min.
Schwierigkeit: ganz einfach
Portionen: 1

Zutaten für 1 Person

200 ml	Milch
100 g	Melone mit Schale
2 EL	Mehrkornflocken

Zubereitung

Schäle, entkerne die Melone und schneide das Fruchtfleisch in kleine Stücke.

Koche die Milch mit den Mehrkornflocken kurz auf und gebe dann die Fruchtfleischstücke dazu.

Püriere alles mit dem Stabmixer, aber lasse es nicht aufschäumen, da das Babys Bauch nicht verträgt.

Reisbrei mit Traubensaft

Nährwerte pro Portion

Kalorien	219 kcal
Kohlenhydrate	29 g
davon zugesetzter Zucker	0 g
Fett	7 g
davon gesättigte Fettsäuren	4,4 g
davon ungesättigte Fettsäuren	2,6 g
Eiweiß	8 g

Zubereitungszeit: 10 min.
Schwierigkeit: leicht
Portionen: 1

Zutaten für 1 Person

200	ml	Milch
2	EL	Babyvollkornreisflocken
5		große Weintrauben

Zubereitung

Wasche die Trauben und halbiere sie.

Gebe die Trauben in ein Sieb, das über einer Schüssel hängt, zerdrücke sie mit einem Löffel und fange den Saft auf.

Koche 100 ml Milch mit den Reisflocken auf und lasse beides 1 – 2 min. köcheln.

Rühre dann die verbliebene Milch und den Traubensaft unter den Milchreis und fülle alles in eine Babyflasche.

Heidelbeerbrei mit Zwieback

Nährwerte pro Portion

Kalorien	220 kcal
Kohlenhydrate	28 g
davon zugesetzter Zucker	0 g
Fett	7 g
davon gesättigte Fettsäuren	4 g
davon ungesättigte Fettsäuren	3 g
Eiweiß	8 g

Zubereitungszeit: 10 min.
Schwierigkeit: ganz einfach
Portionen: 1

Zutaten für 1 Person

180 ml	Milch
80 g	Heidelbeeren
2	Scheiben Vollkornzwieback

Zubereitung

Erhitze die Milch in einem Topf.

Gebe den Zwieback in einen Gefrierbeutel, zerbrösle ihn mit dem Nudelholz und streue ihn in die Milch.

Wasche die Heidelbeeren vorsichtig, mische sie unter die Milch – Zwieback – Mischung und püriere alles fein.

Aprikosen - Haferbrei

Nährwerte pro Portion

Kalorien	221 kcal
Kohlenhydrate	25 g
davon zugesetzter Zucker	0 g
Fett	8 g
davon gesättigte Fettsäuren	4,5 g
davon ungesättigte Fettsäuren	3,5 g
Eiweiß	9 g

Zubereitungszeit: 10 min.
Schwierigkeit: ganz einfach
Portionen: 1

Zutaten für 1 Person

200 ml Milch
2 EL Haferflocken
1 kleine Aprikose

Zubereitung

Wasche und schäle die Aprikose.

Halbiere, entsteine und schneide die Aprikose in Stücke.

Koche die Milch mit den Haferflocken auf.

Nehme die Milch vom Herd, mische die Aprikosenstücke darunter und püriere alles mit dem Stabmixer.

Reisflocken – Bananenbrei

Nährwerte pro Portion

Kalorien	230 kcal
Kohlenhydrate	32 g
davon zugesetzter Zucker	0 g
Fett	7 g
davon gesättigte Fettsäuren	4,3 g
davon ungesättigte Fettsäuren	2,7 g
Eiweiß	8 g

Zubereitungszeit: 10 min.
Schwierigkeit: ganz einfach
Portionen: 1

Zutaten für 1 Person

200 ml		Milch
3	EL	Reisflocken
¼		Banane

Zubereitung

Koche 100 ml Milch mit den Reisflocken unter ständigem Rühren auf.

Nehme den Topf dann vom Herd, um die restliche Milch zuzugeben.

Schäle die Banne, schneide sie in Stücke und zerdrücke sie mit einer Gabel.

Mische die zerdrückte Banane unter den Brei.

Getreideflocken – Kirschbrei

Nährwerte pro Portion

Kalorien	165 kcal
Kohlenhydrate	22 g
davon zugesetzter Zucker	0 g
Fett	7 g
davon gesättigte Fettsäuren	0,6 g
davon ungesättigte Fettsäuren	6,4 g
Eiweiß	2 g

Zubereitungszeit: 15 min.
Schwierigkeit: ganz einfach
Portionen: 1

Zutaten für 1 Person

100 g		süße Kirschen
2	EL	7 – Korn – Getreideflocken
2	TL	Rapsöl

Zubereitung

Wasche und entstein die Kirschen.

Koche die Getreideflocken mit 125 ml Wasser auf und lasse beides 1 – 2 min. bei schwacher Hitze weiterköcheln.

Gebe dann die Kirschen dazu und püriere alles mit einem Stabmixer nach Zugabe des Öls.

Joghurt – Bananen – Haferbrei

Nährwerte pro Portion

Kalorien	218 kcal
Kohlenhydrate	32 g
davon zugesetzter Zucker	0 g
Fett	5 g
davon gesättigte Fettsäuren	2,6 g
davon ungesättigte Fettsäuren	2,4 g
Eiweiß	8 g

Zubereitungszeit: 10 min.
Schwierigkeit: leicht
Portionen: 1

Zutaten für 1 Person

100 ml		Milch
3	EL	Joghurt
2	EL	Haferflocken
½		Banane
½		Orange

Zubereitung

Lasse Milch und Haferflocken bei geringer Hitze 2 min. köcheln.

Schäle die Banane und zerdrücke sie mit einer Gabel.

Presse die Orange aus und gebe 2 EL des Saftes zum Bananenmus.

Mische das Joghurt in den Haferflockenbrei und setze das Bananenmus obendrauf.

Clementinen - Brei

Nährwerte pro Portion

Kalorien	212 kcal
Kohlenhydrate	28 g
davon zugesetzter Zucker	0 g
Fett	7 g
davon gesättigte Fettsäuren	4,3 g
davon ungesättigte Fettsäuren	2,7 g
Eiweiß	8 g

Zubereitungszeit: 10 min.
Schwierigkeit: ganz einfach
Portionen: 1

Zutaten für 1 Person

200 ml		Milch
2	EL	Reisflocken
1		süße Clementine

Zubereitung

Bringe die Milch in einem Topf zum Kochen, fülle sie in eine Babyflasche und gebe die Flocken mittels eines Trichters hinzu.

Schüttle die Flasche dann behutsam, um Luftblasen zu vermeiden, da diese zu Blähungen führen können.

Schäle die Clementine, teile sie in Stücke und drücke sie durch ein Sieb.

Gieße den aufgefangenen Saft zu den anderen Zutaten in die Flasche und schüttle alles nochmals durch.

Avocado – Reisflockenbrei

Nährwerte pro Portion

Kalorien	190 kcal
Kohlenhydrate	20 g
davon zugesetzter Zucker	0 g
Fett	10 g
Davon gesättigte Fettsäuren	1,6 g
Davon ungesättigte Fettsäuren	8,4 g
Eiweiß	2 g

Zubereitungszeit: 10 min.
Schwierigkeit: ganz einfach
Portionen: 1

Zutaten für 1 Person

2 EL	Reisflocken
1 EL	Apfelsaft
1	Avocado

Zubereitung

Koche die Reisflocken mit 150 ml Wasser kurz auf und lasse sie 1 – 2 min. weiterköcheln.

Halbiere und entsteine die Avocado.

Hebe das Fruchtfleisch aus der Schale, wiege 60 g ab und schneide diese klein.

Mische die Avocado – Würfel und den Apfel Saft unter den Reisbrei und püriere alles mit den Stabmixer.

Aprikosen – Brot - Brei

Nährwerte pro Portion

Kalorien	223 kcal
Kohlenhydrate	30 g
Davon zugesetzter Zucker	4 g
Fett	6 g
Davon gesättigte Fettsäuren	3,9 g
Davon ungesättigte Fettsäuren	2,1 g
Eiweiß	9 g

Zubereitungszeit: 10 min.
Schwierigkeit: leicht
Portionen: 1

Zutaten für 1 Person

180 ml		Milch
1	TL	Agavendicksaft
2		Aprikosen
1		Scheibe Weizenvollkornbrot
1		Prise Zimt

Zubereitung

Wasche, halbiere und entstein die Aprikosen und schneide sie in Würfel.

Schneide die Brotrinden ab und schneide das Brot in Würfel.

Koche die Milch mit dem Zimt auf.

Füge das Brot hinzu und weiche es bei kleiner Hitze solange ein, bis es vollgesogen ist.

Gebe nun die Aprikosen hinzu, schmecke es mit Agavendicksaft ab und lasse es abkühlen.

Hirseflocken – Traubenbrei

Nährwerte pro Portion

Kalorien	165 kcal
Kohlenhydrate	28 g
davon zugesetzter Zucker	0 g
Fett	4 g
davon gesättigte Fettsäuren	0,5 g
davon ungesättigte Fettsäuren	3,5 g
Eiweiß	3 g

Zubereitungszeit: 10 min.
Schwierigkeit: ganz einfach
Portionen: 1

Zutaten für 1 Person

100	g	helle Weintrauben
2	EL	Hirseflocken
1	TL	Rapsöl

Zubereitung

Koche die Hirseflocken mit 125 ml Wasser auf und lasse sie 3 min. unter ständigem Rühren weiterköcheln.

Wasche, halbiere und entkerne die Trauben, gebe sie mit dem Öl zu den Hirseflocken und püriere alles fein.

Mandarinen – Grießbrei

Nährwerte pro Portion

Kalorien	186 kcal
Kohlenhydrate	20 g
davon zugesetzter Zucker	0 g
Fett	10 g
davon gesättigte Fettsäuren	0,8 g
davon ungesättigte Fettsäuren	9,2 g
Eiweiß	2 g

Zubereitungszeit: 10 min.
Schwierigkeit: ganz einfach
Portionen: 1

Zutaten für 1 Person

2 EL	Vollkorngrieß
1 EL	Rapsöl
1	Mandarine

Zubereitung

Koche den Grieß mit 80 ml Wasser auf und lasse ihn unter Rühren 5 min. aufquellen.

Schäle zwischenzeitlich die Mandarine, schneide sie quer in Scheiben und entkerne sie.

Schneide die Stücke in grobe Würfel und püriere diese dann.

Mische die pürierte Mandarine samt Öl unter den Grießbrei.

Dinkel – Mandel – Karottenbrei

Nährwerte pro Portion

Kalorien	220 kcal
Kohlenhydrate	21 g
davon zugesetzter Zucker	0 g
Fett	11 g
davon gesättigte Fettsäuren	1 g
davon ungesättigte Fettsäuren	10 g
Eiweiß	7 g

Zubereitungszeit: 15 min.
Schwierigkeit: leicht
Portionen: 1

Zutaten für 1 Person

100	ml	Karottensaft
20	g	geschälte Mandeln
2	EL	Dinkel – Vollkorngrieß
1		Karotte

Zubereitung

Wasche, schäle und schneide die Karotte grob.

Gebe Karotte und Mandeln in einen Blitzhacker, um sie fein zu hacken.

Bringe Karottensaft, Mandeln und gehackte Karotte zum Kochen.

Rühre den Grieß ein und lasse alles 5 min. kochen und dann noch etwas quellen.

Püriere schließlich das Ganze mit dem Stabmixer.

Hirse – Sanddorn – Apfelbrei

Nährwerte pro Portion

Kalorien	227 kcal
Kohlenhydrate	28 g
davon zugesetzter Zucker	0 g
Fett	8 g
davon gesättigte Fettsäuren	4,5 g
davon ungesättigte Fettsäuren	3,5 g
Eiweiß	8 g

Zubereitungszeit: 10 min.
Schwierigkeit: ganz einfach
Portionen: 1

Zutaten für 1 Person

200 ml		Milch
2	EL	Hirseflocken
1	TL	Sanddornsaft
½		Apfel

Zubereitung

Koche Hirseflocken und Milch auf und lasse beides unter ständigem Rühren 1 – 2 min. weiterköcheln.

Wasche, schäle und entkerne den Apfel und schneide ihn dann in kleine Würfel.

Gebe die Apfelwürfel zum Brei und gieße den Sanddornsaft dazu, nachdem du alles vom Herd genommen hast.

Püriere nun alles mit dem Stabmixer.

Obst - Brei

Nährwerte pro Portion

Kalorien	249 kcal
Kohlenhydrate	35 g
davon zugesetzter Zucker	0 g
Fett	7 g
davon gesättigte Fettsäuren	4,3 g
davon ungesättigte Fettsäuren	2,7 g
Eiweiß	9 g

Zubereitungszeit: 10 min.
Schwierigkeit: leicht
Portionen: 1

Zutaten für 1 Person

200 ml Milch
3 EL Vollkorngrieß
1 Pflaume

Zubereitung

Wasche, halbiere, entkerne und schneide die Pflaume in kleine Würfel.

Gebe die Pflaumenwürfel mit 2 – 3 EL Wasser in einen Topf und koche sie in 4 – 5 min. zu Kompott.

Erhitze die Milch in einem zweiten Topf, rühre den Grieß langsam ein und lasse ihn bei schwacher Hitze unter ständigem Rühren 3 min. quellen.

Richte den fertigen Grießbrei auf einem Teller an, gebe das Kompott darauf und lasse alles etwas abkühlen.

Bulgur – Mandel – Bananenbrei

Nährwerte pro Portion

Kalorien	172 kcal
Kohlenhydrate	25 g
davon zugesetzter Zucker	0 g
Fett	6 g
davon gesättigte Fettsäuren	0,5 g
davon ungesättigte Fettsäuren	5,5 g
Eiweiß	3 g

Zubereitungszeit: 10 min.
Schwierigkeit: ganz einfach
Portionen: 2

Zutaten für 2 Personen

4 EL	Bulgur
2 TL	Rapsöl
6	ungeschälte Mandelkerne
1	Banane
½	Mango

Zubereitung

Mahle die Mandeln in einer Mandelmühle oder einem Blitzhacker fein.

Koche den Bulgur mit 100 ml Wasser auf und lasse ihn zugedeckt 15 min. bei schwacher Hitze quellen.

Schäle die Banane, zerdrücke sie mit einer Gabel und mische sie unter den Bulgur.

Schäle die Mango, löse das Fruchtfleisch vom Kern und schneide es klein.

Mische die Mango – Stücke und das Öl unter die Bananen – Bulgur – Mischung.

Birnenbrei mit Zwieback

Nährwerte pro Portion

Kalorien	218 kcal
Kohlenhydrate	42 g
davon zugesetzter Zucker	0 g
Fett	4 g
davon gesättigte Fettsäuren	0,4 g
davon ungesättigte Fettsäuren	3,6 g
Eiweiß	2 g

Zubereitungszeit: 15 min.
Schwierigkeit: ganz einfach
Portionen: 1

Zutaten für 1 Person

4 EL	Apfelsaft
1 TL	Rapsöl
2	Scheiben Vollkornzwieback
1	große Birne

Zubereitung

Wasche, halbiere und entkerne die Birne und schneide das Fruchtfleisch in kleine Stücke.

Koche die Birnenstücke mit dem Apfelsaft auf, lasse alles 5 min. garen und nehme es dann vom Herd.

Zerkleinere zwischenzeitlich den Zwieback in einem Gefrierbeutel mit dem Nudelholz.

Füge die Brösel und das Öl dem Brei hinzu und püriere alles mit einem Stabmixer.

Champignon – Kartoffelbrei mit Schweinefleisch

Nährwerte pro Portion

Kalorien	190 kcal
Kohlenhydrate	11 g
davon zugesetzter Zucker	0 g
Fett	10 g
davon gesättigte Fettsäuren	1 g
davon ungesättigte Fettsäuren	9 g
Eiweiß	12 g

Zubereitungszeit: 15 min.
Schwierigkeit: ganz einfach
Portionen: 1

Zutaten für 1 Person

100	g	Champignons
25	g	mageres Schweinefleisch
1	EL	Apfelsaft
1	EL	Rapsöl
1		Kartoffel

Zubereitung

Wasche, schäle und schneide die Kartoffel in kleine Stücke.

Putze die Champignons gründlich und schneide sie in dünne Scheiben.

Spüle das Schweinefleisch ab, tupfe es trocken und schneide es in schmale Streifen.

Koche das Fleisch und die Kartoffel in 100 ml Wasser auf und lasse beides zugedeckt 15 min. garen.

Gebe nach 10 min. die Champignons hinzu.

Füge den Apfelsaft und das Öl hinzu, nachdem du den Brei vom Herd genommen hast und püriere alles mit einem Stabmixer.

Kartoffel – Blumenkohlbrei mit Haferflocken

Nährwerte pro Portion

Kalorien	171 kcal
Kohlenhydrate	14 g
davon zugesetzter Zucker	0 g
Fett	10 g
davon gesättigte Fettsäuren	0,9 g
davon ungesättigte Fettsäuren	9,1 g
Eiweiß	4 g

Zubereitungszeit: 15 min.
Schwierigkeit: leicht
Portionen: 1

Zutaten für 1 Person

100 g		Blumenkohl
1	EL	Haferflocken
1	EL	Apfelsaft
1	EL	Rapsöl
1		Kartoffel

Zubereitung

Wasche, schäle und schneide die Kartoffel in kleine Stücke.

Putze und wasche den Blumenkohl und teile ihn in kleine Röschen.

Koche den Blumenkohl und die Kartoffel in 150 ml Wasser in 10 – 15 min. weich.

Gebe dann die Haferflocken hinzu und lasse alles 3 min. weiterköcheln.

Nehme den Topf dann vom Herd, mische Apfelsaft und Öl noch dazu und püriere alles mit einem Stabmixer.

Weintrauben – Rosenkohlbrei mit Rindfleisch

Nährwerte pro Portion

Kalorien	189 kcal
Kohlenhydrate	18 g
davon zugesetzter Zucker	0 g
Fett	9 g
davon gesättigte Fettsäuren	1 g
davon ungesättigte Fettsäuren	8 g
Eiweiß	7 g

Zubereitungszeit: 35 min.
Schwierigkeit: leicht
Portionen: 5

Zutaten für 5 Personen

250	g	Rosenkohl
200	g	vorgekochte Maronen
100	g	Weintrauben
80	g	Rindfleisch
5	EL	Rapsöl

Zubereitung

Wasche und putze den Rosenkohl und schneide die Röschen in Viertel.

Koche 100 ml Wasser in einem Topf auf.

Spüle das Fleisch ab, zerkleinere es mit einem Messer und gebe es mit dem Rosenkohl ins kochende Wasser, wo du beides zugedeckt 15 min. garen lässt.

Wasche und halbier die Trauben und befreie sie von den Kernen.

Zerkleinere die Maronen mit einem großen Messer grob und gebe sie mit den Weintrauben zu Gemüse und Fleisch.

Lasse alles unter ständigem Rühren nochmals aufkochen und püriere das Ganze mit einem Stabmixer.

Paprika – Reisbrei

Nährwerte pro Portion

Kalorien	204 kcal
Kohlenhydrate	23 g
davon zugesetzter Zucker	0 g
Fett	10 g
davon gesättigte Fettsäuren	1,1 g
davon ungesättigte Fettsäuren	8,9 g
Eiweiß	4 g

Zubereitungszeit: 15 min.
Schwierigkeit: ganz einfach
Portionen: 4

Zutaten für 4 Personen

100	g	Parboiled Vollkornreis
3	EL	Rapsöl
2	EL	geschälter Sesam
2		rote Paprika
½		Orange

Zubereitung

Wasche, halbiere und entkerne die Paprikas und schneide sie in Würfel.

Koche in 200 ml Wasser Sesam, Reis und die Paprikawürfel in 20 min. gar.

Presse die Orange aus und gebe den Saft mit dem Öl zu den anderen Zutaten.

Püriere alles mit einem Stabmixer zu Brei.

Himbeeren – Graupenbrei

Nährwerte pro Portion

Kalorien	215 kcal
Kohlenhydrate	30 g
davon zugesetzter Zucker	6 g
Fett	6 g
davon gesättigte Fettsäuren	3,9 g
davon ungesättigte Fettsäuren	2,1 g
Eiweiß	8 g

Zubereitungszeit: 20 min
Schwierigkeit: ganz einfach
Portionen: 1

Zutaten für 1 Person

180 ml		Milch
3	EL	Himbeeren
1	EL	Perlgraupen
1	TL	Rohrzucker
1		Vanilleschote

Zubereitung

Koche die Milch mit 50 ml Wasser auf und gebe die Graupen hinzu.

Kratze das Mark aus der Vanilleschote und lege es mit der Schale zu den Graupen.

Gare alles bei kleiner Hitze in 25 min. weich.

Wasche die Himbeeren und mische sie mit Zucker.

Zerdrücke die Himbeeren mit einer Gabel.

Mische die Beeren unter die Graupen, nachdem du die Vanilleschote entfernt hast.

Lasse alles etwas abkühlen.

Erbsen – Süßkartoffelbrei

Nährwerte pro Portion

Kalorien	215 kcal
Kohlenhydrate	25 g
davon zugesetzter Zucker	0 g
Fett	9 g
davon gesättigte Fettsäuren	1 g
davon ungesättigte Fettsäuren	8 g
Eiweiß	6 g

Zubereitungszeit: 20 min.
Schwierigkeit: ganz einfach
Portionen: 6

Zutaten für 6 Personen

400	g	tiefgekühlte Erbsen
5	EL	Haferflocken
5	EL	Rapsöl
1		kleine Süßkartoffel
1		große Orange

Zubereitung

Wasche die Süßkartoffel und koche sie in 30 – 40 min. butterweich.

Bringe nach 25 min. 200 ml Wasser zum Kochen, gebe Erbsen und Haferflocken hinein und lasse beides 5 – 6 min. garen.

Presse zwischenzeitlich die Orange aus und messe 100 ml Saft ab.

Spüle die fertig gegarte Süßkartoffel unter fließend kaltem Wasser ab, schäle sie und gebe sie mit dem Saft zu den Erbsen.

Füge dann das Öl hinzu und püriere alles mit einem Stabmixer.

Birnenbrei mit Haferflocken

Nährwerte pro Portion

Kalorien	244 kcal
Kohlenhydrate	33 g
davon zugesetzter Zucker	0 g
Fett	8 g
davon gesättigte Fettsäuren	4,5 g
davon ungesättigte Fettsäuren	3,5 g
Eiweiß	9 g

Zubereitungszeit: 10 min.
Schwierigkeit: ganz einfach
Portionen: 1

Zutaten für 1 Person

200 ml		Milch
2	EL	Haferflocken
1		kleine Birne

Zubereitung

Wasche und schäle die Birne.

Befreie sie von den Kernen und rasple sie auf einer Kastenreibe grob.

Bringe die Milch zum Kochen und gebe die Haferflocken hinzu und lasse beides 1 – 2 min. weiterköcheln.

Füge nun die geraspelte Birne hinzu, püriere alles mit einem Stabmixer und lasse es abkühlen.

Kürbis – Haferflockenbrei

Nährwerte pro Portion

Kalorien	479 kcal
Kohlenhydrate	41 g
davon zugesetzter Zucker	3 g
Fett	30 g
davon gesättigte Fettsäuren	25,5 g
davon ungesättigte Fettsäuren	4,5 g
Eiweiß	10 g

Zubereitungszeit: 25 min.
Schwierigkeit: leicht
Portionen: 4

Zutaten für 4 Personen

400 ml		Kokosmilch
200 ml		Apfelsaft
400 g		Fruchtfleisch des Hokkaido – Kürbis
160 g		Haferflocken
2	EL	Kokosflocken
1	EL	Ahornsirup
4	TL	Leinsamen
2		Maracujas
¼		Vanilleschote

Zubereitung

Gare das gewürfelte Fruchtfleisch des Kürbis 10 min. bei mittlerer Hitze im Apfelsaft.
Kratze das Mark der ¼ Vanilleschote heraus.
Koche die Kokosmilch in 300 ml Wasser auf und gebe Haferflocken und Leinsamen dazu.
Lasse alles bei kleiner Hitze 5 min. köcheln und schmecke dann mit Ahornsirup und Vanillemark ab und lasse das Ganze noch weitere 5 min. quellen.
Röste die Kokosflocken goldgelb in einer Pfanne an.
Mische die Hälfte des Kürbiskompott unter den Haferflockenbrei und verteile alles gleichmäßig auf Schälchen.
Halbiere die Maracujas, entferne das Fruchtfleisch, gebe es mit den restlichen Kürbiswürfeln über den Brei und bestreue ihn mit den Kokosflocken.

Erdbeeren – Hafer – Reisbrei mit Nudeln

Nährwerte pro Portion

Kalorien	265 kcal
Kohlenhydrate	32 g
davon zugesetzter Zucker	4 g
Fett	12 g
davon gesättigte Fettsäuren	3,9 g
davon ungesättigte Fettsäuren	8,1 g
Eiweiß	8 g

Zubereitungszeit: 25 min.
Schwierigkeit: leicht
Portionen: 4

Zutaten für 4 Personen

200	ml	Milch
3	EL	Honig
1	EL	Butter
300	g	Erdbeeren
60	g	Himbeeren
60	g	Heidelbeeren
50	g	Reisflocken
50	g	Haferflocken
40	g	Mandelkerne

Zubereitung

Röste die Mandeln ohne Fett in einer Pfanne an, lasse sie anschließend abkühlen und hacke sie grob.

Püriere die Erdbeeren, bis auf 4 Stück, die Heidelbeeren und die Himbeeren mit 1 EL Honig.

Bringe die Milch mit dem restlichen Honig, der Butter und 200 ml Wasser zum Kochen.

Rühre Reis – und Haferflocken ein, lasse beides 10 min. köcheln und weitere 5 min. quellen.

Verteile den Brei auf Schälchen, gebe das Kompott darauf und bestreue es mit den Mandeln.

Klassischer Grießbrei

Nährwerte pro Portion

Kalorien	169 kcal
Kohlenhydrate	19 g
davon zugesetzter Zucker	6,1 g
Fett	8 g
davon gesättigte Fettsäuren	5 g
davon ungesättigte Fettsäuren	3 g
Eiweiß	5 g

Zubereitungszeit: 15 min.
Schwierigkeit: leicht
Portionen: 4

Zutaten für 4 Personen

500	ml	Vollmilch
4	TL	Kokosblütenzucker
40	g	Dinkel – Vollkorngrieß
15	g	Butter
1		Prise Salz
½		Vanilleschote

Zubereitung

Koche Milch, 3 TL Kokosblütenzucker, Salz und Butter bei kleiner Hitze auf.

Gebe das Mark der ½ Vanilleschote dazu und rühre den Grieß, kurz bevor die Milch aufkocht, hinein.

Lasse alles 3 – 4 min. unter Rühren eindicken.

Bestreue den Brei nach dem Abkühlen mit dem restlichen Kokosblütenzucker.

Karottenbrei mit Fleischeinlage

Nährwerte pro Portion

Kalorien	179 kcal
Kohlenhydrate	12 g
davon zugesetzter Zucker	0 g
Fett	10 g
davon gesättigte Fettsäuren	1 g
davon ungesättigte Fettsäuren	9 g
Eiweiß	7 g

Zubereitungszeit: 15 min.
Schwierigkeit: ganz einfach
Portionen: 1

Zutaten für 1 Person

20 g	mageres Schweinefleisch
3 EL	Apfelsaft
1 EL	Rapsöl
1	kleine Kartoffel
1	Karotte

Zubereitung

Wasche und schäle Kartoffel und Karotte und schneide beides in kleine Stücke.

Spüle das Fleisch ab, tupfe es trocken und schneide es quer zur Faser in feine Streifen.

Koche Gemüse und Fleisch mit 100 ml Wasser auf und lasse alles 10 min. garen.

Püriere das Ganze unter Zugabe von Öl und Saft mit einem Stabmixer.

FRÜHSTÜCK

Gebackene Haferflocken

Nährwerte pro Portion

Kalorien	211 kcal
Kohlenhydrate	25 g
davon zugesetzter Zucker	3 g
Fett	9 g
davon gesättigte Fettsäuren	1,7 g
davon ungesättigte Fettsäuren	7,3 g
Eiweiß	6 g

Zubereitungszeit: 30 min.
Schwierigkeit: ganz einfach
Portionen: 6

Zutaten für 6 Personen

200	g	Beeren
200	g	Haferflocken
50	g	Walnüsse
180	ml	Mandelmilch
1	EL	Honig
1	TL	Kokosöl
1		Vanilleschote
1		Prise Salz

Zubereitung

Übergieße die Haferflocken mit 400 ml kochendem Wasser, rühre das Salz unter und lasse alles 10 min. quellen.
Hacke zwischenzeitlich die Walnüsse grob und wasche die Beeren.
Gebe nun Walnüsse, Beeren, Mandelmilch und das Mark der Vanilleschote zu den Haferflocken und vermische das Ganze gut miteinander.
Pinsle nun eine Auflaufform mit dem Kokosöl ein und verteile Beeren – Haferflockenmischung darin.
Beträufle schließlich alles mit Honig und backe es bei 180°C 20 – 25 min.
Serviere die gebackenen Haferflocken heiß.

Brot mit Avocado – Feta – Creme

Nährwerte pro Portion

Kalorien	366 kcal
Kohlenhydrate	22 g
davon zugesetzter Zucker	0 g
Fett	25 g
davon gesättigte Fettsäuren	10,9 g
davon ungesättigte Fettsäuren	14,1 g
Eiweiß	12 g

Zubereitungszeit: 15 min.
Schwierigkeit: leicht
Portionen: 2

Zutaten für 2 Personen

100 g	Feta
1 EL	Balsamicoessig
2	Scheiben Sauerteigbrot
1	Handvoll Erdbeeren
1	Spritzer Limettensaft
1	Avocado
1	Prise Salz und Pfeffer

Zubereitung

Halbiere und entkerne die Avocado, löse das Fruchtfleisch aus der Schale und zerdrücke es grob.

Würze alles gut mit Salz und Pfeffer und mische den zerbröselten Feta unter das Avocado - Fruchtfleisch.

Bestreiche die Brotscheiben mit der Avocado – Feta – Creme und backe sie bei 180°C 10 min.

Putze und wasche zwischenzeitlich die Erdbeeren und schneide sie in Scheiben.

Würze die Erdbeeren mit Balsamicoessig und etwas Pfeffer und verteile sie auf den Broten.

Blaubeermarmelade mit Chia – Samen und Vanille

Nährwerte pro Portion	
Kalorien	35 kcal
Kohlenhydrate	5 g
davon zugesetzter Zucker	3 g
Fett	1 g
davon gesättigte Fettsäuren	0,1 g
davon ungesättigte Fettsäuren	0,9 g
Eiweiß	1 g

Zubereitungszeit: 15 min.
Schwierigkeit: leicht
Portionen: 6

Zutaten für 6 Personen

250 g		Blaubeeren
1,5	EL	Chia – Samen
1	EL	Ahornsirup
½	TL	gemahlene Vanilleschoten

Zubereitung

Wasche die Beeren, lasse sie in einem Topf kurz aufkochen und püriere sie mit dem Stabmixer.

Lasse die Blaubeeren etwas abkühlen, bevor du Ahornsirup, Chia – Samen und Vanillepulver unterrührst und alles 30 min. quellen lässt.

Fülle schließlich die Blaubeermarmelade in ein sauberes Schraubglas.

Trauben – Physalis – Quark – Müsli

Nährwerte pro Portion

Kalorien	420 kcal
Kohlenhydrate	53 g
davon zugesetzter Zucker	4 g
Fett	10 g
davon gesättigte Fettsäuren	1,3 g
davon ungesättigte Fettsäuren	8,7 g
Eiweiß	27 g

Zubereitungszeit: 15 min.
Schwierigkeit: leicht
Portionen: 2

Zutaten für 2 Personen

300 g		Magerquark
150 g		helle kernlose Trauben
150 g		Physalis
4	EL	Nussmüsli
4	EL	Sanddornsaft
2	EL	Mineralwasser mit Kohlensäure

Zubereitung

Schlage den Quark mit Mineralwasser cremig auf.

Rühre dann Müsli und Sanddornsaft unter.

Löse die Physalis aus den Blatthüllen.

Wasche dann Trauben und Physalis und halbiere beides.

Gebe die Früchte unter die Müsli – Quark – Mischung und verteile sie auf Schälchen.

Hüttenkäse auf Süßkartoffeltoast

Nährwerte pro Portion

Kalorien	277 kcal
Kohlenhydrate	51 g
davon zugesetzter Zucker	0 g
Fett	3 g
davon gesättigte Fettsäuren	1,4 g
davon ungesättigte Fettsäuren	1,6 g
Eiweiß	10 g

Zubereitungszeit: 15 min.
Schwierigkeit: leicht
Portionen: 4

Zutaten für 4 Personen

200 g	Hüttenkäse
3	Stiele Basilikum
2	Blätter Rotkohl
2	Süßkartoffeln
1	Karotte
1	Prise Salz, Pfeffer und Paprikapulver

Zubereitung

Schäle und schneide alle Süßkartoffeln jeweils in 6 dünne Scheiben.

Backe diese bei 180°C 10 min. im Backofen.

Putze, wasche und rasple zwischenzeitlich die Karotte grob.

Wasche das Basilikum, und lege 4 Blätter beiseite.

Hacke den Rest, mische ihn mit Hüttenkäse und Karotte und würze das Ganze mit Salz, Pfeffer und Paprikapulver.

Säubere die Rotkohlblätter und schneide sie in feine Streifen.

Bestreiche nun die Süßkartoffelscheiben mit dem Hüttenkäse und belege sie mit den Rotkohlstreifen und den Basilikumblättern.

Bananen – Schoko – Erdnuss – Porridge

Nährwerte pro Portion

Kalorien	480 kcal
Kohlenhydrate	70 g
davon zugesetzter Zucker	8 g
Fett	15 g
davon gesättigte Fettsäuren	3,9 g
davon ungesättigte Fettsäuren	11,1 g
Eiweiß	14 g

Zubereitungszeit: 20 min.
Schwierigkeit: leicht
Portionen: 4

Zutaten für 4 Personen

600	ml	Haferdrink
200	g	zarte Dinkelflocken
50	g	Zartbitterschokolade (mindestens 70% Kakaoanteil)
4	EL	ungesalzene Erdnusskerne
2	EL	stark entöltes Kakaopulver
2	EL	Ahornsirup
2	EL	Kakao – Nibs
2		Bananen

Zubereitung

Erhitze den Haferdrink in einem Topf, gebe Dinkelflocken, Ahornsirup und Kakaopulver hinzu und lasse alles 2 -3 min. bei schwacher Hitze köcheln.

Hacke die Zartbitterschokolade grob, mische sie unter die anderen Zutaten und lasse sie bei kleiner Hitze ausquellen.

Schäle inzwischen die Bananen, halbiere sie längs und schneide sie dann in 1 cm breite Stücke.

Röste die Erdnüsse in einer Pfanne ohne Fett 3 min. an.

Fülle das fertige Porridge in Schälchen und garniere diese mit Banane, Kakao – Nibs und Erdnüssen.

Himbeeren – Kokos – Bällchen

Nährwerte pro Portion

Kalorien	108 kcal
Kohlenhydrate	8 g
davon zugesetzter Zucker	0 g
Fett	7 g
davon gesättigte Fettsäuren	4,2 g
davon ungesättigte Fettsäuren	2,8 g
Eiweiß	3 g

Zubereitungszeit: 15 min.
Schwierigkeit: leicht
Portionen: 15

Zutaten für 15 Personen

150	g	Haferflocken
120	g	TK – Himbeeren
80	g	Cashewkerne
5	EL	Kokosraspeln
4	EL	Kokosöl

Zubereitung

Schmelze das Kokosöl bei schwacher Hitze in einem Topf.

Mahle die Cashewkerne und Haferflocken in einem Mixer fein.

Mische Himbeeren und Kokosöl darunter und süße alles nach Bedarf.

Forme aus der Masse walnussgroße Kugeln, die du in Kokosraspeln drehst.

Stelle die Himbeeren – Kokos – Bällchen kalt.

Knuspriges Nussmüsli

Nährwerte pro Portion

Kalorien	280 kcal
Kohlenhydrate	22 g
davon zugesetzter Zucker	1,1 g
Fett	16 g
davon gesättigte Fettsäuren	4,6 g
davon ungesättigte Fettsäuren	11,4 g
Eiweiß	10 g

Zubereitungszeit: 30 min.
Schwierigkeit: leicht
Portionen: 10

Zutaten für 10 Personen

300 g		Dinkelflocken
100 g		Mandeln
100 g		Cashewkerne
4	EL	geschrotete Leinsamen
4	EL	Kokosöl
1	EL	Agavendicksaft
1	TL	Zimt
1		Prise Salz

Zubereitung

Erhitze Kokosöl und Agavendicksaft bei schwacher Hitze.

Vermische die gehackten Nüsse mit den Dinkelflocken und dem Leinsamen.

Gebe der Mischung Zimt und Salz zu und vermenge alles kräftig miteinander.

Verteile die Masse auf einem mit Backpapier ausgelegten Backblech und backe sie 15 – 20 min. bei 160°C.

Johannisbeeren – Feigen – Konfitüre

Nährwerte pro Portion

Kalorien	31 kcal
Kohlenhydrate	7 g
davon zugesetzter Zucker	5 g
Fett	0 g
davon gesättigte Fettsäuren	0 g
davon ungesättigte Fettsäuren	0 g
Eiweiß	0 g

Zubereitungszeit: 40 min.
Schwierigkeit: leicht
Portionen: 4

Zutaten für 4 Personen

1400	g	reife Feigen
750	g	Johannisbeeren
500	g	Gelierzucker 3:1
100	ml	Grenadine

Zubereitung

Viertle die Feigen, lege sie mit der Schnittfläche nach oben auf einen Teller und kratze das Fruchtfleisch aus der Schale.
Wiege 800 g Fruchtfleisch ab.
Wasche die Johannisbeeren und streife sie mittels einer Gabel von den Rispen.
Mische 700 g der Johannisbeeren mit den Feigen.
Gebe die Früchte und den Gelierzucker in einen Topf, mische beides kräftig und bringe es schließlich unter Rühren zum Kochen.
Lasse alles kräftig 3 min. weiterkochen.
Füge Grenadine hinzu und lasse das Ganze eine weitere Minute kochen.
Gieße die heiße Flüssigkeit in Gläser und verschließe diese gut.
Stelle die Gläser 1 min. auf den Kopf und dann wieder aufrecht.
Fertig ist die Konfitüre.

Apfel – Buttermilch – Leinsamen – Pudding

Nährwerte pro Portion

Kalorien	229 kcal
Kohlenhydrate	20 g
davon zugesetzter Zucker	2 g
Fett	12 g
davon gesättigte Fettsäuren	1,6 g
davon ungesättigte Fettsäuren	10,4 g
Eiweiß	10 g

Zubereitungszeit: 20 min.
Schwierigkeit: leicht
Portionen: 4

Zutaten für 4 Personen

400 ml		Buttermilch
6	EL	geschrotete Leinsamen
2	EL	Pistazienkerne
2	EL	Haferflocken
1	EL	Ahornsirup
1	EL	Zitronensaft
1		roter Apfel
1		Prise Zimt
½		Vanilleschote

Zubereitung

Kratze das Mark aus der längshalbierten Vanilleschote.

Verrühre das Vanillemark mit Buttermilch und Leinsamen und lasse alles 20 min. quellen.

Verteile den Pudding auf 4 Gläser und stelle ihn über Nacht in den Kühlschrank.

Wasche am darauffolgenden Tag den Apfel und schneide ihn in Würfel.

Mische Apfelwürfel, Ahornsirup und Zitronensaft.

Hacke die Pistazien und gebe sie mit den Apfelwürfeln und den Haferflocken auf den Pudding.

Hafer – Dinkel – Feigen – Müsli

Nährwerte pro Portion

Kalorien	435 kcal
Kohlenhydrate	77 g
davon zugesetzter Zucker	3 g
Fett	6 g
davon gesättigte Fettsäuren	1,9 g
davon ungesättigte Fettsäuren	4,1 g
Eiweiß	15 g

Zubereitungszeit: 20 min.
Schwierigkeit: leicht
Portionen: 2

Zutaten für 2 Personen

250 g		Dickmilch (1,5%)
75	g	geschroteter Hafer
75	g	geschroteter Dinkel
2	TL	Ahornsirup
2		getrocknete Feigen
2		Orangen

Zubereitung

Würfle die Feigen fein, vermische sie mit Hafer, Dinkel und Dickmilch und lasse alles über Nacht im Kühlschrank quellen.

Schäle die Orangen, schneide das Orangenfilet zwischen den Trennhäuten heraus und fange den herabtropfenden Saft auf.

Verteile das Müsli auf Schälchen, richte es mit dem Orangenfilet an und beträufle es mit dem Saft.

Melone mit Fruchtfüllung

Nährwerte pro Portion

Kalorien	209 kcal
Kohlenhydrate	29 g
davon zugesetzter Zucker	2 g
Fett	7 g
davon gesättigte Fettsäuren	2,6 g
davon ungesättigte Fettsäuren	4,4 g
Eiweiß	6 g

Zubereitungszeit: 25 min.
Schwierigkeit: ganz einfach
Portionen: 4

Zutaten für 4 Personen

400		Joghurt (3,5% Fett)
2	EL	Mandelblättchen
1	EL	Birnendicksaft
2		Birnen
2		kleine Melonen
2		Stiele Minze
1		Blutorange
1		Prise Kardamom

Zubereitung

Halbiere und befrei die Melonen von ihren Kernen.
Schneide an der Unterseite der Hälften eine Scheibe ab, damit diese stehen bleiben.
Wasche und hacke die Minze fein.
Röste die Mandelblättchen in einer Pfanne goldbraun und lasse sie abkühlen.
Wasche und schäl die Birnen, entkerne und viertle sie.
Schneide die Birnen in dünne Scheiben.
Schäle die Orange, schneide das Fruchtfilet heraus und fange den Saft in einer Schale auf.
Verrühre Birnendicksaft, Joghurt, Kardamom und den Orangensaft miteinander.
Mische zum Schluss noch Minze, Birnenscheiben und Orangenfilet unter, verteile alles gleichmäßig auf die Melonenhälften und bestreue es mit den Mandelblättchen.

Fladenbrot

Nährwerte pro Portion

Kalorien	217 kcal
Kohlenhydrate	42 g
davon zugesetzter Zucker	0 g
Fett	2 g
davon gesättigte Fettsäuren	0,48 g
davon ungesättigte Fettsäuren	1,52 g
Eiweiß	8 g

Zubereitungszeit: 20 min.
Schwierigkeit: leicht
Portionen: 4

Zutaten für 4 Personen

150	g	Dinkelmehl Type 1050
100´	g	Weizenvollkornmehl
50	g	Joghurt (3,5% Fett)
2	EL	Olivenöl
1	TL	Backpulver
¼	TL	Salz

Zubereitung

Mische Mehl, Backpulver und Salz.

Gebe 1 EL Olivenöl, Wasser und Joghurt hinzu und verrühre alles zu einem glatten Teig.

Teile den Teig in Viertel und forme aus jedem Viertel einen dicken Fladen.

Backe die Fladen bei starker Hitze in einer Pfanne von jeder Seite 2 - 3 min.

Kirschquark mit Kakao

Nährwerte pro Portion

Kalorien	285 kcal
Kohlenhydrate	47 g
davon zugesetzter Zucker	5 g
Fett	3 g
davon gesättigte Fettsäuren	1,7 g
davon ungesättigte Fettsäuren	1,3 g
Eiweiß	16 g

Zubereitungszeit: 10 min.
Schwierigkeit: leicht
Portionen: 1

Zutaten für 1 Person

60 g	süße Kirschen
5 EL	Milch (1,5% Fett)
3 EL	Magerquark
2 EL	Buchweizen
1 TL	entöltes Kakaopulver
1 TL	Honig

Zubereitung

Röste den Buchweizen ohne Fett an, bis er duftet.

Gieße die Milch darüber, lasse alles aufkochen und dann 10 min. bei schwacher Hitze ausquellen.

Wasche, entsteine und schneide alle Kirschen in der Mitte durch.

Mische Kakaopulver und Honig unter den Buchweizen und lasse das Ganze etwas abkühlen.

Schichte abwechselnd Buchweizen, Kirschen und Quark in ein Glas, wobei die letzte Schicht der Quark ein sollte.

Bestreue den Quark nach Belieben mit Kakaopulver.

Kaki mit Joghurt – Hirseflockenfüllung

Nährwerte pro Portion

Kalorien	245 kcal
Kohlenhydrate	43 g
davon zugesetzter Zucker	4 g
Fett	3 g
davon gesättigte Fettsäuren	1,6 g
davon ungesättigte Fettsäuren	1,4 g
Eiweiß	8 g

Zubereitungszeit: 5 min.
Schwierigkeit: ganz einfach
Portionen: 1

Zutaten für 1 Person

150 g		Joghurt (1,5% Fett)
3	EL	Hirseflocken
1	TL	flüssiger Honig
1		Kaki

Zubereitung

Wasche die Kaki und schneide am oberen Ende einen Deckel ab.

Löse das Fruchtfleisch mit einem Löffel aus der Schale und zerdrücke es mit einer Gabel fein.

Mische Hirseflocken, Joghurt und Honig in einer Schüssel und gebe das Kaki – Mus darunter.

Platziere die Joghurt – Hirseflockenfüllung in der ausgehöhlten Frucht.

Mango – Knusperfrühstück

Nährwerte pro Portion

Kalorien	193 kcal
Kohlenhydrate	10 g
davon zugesetzter Zucker	0 g
Fett	15 g
davon gesättigte Fettsäuren	4,3 g
davon ungesättigte Fettsäuren	10,7 g
Eiweiß	5 g

Zubereitungszeit: 15 min.
Schwierigkeit: leicht
Portionen: 4

Zutaten für 4 Personen

1 EL	Kokosöl
1	Handvoll gehackte Nüsse
1	Handvoll getrocknete Mango
1	Handvoll Leinsamen

Zubereitung

Erhitze das Kokosöl mit den verbliebenen Zutaten und röste alles 5 – 10 min. an.

Lasse das Müsli abkühlen und fülle es dann in ein Schraubglas zur Aufbewahrung.

Joghurt – Kiwi – Pfannkuchen

Nährwerte pro Portion

Kalorien	436 kcal
Kohlenhydrate	58 g
davon zugesetzter Zucker	7,5 g
Fett	14 g
davon gesättigte Fettsäuren	5,5 g
davon ungesättigte Fettsäuren	8,5 g
Eiweiß	17 g

Zubereitungszeit: 45 min.
Schwierigkeit: leicht
Portionen: 4

Zutaten für 4 Personen

250 g		Magerquark
240 g		Dinkel - Vollkornmehl
200 g		rote Pflaumen
150 g		Joghurt (3,5% Fett)
360 ml		Milch (3,5% Fett)
2	EL	Ahornsirup
2	TL	Butter
1	TL	Backpulver
4		Kiwis
2		Eier
1		Prise Zimt und Salz

Zubereitung

Mische Mehl, Milch, Eier, Zimt, Salz und 1 EL Ahornsirup zu einem glatten Teig und lasse diesen 30 min. quellen.
Wasche, halbiere, entsteine und schneide alle Pflaumen in Würfel.
Püriere sie mit dem restlichen Ahornsirup und gebe Joghurt und Quark dem Mus bei.
Schäle und halbiere die Kiwi, um sie in Stücke zu schneiden.
Rühre das Backpulver noch unter den Teig und backe mit der Butter 8 Pfannkuchen.
Richte die Pfannkuchen mit Joghurt und Kiwis an.

Obst – Frischkäsefrühstück

Nährwerte pro Portion

Kalorien	415 kcal
Kohlenhydrate	52 g
davon zugesetzter Zucker	5 g
Fett	14 g
davon gesättigte Fettsäuren	3,4 g
davon ungesättigte Fettsäuren	10,6 g
Eiweiß	18 g

Zubereitungszeit: 15 min.
Schwierigkeit: leicht
Portionen: 4

Zutaten für 4 Personen

300 g	körniger Frischkäse
150 g	Joghurt
150 g	Haferflocken
50 g	getrocknete Cranberrys
50 g	Walnusskerne
100 ml	Apfelsaft
3 EL	Ahornsirup
2	Birnen
1	Prise Zimt
½	Zitrone

Zubereitung

Presse die Zitronenhälfte aus und mische 2 EL Zitronensaft mit Cranberrys, Apfelsaft und Haferflocken und lasse es 1 Stunde einweichen.

Hacke die Walnusskerne, röste sie ohne Fett leicht an und lasse sie dann auf einem Teller abkühlen.

Verrühre Joghurt, Zimt, Ahornsirup und Frischkäse.

Wasche und alle Birnen in feine Stifte.

Mische nun alle Zutaten zu einem Frühstück zusammen.

Joghurt – Himbeerquark

Nährwerte pro Portion

Kalorien	288 kcal
Kohlenhydrate	47 g
davon zugesetzter Zucker	5 g
Fett	1 g
davon gesättigte Fettsäuren	0,5 g
davon ungesättigte Fettsäuren	0,5 g
Eiweiß	18 g

Zubereitungszeit: 10 min.
Schwierigkeit: ganz einfach
Portionen: 1

Zutaten für 1 Person

100	g	Magerquark
70	g	Himbeeren
2	EL	Joghurt
5	TL	roter Fruchtaufstrich
1		Scheibe Vollkornbrot

Zubereitung

Mische Himbeeren, Fruchtaufstrich, Joghurt und Quark und püriere alles mit dem Stabmixer.

Schneide das Brot in Streifen und reiche es zum Quark.

Bananen – Frischkäsebrotaufstrich

Nährwerte pro Portion

Kalorien	100 kcal
Kohlenhydrate	13 g
davon zugesetzter Zucker	3 g
Fett	3 g
davon gesättigte Fettsäuren	2,1 g
davon ungesättigte Fettsäuren	0,9 g
Eiweiß	3 g

Zubereitungszeit: 10 min.
Schwierigkeit: leicht
Portionen: 3

Zutaten für 3 Personen

60 g	Frischkäse
1 EL	Schokoraspeln
1 EL	Ahornsirup
1	Banane
½	Orange

Zubereitung

Schäle die Banane, schneide sie in Scheiben und zerdrücke diese mit der Gabel.

Presse die Orange aus und gebe 2 EL des Saftes zu der zerdrückten Banane.

Füge Ahornsirup und Frischkäse hinzu, rühre alles glatt und hebe schließlich die Schokoraspeln unter.

Walnuss - Bananenbrot

Nährwerte pro Brot

Kalorien	170 kcal
Kohlenhydrate	19 g
davon zugesetzter Zucker	2,3 g
Fett	9 g
davon gesättigte Fettsäuren	1,8 g
davon ungesättigte Fettsäuren	7,2 g
Eiweiß	4 g

Zubereitungszeit: 30 min.
Schwierigkeit: leicht
Portionen: 20

Zutaten für 20 Personen

300	g	Mehl Type 1050
150	g	Walnusskerne
80	g	Margarine
50	g	Kokosblütenzucker
½	TL	Salz
3		Bananen
1		Vanilleschote
1		Apfel
1		Ei
1		Päckchen Backpulver
1		Prise Muskatnuss

Zubereitung

Mische Mehl, Salz, Backpulver und Muskatnuss in einer Schüssel.
Hacke die Walnusskerne klein und gebe sie zu den anderen Zutaten.
Schäle die Bananen, schneide sie in kleine Stücke und püriere diese mit einem Stabmixer.
Gebe das Vanillemark hinzu.
Wasche den Apfel, reibe ihn und rühre ihn mit Margarine und Kokosblütenzucker schaumig.
Füge das Ei hinzu und gebe das Bananenpüree und die Mehlmischung abwechselnd unter das Margarinen - Gemisch.
Backe das Brot bei 150°C 50 – 60 min.
Stürze das fertige Brot nach 5 min. auf eine Arbeitsfläche.

Karotten – Eierspeise

Nährwerte pro Portion

Kalorien	262 kcal
Kohlenhydrate	14 g
davon zugesetzter Zucker	0 g
Fett	16 g
davon gesättigte Fettsäuren	4,7 g
davon ungesättigte Fettsäuren	11,3 g
Eiweiß	13 g

Zubereitungszeit: 15 min.
Schwierigkeit: leicht
Portionen: 1

Zutaten für 1 Person

2 EL	Milch
1 EL	Frischkäse
2 TL	Rapsöl
2	Halme Schnittlauch
1	Scheibe Vollkornbrot
1	Ei
1	kleine Karotte
1	Prise Salz und Pfeffer

Zubereitung

Wasche, schäle und rasple die Karotte fein.

Verquirle das Ei mit Salz und Pfeffer.

Erhitze das Öl in einer Pfanne und dünste die Möhrenraspeln 1 min. an.

Gieße die Eiermasse über die Karotten und lasse alles bei mittlerer Hitze fest werden.

Wasche den Schnittlauch und schneide ihn in Röllchen.

Streue den Schnittlauch über den Pfannkuchen und reiche das Vollkornbrot dazu.

Müsli mit Rosinen und Puffmais

Nährwerte pro Portion

Kalorien	323 kcal
Kohlenhydrate	45 g
davon zugesetzter Zucker	0 g
Fett	11 g
davon gesättigte Fettsäuren	4,9 g
davon ungesättigte Fettsäuren	6,1 g
Eiweiß	10 g

Zubereitungszeit: 15 min.
Schwierigkeit: leicht
Portionen: 14

Zutaten für 14 Personen

200	g	Joghurt (1,5% Fett)
150	g	kleingeschnittenes Obst
100	g	Haferflocken
100	g	Buchweizen
50	g	Puff - Amaranth
7	EL	Sesam
4	EL	Rosinen
2,5	EL	Popcornmais

Zubereitung

Röste Buchweizen und Sesam ohne Fett in einer Pfanne 4 min. an und lasse beides in einer Schüssel abkühlen.

Gebe den Mais in die Pfanne und erhitze ihn unter ständigem Rühren, bis alle Körner geplatzt sind.

Füge das Popcorn mit Puff – Amaranth, Rosinen und Haferflocken dem Buchweizen und Sesam hinzu.

Richte das Müsli nach Belieben mit Milch, frischem Obst oder Joghurt an.

Obstquark auf Toast

Nährwerte pro Portion

Kalorien	232 kcal
Kohlenhydrate	25 g
davon zugesetzter Zucker	2 g
Fett	9 g
davon gesättigte Fettsäuren	0,8 g
davon ungesättigte Fettsäuren	8,2 g
Eiweiß	9 g

Zubereitungszeit: 10 min.
Schwierigkeit: leicht
Portionen: 1

Zutaten für 1 Person

2 EL	Magerquark
1 EL	gehackte Haselnusskerne
1 TL	Aprikosenkonfitüre
1	Scheibe Vollkornbrot
1	Prise Zimt
½	Apfel

Zubereitung

Wasche den Apfel und schneide die Hälfte in der Mitte durch.

Zerkleinere ein Viertel der Hälfte und püriere sie mit dem Stabmixer.

Rühre dann Aprikosenkonfitüre, Haselnusskerne und Zimt unter.

Toaste das Vollkornbrot, bestreiche es mit Quark und verteile Apfel – Aprikosenmischung darauf.

Schneide das zweite Viertel der Apfelhälfte in Scheiben und belege damit den Toast.

Vollkornbrot mit Avocado - Paste

Nährwerte pro Portion

Kalorien	368 kcal
Kohlenhydrate	32 g
davon zugesetzter Zucker	0 g
Fett	21 g
davon gesättigte Fettsäuren	4,2 g
davon ungesättigte Fettsäuren	16,8 g
Eiweiß	9 g

Zubereitungszeit: 10 min.
Schwierigkeit: ganz einfach
Portionen: 1

Zutaten für 1 Person

125 ml	Milch (1,5% Fett)
4	Kirschtomaten
1	Scheibe Vollkornbrot
1	Bio – Limette
1	Prise Salz und schwarzer Pfeffer
½	Avocado

Zubereitung

Wasche die Limette, reibe etwas Schale ab und presse sie dann aus.

Schäle die Avocado und würfle das Fruchtfleisch grob.

Füge den Fruchtfleischwürfeln die abgeriebene Limettenschale und 1 EL Limettensaft hinzu.

Zerdrücke alles mit einer Gabel, würze es mit Salz, Pfeffer und dem restlichen Limettensaft nach Belieben.

Bestreiche das Vollkornbrot mit der Avocado - Creme.

Wasche die Kirschtomaten und richte sie halbiert auf dem Brot an.

Ananas – Kokos – Müsli

Nährwerte pro Portion

Kalorien	351 kcal
Kohlenhydrate	65 g
davon zugesetzter Zucker	8 g
Fett	7 g
davon gesättigte Fettsäuren	4,9 g
davon ungesättigte Fettsäuren	2,1 g
Eiweiß	5 g

Zubereitungszeit: 5 min.
Schwierigkeit: ganz einfach
Portionen: 1

Zutaten für 1 Person

200 ml		Kokoswasser
4	EL	Hirseflocken
1	EL	Kokosraspeln
2	TL	Honig
1		Scheibe Ananas

Zubereitung

Schneide die Ananasscheibe in kleine Würfel.

Mische dann Hirseflocken, Kokoswasser und Kokosraspeln unter und süße alles mit Honig.

Quark – Frühstücksbällchen

Nährwerte pro Portion

Kalorien	108 kcal
Kohlenhydrate	10 g
davon zugesetzter Zucker	5 g
Fett	4 g
davon gesättigte Fettsäuren	0,6 g
davon ungesättigte Fettsäuren	3,4 g
Eiweiß	6 g

Zubereitungszeit: 15 min.
Schwierigkeit: mittel
Portionen: 2

Zutaten für 2 Personen

2 EL	Magerquark
2 EL	Früchtemüsli
1 EL	Sesam
1 TL	Rohrzucker
1	Prise Zimt

Zubereitung

Mische Müsli, Zucker, Quark und Zimt und lasse alles 5 min. quellen.

Gebe den Sesam auf einen kleinen Teller.

Forme aus der Müsli – Quark – Mischung 8 walnussgroße Kugeln und wälze sie im Sesam.

Frühstücksbrot mit Honigaufstrich

Nährwerte pro Portion

Kalorien	231 kcal
Kohlenhydrate	29 g
davon zugesetzter Zucker	11 g
Fett	8 g
davon gesättigte Fettsäuren	1,1 g
davon ungesättigte Fettsäuren	6,9 g
Eiweiß	8 g

Zubereitungszeit: 15 min.
Schwierigkeit: mittel
Portionen: 28

Zutaten für 28 Personen

200	g	flüssiger Honig
20	g	Schokolade
1	EL	Magerquark
16		Walnusskerne
2		kleine weiße Schokoherzen
1		Prise Kakaopulver
1		Scheibe Dinkel – Vollkornbrot
¼		Zimtstange
¼		Vanilleschote

Zubereitung

Hacke 14 Walnusskerne fein und röste sie in einer Pfanne an, bis sie duften.
Rasple die Schokolade klein, solange die gehackten Walnusskerne abkühlen.
Gebe die geraspelte Schokolade mit der Zimtstange und dem Kakaopulver in ein Schraubglas und füge 100 g Honig hinzu.
Gebe das Mark der Vanilleschote, die abgekühlten Walnüsse und den restlichen Honig in ein zweites Glas.
Verrühre dann die Honigmischungen gut, verschließe die Gläser und lasse alles 5 Tage ziehen, damit sich das Aroma entfalten kann.
Stelle die Gläser aber täglich einmal auf den Kopf.
Streiche zum Servieren den Quark auf die Brotscheibe, viertel diese und gebe immer auf jeweils zwei Viertel eine Sorte Walnusshonig.
Garniere die Viertel mit den restlichen Walnusskernen.

Traubenquark

Nährwerte pro Portion

Kalorien	218 kcal
Kohlenhydrate	30 g
davon zugesetzter Zucker	4 g
Fett	5 g
davon gesättigte Fettsäuren	0,8 g
davon ungesättigte Fettsäuren	4,2 g
Eiweiß	12 g

Zubereitungszeit: 15 min.
Schwierigkeit: ganz einfach
Portionen: 1

Zutaten für 1 Person

100	g	kernlose Weintrauben
50	ml	Molke
3	EL	Magerquark
1	EL	Haferflocken
1	TL	Honig
5		ungeschälte Mandelkerne

Zubereitung

Hacke die Mandeln und röste sie mit den Haferflocken in einer Pfanne an, bis sie duften.

Schlage den Quark mit dem Honig und der Molke cremig.

Wasche und halbiere die Weintrauben und mische sie mit den Haferflocken und Mandeln unter die Quarkmischung.

Röstbrot auf katalanische Art

Nährwerte pro Portion

Kalorien	172 kcal
Kohlenhydrate	19 g
davon zugesetzter Zucker	0 g
Fett	7 g
davon gesättigte Fettsäuren	2,8 g
davon ungesättigte Fettsäuren	4,2 g
Eiweiß	7 g

Zubereitungszeit: 25 min.
Schwierigkeit: leicht
Portionen: 12

Zutaten für 12 Personen

125 g	Manchego
100 g	Serrano – Schinken
4	Tomaten
3	Knoblauchzehen
1	helles Krustenbrot
1	Prise Salz und Pfeffer

Zubereitung

Wasche die Tomaten, schneide sie in Scheiben und hacke sie zu grobem Mus.

Würze das Mus mit Pfeffer.

Schneide das Brot in 12 Scheiben und röste es unter dem heißen Ofengrill auf beiden Seiten goldbraun.

Schäle den Knoblauch und reibe eine Brotseite damit ein.

Gebe die Knoblauchreste auf die Tomaten.

Schneide den Serrano – Schinken in schmale Streifen und hoble die Manchego mit dem Sparschäler.

Zum Servieren das Mus aus den Tomaten auf die Brotscheiben geben und mit Salz würzen und nach Belieben mit Serrano – Schinken belegen.

Schinken Spiegelei – Brot

Nährwerte pro Portion

Kalorien	261 kcal
Kohlenhydrate	21 g
davon zugesetzter Zucker	0 g
Fett	14 g
davon gesättigte Fettsäuren	7,5 g
davon ungesättigte Fettsäuren	6,5 g
Eiweiß	10 g

Zubereitungszeit: 10 min.
Schwierigkeit: leicht
Portion: 1

Zutaten für 1 Person

2 TL	Joghurtbutter
4	Scheiben Bündner Fleisch
2	Scheiben Vollkorn – Baguette
2	Wachteleier
1	Salatgurke
1	Tomate
¼	Kästchen Gartenkresse
1	Messerspitze mittelscharfer Senf
1	Prise Salz und Pfeffer

Zubereitung

Wasche die Salatgurke und die Tomate und schneide beides in dünne Scheiben.

Brate die Wachteleier in einer Pfanne mit 1 TL Butter zu Spiegeleiern.

Mische den Senf und die restliche Butter und bestreiche damit die getoasteten Brotscheiben.

Belege die Brote dann mit Bündner Fleisch, Tomate und Gurke.

Setze die gebratenen Spiegeleier darauf, würze mit Salz und Pfeffer und bestreue alles mit Kresse.

Gebratenes Käsesandwich

Nährwerte pro Portion

Kalorien	327 kcal
Kohlenhydrate	32 g
davon zugesetzter Zucker	0 g
Fett	15 g
davon gesättigte Fettsäuren	4,9 g
davon ungesättigte Fettsäuren	10,1 g
Eiweiß	15 g

Zubereitungszeit: 15 min.
Schwierigkeit: leicht
Portionen: 2

Zutaten für 2 Personen

80 g	geriebener Mozzarella
20 g	Babyspinat
1 EL	Olivenöl
4	Stiele frische Kräuter
4	Scheiben Vollkorntoastbrot
1	Knoblauchzehe
1	Prise Salz und Pfeffer
½	Avocado

Zubereitung

Wasche den Spinat und die Kräuter.

Hacke die Kräuter fein.

Schneide die Avocado in Scheiben.

Belege je 2 Scheiben mit ¼ des Mozzarellas, einer Hälfte der Avocado, der Hälfte des Spinats und der Kräuter und letztendlich mit dem restlichen Käse.

Würze das Sandwich dann mit Salz und Pfeffer, lege die 2 verbliebenen Toastscheiben obendrauf und drücke alles gut zusammen.

Reibe eine Pfanne mit Knoblauch aus und brate die Sandwiches auf beiden Seiten goldbraun.

Karottenplätzchen

Nährwerte pro Portion

Kalorien	168 kcal
Kohlenhydrate	21 g
davon zugesetzter Zucker	3,4 g
Fett	7 g
davon gesättigte Fettsäuren	2,7 g
davon ungesättigte Fettsäuren	4,3 g
Eiweiß	4 g

Zubereitungszeit: 1 Std.
Schwierigkeit: leicht
Portionen: 12

Zutaten für 12 Personen

200	g	Karotten
150	g	Vollkornmehl
90	g	Hafer
70	g	Walnüsse
40	g	Datteln
4	EL	Ahornsirup
3	EL	Kokosöl
1	TL	Backpulver
1	TL	Zimt
½	TL	Salz
1		Stück Ingwer
1		Apfel

Zubereitung

Schäle die Karotten und den Ingwer und reibe diesen fein.
Wasche den Apfel und rasple ihn mit der Karotte grob.
Hacke Datteln und Walnüsse.
Mische Haferflocken, Backpulver, Mehl, Zimt und Salz und gebe Walnüsse, Datteln, Apfel, Karotten, Ingwer, Kokosöl und Ahornsirup dazu und vermenge alle Zutaten solange, bis ein Teig entsteht.
Forme aus dem Teig 12 gleichgroße Kekse, die du auf ein mit Backpapier ausgelegtes Blech legst und bei 160°C 35 – 40 min. backst.
Lasse die Kekse vor dem Servieren auskühlen.

Aprikosen – Leinsamen – Riegel

Nährwerte pro Portion

Kalorien	128 kcal
Kohlenhydrate	14 g
davon zugesetzter Zucker	3,5 g
Fett	7 g
davon gesättigte Fettsäuren	2,6 g
davon ungesättigte Fettsäuren	4,4 g
Eiweiß	4 g

Zubereitungszeit: 15 min.
Schwierigkeit: leicht
Portionen: 24

Zutaten für 24 Personen

200 g	getrocknete Softaprikosen
170 g	zarte Haferflocken
100 g	kernige Haferflocken
100 g	ungesüßtes Apfelmus
100 g	Cashew - Mus
50 g	Sonnenblumenkerne
50 g	Pistazienkerne
50 g	Kürbiskerne
je 3 EL	Butter, Honig & Leinsamen
½ TL	Zimt
1	Banane

Zubereitung

Hacke Kürbis – und Pistazienkerne grob und schneide die Aprikose in kleine Würfel.
Mische Pistazien, Kürbiskerne und Aprikosen mit Haferflocken, Leinsamen, Sonnenblumenkernen und Zimt.
Schäle die Banane und zerdrücke sie.
Vermenge Honig, Apfelmus, Cashew - Mus und die zerdrückte Banane mit der geschmolzenen Butter, rühre alles unter die Flockenmischung.
Verstreiche die Masse gleichmäßig auf einem mit Backpapier ausgelegten Blech, drücke sie gut an und backe sie im vorgeheizten Backofen bei 140°C 25 – 30 min. goldbraun.
Lasse die Masse abkühlen und schneide sie dann in 24 Stücke.

Geröstete Brotscheiben mit Avocado und Ziegenkäse

Nährwerte pro Portion

Kalorien	307 kcal
Kohlenhydrate	27 g
davon zugesetzter Zucker	0 g
Fett	18 g
davon gesättigte Fettsäuren	7,3 g
davon ungesättigte Fettsäuren	10,7 g
Eiweiß	8 g

Zubereitungszeit: 35 min.
Schwierigkeit: leicht
Portionen: 4

Zutaten für 4 Personen

125 g	junger Ziegenkäse
10	Kirschtomaten
1	Knoblauchzehe
1	Avocado
1	Ciabatta
1	Prise Salz und Pfeffer
½	Zitrone
½	Bund Schnittlauch

Zubereitung

Schneide das Ciabatta in 1cm dicke Scheiben und backe diese im Backofen bei 180°C goldbraun.
Halbiere die Avocado und löse das Fruchtfleisch aus der Schale.
Presse die Zitrone aus und hacke den Knoblauch grob.
Zerbröckle den Ziegenkäse und gebe ihn mit Knoblauch und Zitronensaft zur Avocado.
Püriere alles mit dem Stabmixer fein und würze es mit Salz, Pfeffer und noch etwas Zitronensaft.
Wasche die Tomaten und schneide sie in Viertel.
Verteile die Avocado – Creme auf dem Ciabatta, belege die Brotscheiben mit den Tomatenvierteln und bestreue alles mit Schnittlauch.

Geflügelburger

Nährwerte pro Portion

Kalorien	425 kcal
Kohlenhydrate	53 g
davon zugesetzter Zucker	0 g
Fett	4 g
davon gesättigte Fettsäuren	1,8 g
davon ungesättigte Fettsäuren	2,2 g
Eiweiß	39 g

Zubereitungszeit: 25 min.
Schwierigkeit: leicht
Portionen: 1

Zutaten für 1 Person

150 g	Joghurt
100 g	geräuchertes Hähnchenbrustfilet
50 g	Alfalfa - Sprossen
6	Champignons
2	Stiele Estragon
1	Scheibe Ananas
1	kleine rote Zwiebel
1	Vollkorn – Baguette - Brötchen
1	Prise Salz und Pfeffer

Zubereitung

Schäle Ananas und Zwiebel und schneide sie in kleine Würfel.
Gebe beides in ein Sieb und hänge dieses 30 Sekunden in einen Topf mit kochendem Wasser.
Wasche die Champignons und schneide sie in Scheiben.
Schneide das Hähnchenbrustfilet in Würfel und hacke den Estragon fein.
Gebe alles mit Ananas – und Zwiebelwürfeln in eine Schüssel, mische es mit dem Joghurt und würze es mit Salz und Pfeffer.
Halbiere das Brötchen quer.
Wasche die Sprossen und belege die untere Brötchenhälfte damit, gebe die Joghurtmasse darauf und setze die andere Hälfte als Deckel darauf.

Haferplätzchen

Nährwerte pro Portion

Kalorien	196 kcal
Kohlenhydrate	26 g
davon zugesetzter Zucker	7 g
Fett	7 g
davon gesättigte Fettsäuren	1 g
davon ungesättigte Fettsäuren	6 g
Eiweiß	5 g

Zubereitungszeit: 25 min.
Schwierigkeit: leicht
Portionen: 10

Zutaten für 10 Personen

250	g	kernige Haferflocken
75	g	Pinienkerne
50	g	getrocknete Kirschen
50	ml	Honig
50	ml	Ahornsirup
2	EL	Rapsöl
2	TL	Zimt
1		Prise Salz

Zubereitung

Vermische die gehackten Pinienkerne mit den Haferflocken und gebe Salz und Zimt hinzu.

Bringe Ahornsirup, Honig und Öl in einem Topf zum Kochen und rühre dann alles unter die Flockenmischung.

Verteile die Masse auf einem mit Backpapier ausgelegten Backblech und backe sie 1¼ Stunden bei 110°C.

Wende die Masse während dieser Zeit zwei – bis dreimal, mische sie mit den Kirschen und fülle alles in ein luftdicht verschlossenes Glas.

Erdbeeren – Ananas – Platte mit Haselnussdip

Nährwerte pro Portion

Kalorien	271 kcal
Kohlenhydrate	48 g
davon zugesetzter Zucker	0 g
Fett	6 g
davon gesättigte Fettsäuren	0,5 g
davon ungesättigte Fettsäuren	5,5 g
Eiweiß	4 g

Zubereitungszeit: 20 min.
Schwierigkeit: ganz einfach
Portionen: 1

Zutaten für 1 Person

5 EL	weißer Traubensaft
1 EL	Vollkorngrieß
¼ TL	Vanillepulver
7	Haselnusskerne
3	Erdbeeren
2	Scheiben Ananas

Zubereitung

Bringe den Traubensaft zum Kochen, lasse den Grieß einrieseln und beides nochmals aufkochen.

Hacke die Haselnusskerne grob und gebe sie mit dem Vanillepulver zum Grieß und püriere alles mit einem Stabmixer.

Wasche und halbiere alle Erdbeeren und schneide die Ananas in Stücke.

Richte Ananas und Erdbeeren auf einer Platte an und serviere sie mit Haselnuss – Grieß – Dip.

Frischkäse – Rote Beete – Creme

Nährwerte pro Portion

Kalorien	116 kcal
Kohlenhydrate	14 g
davon zugesetzter Zucker	0 g
Fett	6 g
davon gesättigte Fettsäuren	1,4 g
davon ungesättigte Fettsäuren	4,6 g
Eiweiß	6 g

Zubereitungszeit: 20 min.
Schwierigkeit: leicht
Portionen: 4

Zutaten für 4 Personen

3 EL	Cashewkerne
2 EL	fester Ziegenfrischkäse
2 EL	getrocknete Gojibeeren
½ TL	gemahlener Kreuzkümmel
3	Knollen Rote Beete
1	Knoblauchzehe
½	Zitrone
1	Prise Salz und Pfeffer

Zubereitung

Weiche Gojibeeren und Cashewkerne 15 min. in lauwarmem Wasser ein.

Schneide die Rote Beete in grobe Würfel und den Knoblauch klein.

Presse die Zitrone aus und gieße Cashewkerne und Beeren ab.

Püriere alle Zutaten und würze alles mit Salz, Pfeffer und Kreuzkümmel.

Rühre zum Schluss den Frischkäse unter das Müsli.

Gesundes Müsli

Nährwerte pro Portion

Kalorien	175 kcal
Kohlenhydrate	34 g
davon zugesetzter Zucker	1 g
Fett	2 g
davon gesättigte Fettsäuren	0,8 g
davon ungesättigte Fettsäuren	1,2 g
Eiweiß	4 g

Zubereitungszeit: 20 min.
Schwierigkeit: ganz einfach
Portionen: 6

Zutaten für 6 Personen

75 g	Perlgraupen
75 g	Wildreis
50 g	getrocknete Aprikosen
50 g	getrocknete Cranberrys
30 g	Haferflocken
30 g	Bulgur
1 EL	Ahornsirup
1	Prise Salz

Zubereitung

Koche den Wildreis 20 min. und gieße ihn dann ab.

Buttere eine Auflaufform aus.

Hacke die Aprikosen klein und gebe sie mit allen anderen Zutaten und dem Wildreis in die Auflaufform.

Verschließe die Form mit Alufolie und lasse die Masse bei 160°C 80 min. unter gelegentlichem Umrühren garen.

Lasse das Müsli letztendlich vollständig auskühlen und fülle es zum Aufbewahren in ein Schraubglas.

Apfelburger mit Käse und Schinken

Nährwerte pro Portion

Kalorien	193 kcal
Kohlenhydrate	21 g
davon zugesetzter Zucker	0 g
Fett	7 g
davon gesättigte Fettsäuren	4,1 g
davon ungesättigte Fettsäuren	2,9 g
Eiweiß	10 g

Zubereitungszeit: 10 min.
Schwierigkeit: leicht
Portionen: 1

Zutaten für 1 Person

1 TL	Frischkäse
1	Apfel
½	Zitrone
½	Scheibe Vollkornbrot
½	Scheibe gekochten Schinken
½	Scheibe Butterkäse

Zubereitung

Presse die Zitrone aus und wasche und halbiere den Apfel.

Beträufle die Schnittflächen des Apfels mit Zitronensaft, damit sie nicht braun werden.

Bestreiche das Brot auf einer Seite mit der Hälfte Frischkäse und lege den Schinken darauf.

Trage dann den restlichen Frischkäse auf die andere Brothälfte auf, lege den Butterkäse darauf und gebe alles auf eine Apfelhälfte.

Benutze die zweite Apfelhälfte als Deckel.

Belegtes Baguette – Brötchen

Nährwerte pro Portion

Kalorien	357 kcal
Kohlenhydrate	42 g
davon zugesetzter Zucker	0 g
Fett	8 g
davon gesättigte Fettsäuren	2,3 g
davon ungesättigte Fettsäuren	5,7 g
Eiweiß	26 g

Zubereitungszeit: 20 min.
Schwierigkeit: leicht
Portionen: 1

Zutaten für 1 Person

3 EL	Magerquark
2	Salatblätter
1	Vollkorn – Baguette – Brötchen
1	Ei
1	Bund Frankfurter Kräuter
je 1	Prise Salz, Pfeffer und Paprikapulver (edelsüß)
½	Zitrone

Zubereitung

Koche das Ei in 8 – 9 min. hart und schneide es dann nach dem Abpellen in kleine Würfel.

Hacke die Kräuter fein und presse die Zitrone aus.

Verrühre den Zitronensaft mit Quark, Kräutern, Salz, Pfeffer und dem gewürfelten Ei.

Halbiere das Brötchen, belege eine Hälfte mit Salatblättern und gebe Quark – Kräuter – Eimischung darauf.

Würze alles mit Paprikapulver und lege die zweite Brötchenhälfte obendrauf.

Feigen mit Haselnussquarkfüllung

Nährwerte pro Portion

Kalorien	135 kcal
Kohlenhydrate	15 g
davon zugesetzter Zucker	0 g
Fett	5 g
davon gesättigte Fettsäuren	1,7 g
davon ungesättigte Fettsäuren	3,3 g
Eiweiß	8 g

Zubereitungszeit: 10 min.
Schwierigkeit: leicht
Portionen: 2

Zutaten für 2 Personen

100 g		Quark
1	TL	gemahlene Haselnusskerne
4		reife Feigen
1		Prise Pfeffer
½		Zitrone

Zubereitung

Wasche die Feigen, schneide einen Deckel ab und löse das Fruchtfleisch mit einem Teelöffel vorsichtig aus, ohne die Schale zu beschädigen.

Zerdrücke das Fruchtfleisch mit einer Gabel und rühre die gemahlenen Nüsse und den Quark unter.

Presse die Zitronenhälfte aus und schmecke die Nussfüllung mit 1 TL Zitronensaft und 1 Prise Pfeffer ab.

Fülle die Haselnussmasse in die Feigenschalen und setze den Deckel schräg darauf.

Selleriestange mit Thunfischdip

Nährwerte pro Portion

Kalorien	155 kcal
Kohlenhydrate	5 g
davon zugesetzter Zucker	0 g
Fett	8 g
davon gesättigte Fettsäuren	4,3 g
davon ungesättigte Fettsäuren	3,7 g
Eiweiß	14 g

Zubereitungszeit: 20 min.
Schwierigkeit: leicht
Portionen: 4

Zutaten für 4 Personen

200 g		Thunfisch
100 g		Frischkäse
5	EL	Joghurt
1	TL	rosa Pfeffer
3		Stangen Staudensellerie
3		Frühlingszwiebeln
1		Prise Salz und Pfeffer
½		Zitrone

Zubereitung

Wasche und putze den Sellerie und halbiere die Stangen der Länge nach.

Schneide die Stangen in 5 – 6 cm lange Sticks und die Frühlingszwiebeln in feine Ringe.

Mische den abgetropften Thunfisch mit den Frühlingszwiebeln.

Verrühre Joghurt, Frischkäse und 1 EL Saft der ausgepressten Zitrone und schmecke alles mit Salz und Pfeffer ab.

Hebe die Frischkäsemasse unter den Thunfisch und schmecke nochmals alles ab.

Serviere die Sellerie – Sticks mit dem Thunfischdip.

Mandel – Obstquark

Nährwerte pro Portion

Kalorien	336 kcal
Kohlenhydrate	38 g
davon zugesetzter Zucker	0 g
Fett	9 g
davon gesättigte Fettsäuren	1,1 g
davon ungesättigte Fettsäuren	7,9 g
Eiweiß	23 g

Zubereitungszeit: 30 min.
Schwierigkeit: leicht
Portionen: 2

Zutaten für 2 Personen

250 g		Magerquark
100 g		getrocknetes Obst
2	EL	Mineralwasser mit Kohlensäure
1	EL	gehackte Mandeln
1	EL	Pinienkerne
1		Orange

Zubereitung

Halbiere die Orange und presse sie aus.

Schneide das getrocknete Obst in Würfel, gieße den Orangensaft darüber und lasse alles 15 min. ziehen.

Röste unterdessen Mandeln und Pinienkerne goldbraun und lasse das Ganze abkühlen.

Schlage den Quark mit Mineralwasser cremig und gebe dann das geschnittene Obst samt Flüssigkeit dazu.

Verteile den Fruchtquark gleichmäßig auf Schälchen und bestreue ihn mit Mandeln und Pinienkernen.

Brötchen mit Quark – Käse – Creme

Nährwerte pro Portion

Kalorien	248 kcal
Kohlenhydrate	25 g
davon zugesetzter Zucker	0 g
Fett	8 g
davon gesättigte Fettsäuren	4,3 g
davon ungesättigte Fettsäuren	3,7 g
Eiweiß	17 g

Zubereitungszeit: 10 min.
Schwierigkeit: leicht
Portionen: 1

Zutaten für 1 Person

50 g	Weichkäse
2 EL	Magerquark
½ TL	Paprikapulver (edelsüß)
1	Vollkornbrötchen
1	Tomate
1	Schalotte
1	Prise Salz und Pfeffer

Zubereitung

Schäle die Schalotte und schneide sie in kleine Würfel.

Entrinde den Käse und zerdrücke ihn mit einer Gabel.

Mische Schalotte und Quark unter den Käse und würze mit Salz, Pfeffer und Paprikapulver.

Gebe bei Bedarf noch etwas Wasser hinzu.

Wasche die Tomate und schneide sie in Scheiben.

Halbiere das Brötchen, höhle es etwas aus, fülle es mit Quark – Käse – Creme, belege es mit den Tomatenscheiben und lege die zweite Brötchenhälfte obendrauf.

Kräuter – Schinken – Frischkäsecreme

Nährwerte pro Portion

Kalorien	84 kcal
Kohlenhydrate	1 g
davon zugesetzter Zucker	0 g
Fett	6 g
davon gesättigte Fettsäuren	3,1 g
davon ungesättigte Fettsäuren	2,9 g
Eiweiß	7 g

Zubereitungszeit: 15 min.
Schwierigkeit: leicht
Portionen: 6

Zutaten für 6 Personen

200 g	Frischkäse
100 g	luftgetrockneter Schinken
2	Stiele Basilikum
1	Stiel Zitronenmelisse
1	Prise Salz und weißer Pfeffer
½	Bund Rucola
½	Zitrone

Zubereitung

Wasche den Rucola und hacke die Blätter fein.

Lege einige Blättchen Basilikum und Zitronenmelisse zur Seite und hacke den Rest fein.

Presse die Zitronenhälfte aus.

Schneide den Schinken in Streifen.

Rühre Basilikum, Zitronenmelisse, Rucola und Frischkäse glatt.

Hebe die Schinkenstreifen unter und würze mit Salz, Pfeffer und Zitronensaft.

Garniere die Creme mit den Blättchen von Zitronenmelisse und Basilikum.

Rosinen – Walnussbrot

Nährwerte pro Portion

Kalorien	174 kcal
Kohlenhydrate	19 g
davon zugesetzter Zucker	2 g
Fett	8 g
davon gesättigte Fettsäuren	1,1 g
davon ungesättigte Fettsäuren	6,9 g
Eiweiß	5 g

Zubereitungszeit: 30 min.
Schwierigkeit: leicht
Portionen: 18

Zutaten für 18 Personen

500	g	Weizenvollkornbrot
150	g	Walnusskerne
50	ml	Milch
50	ml	Olivenöl
2	EL	Honig
1	TL	Vollrohrzucker
1	TL	Salz und Pfeffer
2		Zweige Rosmarin
1		Päckchen Trockenhefe

Zubereitung

Mische Zucker, Mehl und Hefe und rühre 250 ml Wasser mit dem Handmixer unter, bis ein gleichmäßiger Teig entsteht.
Lasse den Teig 30 min. an einem warmen Ort gehen.
Hacke den Rosmarin.
Röste die Walnusskerne ohne Fett in einer Pfanne kurz an und mische dann Rosmarin und Honig unter und würze alles mit Salz und Pfeffer.
Erhitze die Milch und rühre sie mit dem Öl und der Honig – Nussmischung unter den Teig, bis dieser glatt und glänzend ist.
Forme aus dem Teig einen länglichen Brotlaib, lasse ihn nochmals 20 min. gehen und backe ihn dann 40 min. bei 220°C im Backofen.

Körnige Frischkäsetaler

Nährwerte pro Portion

Kalorien	67 kcal
Kohlenhydrate	6 g
davon zugesetzter Zucker	0 g
Fett	3 g
davon gesättigte Fettsäuren	0,9 g
davon ungesättigte Fettsäuren	2,1 g
Eiweiß	4 g

Zubereitungszeit: 10 min.
Schwierigkeit: ganz einfach
Portionen: 6

Zutaten für 6 Personen

200	g	Hüttenkäse
125	g	Kirschtomaten
60	g	Vollkornmehl
1	EL	Olivenöl
6		Stiele Petersilie
4		Zweige Rosmarin
1		Bund Schnittlauch
1		Prise Salz und Pfeffer

Zubereitung

Wasche Petersilie, Rosmarin und Schnittlauch und hacke alles fein.

Schneide die Kirschtomaten in kleine Stücke.

Mische Mehl, Hüttenkäse, Kräuter und Tomaten und würze das Ganze mit Salz und Pfeffer.

Erhitze das Öl in einer Pfanne und backe die Frischkäsetaler von beiden Seiten goldbraun.

Gesunder Pudding aus Leinsamen

Nährwerte pro Portion

Kalorien	474 kcal
Kohlenhydrate	38 g
davon zugesetzter Zucker	0 g
Fett	28 g
davon gesättigte Fettsäuren	2,2 g
davon ungesättigte Fettsäuren	25,8 g
Eiweiß	17 g

Zubereitungszeit: 5 min.
Schwierigkeit: ganz einfach
Portionen: 2

Zutaten für 2 Personen

400 ml		Mandeldrink
8	EL	Leinsamenschrot
1		Banane
1		Apfel
1		Prise Zimtpulver

Zubereitung

Mische den Leinsamenschrot mit dem Mandeldrink in einer Schüssel und stelle es über Nacht in den Kühlschrank.

Schäle am darauffolgenden Tag die Banane, wasche den Apfel und schneide beides in Scheiben.

Fülle den Leinsamen – Pudding in Schälchen, garniere ihn mit dem Obst und bestreue ihn mit Zimt.

MITTAGESSEN

Tomaten – Putenfleisch – Tacos

Nährwerte pro Portion

Kalorien	367 kcal
Kohlenhydrate	17 g
davon zugesetzter Zucker	0 g
Fett	16 g
davon gesättigte Fettsäuren	3,7 g
davon ungesättigte Fettsäuren	12,3 g
Eiweiß	35 g

Zubereitungszeit: 15 min.
Schwierigkeit: leicht
Portionen: 2

Zutaten für 2 Personen

1 EL	Olivenöl
4	Taco - Schalen
3	Tomaten
2	Putenschnitzel
je 1	Stange Lauch, Bund Basilikum & Prise Salz

Zubereitung

Backe die Taco - Schalen nach Packungsanleitung.
Wasche den Lauch, halbiere Ihn der Länge nach und schneide ihn dann quer in 1 cm breite Streifen.
Spüle die Putenschnitzel ab und schneide sie in schmale Streifen.
Erhitze das Öl in einer Pfanne, brate die Putenschnitzel kurz an, würze sie mit Salz und lege sie auf einen Teller.
Gebe dann den Lauch in die Pfanne und lasse ihn 5 min. zugedeckt dünsten.
Wasche und achtle die Tomaten und gebe sie mit den Putenschnitzeln und dem Fleischsaft zum Lauch und brate alles nochmals 2 min.
Lege einen kleinen Teil des Basilikums beiseite und schneide den Rest in Streifen.
Füge die Basilikumstreifen der Putenfleisch – Tomaten – Mischung bei, fülle das Ganze in die Taco – Schalen und garniere es mit den Basilikumblättern.

Winterobstbrei

Nährwerte pro Portion

Kalorien	212 kcal
Kohlenhydrate	36 g
davon zugesetzter Zucker	0 g
Fett	4 g
davon gesättigte Fettsäuren	0,7 g
davon ungesättigte Fettsäuren	3,3 g
Eiweiß	8 g

Zubereitungszeit: 10 min.
Schwierigkeit: ganz einfach
Portionen: 1

Zutaten für 1 Person

150 ml	kochendes Wasser
60 g	Haferflocken
1	Prise Salz

Obst, Gewürze und Nüsse nach Belieben

Zubereitung

Mische die Haferflocken mit dem Salz und übergieße alles mit kochendem Wasser und lasse es einige Minuten ziehen.

Wasche zwischenzeitlich das Obst und schneide es in mundgerechte Stücke.

Gebe das Obst zu den Haferflocken und verfeinere das Ganze nach Belieben mit Gewürzen und Nüssen.

Pangasius -Filet auf Gemüsebett

Nährwerte pro Portion

Kalorien	100 kcal
Kohlenhydrate	5 g
davon zugesetzter Zucker	0 g
Fett	2 g
davon gesättigte Fettsäuren	1,5 g
davon ungesättigte Fettsäuren	0,5 g
Eiweiß	13 g

Zubereitungszeit: 25 min.
Schwierigkeit: leicht
Portionen: 1

Zutaten für 1 Person

70 g	Pangasius – Filet
3 EL	klassische Gemüsebrühe
2	Stiele glatte Petersilie
1	Karotte
1	Schalotte
1	Fenchelknolle
1	Prise Salz und Pfeffer
½	Limette

Zubereitung

Schäle die Schalotte und schneide sie in kleine Würfel.
Wasche Fenchel und Karotte und schäle letztere dünn.
Schneide beide Gemüse in schmale Stifte.
Erhitze die Brühe und gebe dann Fenchel, Karotte und Schalotte dazu und lasse alles 3 min. dünsten.
Würze nach Belieben mit Salz und Pfeffer.
Spüle das Fischfilet ab, salze es leicht, lege es auf das Gemüse und lasse das Ganze zugedeckt nochmals 8 – 10 min. dünsten.
Wasche inzwischen die Petersilie und hacke sie klein.
Presse die halbe Limette aus, träufle den Saft nach Geschmack über den Fisch und schmecke erneut mit Salz und Pfeffer ab.
Bestreue das Filet vor dem Servieren mit der gehackten Petersilie.

Gebratene Nudeltaschen

Nährwerte pro Portion

Kalorien	460 kcal
Kohlenhydrate	35 g
davon zugesetzter Zucker	0 g
Fett	29 g
davon gesättigte Fettsäuren	5 g
davon ungesättigte Fettsäuren	24 g
Eiweiß	13 g

Zubereitungszeit: 20 min.
Schwierigkeit: leicht
Portionen: 2

Zutaten für 2 Personen

250 g		Maultaschen
2	EL	Röstzwiebeln
2	EL	weißer Balsamicoessig
2	EL	Olivenöl
1	EL	Rapsöl
2		Römersalatherzen
1		rote Paprika
1		Prise Salz und Pfeffer
½		Bund Schnittlauch

Zubereitung

Wasche, putze und viertel die Salatherzen der Länge nach.
Spüle die Paprika ab und schneide sie in kleine Würfel.
Schneide die Maultaschen in 1 cm dicke Scheiben.
Säubere den Schnittlauch und schneide ihn in Röllchen.
Brate die Maultaschen in einer Pfanne mit heißem Rapsöl in 5 – 6 min. goldbraun.
Verrühre Essig, 2 EL Wasser und das Olivenöl, gebe Paprika und Schnittlauch hinzu und würze alles mit Salz und Pfeffer.
Richte die gebratenen Maultaschen mit den Salatherzen auf einem Teller an, gebe das Schnittlauch – Paprika – Dressing darüber und bestreue das Ganze mit den Röstzwiebeln.

Kohlrabi – Kartoffelgratin

Nährwerte pro Portion

Kalorien	441 kcal
Kohlenhydrate	42 g
davon zugesetzter Zucker	0 g
Fett	17 g
davon gesättigte Fettsäuren	5,6 g
davon ungesättigte Fettsäuren	11,4 g
Eiweiß	25 g

Zubereitungszeit: 40 min.
Schwierigkeit: leicht
Portionen: 4

Zutaten für 4 Personen

200	ml	Milch
150	ml	Kaffeesahne
6	EL	Joghurt
1	EL	Öl
1	TL	Butter
50	g	Parmesan
8		Kartoffeln
5		Scheiben gekochter Schinken
2		Kohlrabi
je 1		Prise Salz, Zwiebel, Salatgurke, Pfeffer und Muskatnuss
je ½		Bund Dill & Zitrone

Zubereitung

Schneide den Schinken in Würfel.
Wasche und schäle Kartoffeln und Kohlrabi und hoble sie auf einem Gemüsehobel in dünne Scheiben.
Spüle die Kohlrabi - Blätter ab und hacke sie fein.
Mische Kartoffeln und Kohlrabi mit dem Schinken und dem gehackten Grün der Kohlrabi und würze mit Salz, Pfeffer und Muskatnuss.
Fette eine Auflaufform mit Butter aus und verteile die Kartoffel – Kohlrabi – Mischung gleichmäßig.
Verrühre Milch und Kaffeesahne, gieße es über den Auflauf und streue den geriebenen Parmesan darüber und backe das Ganze 45 min. bei 180°C.
Verrühre Öl, Joghurt, Zitronensaft, Dill und Zwiebelwürfel zu einem Dressing, würze es mit Salz und Pfeffer, gebe es über die Gurkenscheiben und reiche es zum Auflauf.

Mais – Karotten – Risotto

Nährwerte pro Portion

Kalorien	426 kcal
Kohlenhydrate	47 g
davon zugesetzter Zucker	0 g
Fett	17 g
davon gesättigte Fettsäuren	7 g
davon ungesättigte Fettsäuren	10 g
Eiweiß	19 g

Zubereitungszeit: 15 min.
Schwierigkeit: leicht
Portionen: 2

Zutaten für 2 Personen

500	ml	klassische Gemüsebrühe
140	g	Mais
80	g	Reisflocken
60	g	Parmesan
1	EL	Rapsöl
2		Karotten
1		Knoblauchzehe
je 1		Zwiebel & Stange Lauch

Zubereitung

Koche 400 ml Gemüsebrühe auf, rühre dann die Reisflocken ein und gare sie nach Packungsanleitung.
Wasche und putze den Lauch, halbiere ihn längs und schneide ihn klein.
Rasple die Karotten nach dem Waschen und schälen auf einer Kastenreibe grob.
Schäle Knoblauch und Zwiebel und würfle beides klein.
Spüle den Mais in einem Sieb ab und lasse ihn gut abtropfen.
Dünste in einer Pfanne mit heißem Öl Knoblauch und Zwiebeln an, gebe Lauch, Mais und Karotten hinzu und lasse alles 3 min. garen.
Füge die restliche Gemüsebrühe hinzu, lasse es weiterköcheln für 5 min. und würze es dann mit Salz.
Gebe schließlich die Reisflocken unter das Gemüse, wie auch 2/3 des Parmesans und lasse das Ganze noch 1 min. ziehen.
Streue zum Servieren den restlichen Parmesan über das Risotto.

Champignon – Putengeschnetzeltes

Nährwerte pro Portion

Kalorien	670 kcal
Kohlenhydrate	55 g
davon zugesetzter Zucker	0 g
Fett	29 g
davon gesättigte Fettsäuren	3,7 g
davon ungesättigte Fettsäuren	25,3 g
Eiweiß	45 g

Zubereitungszeit: 15 min.
Schwierigkeit: leicht
Portionen: 2

Zutaten für 2 Personen

300 g	Putenbrustfilet
150 g	Champignons
125 g	Basmatireis
250 ml	Geflügelbrühe
200 ml	Sojacreme
2 EL	Öl
½ EL	Mehl
1	Zwiebel
1	Prise Salz und Pfeffer
½	Bund Thymian

Zubereitung

Koche den Reis nach Packungsanleitung.
Spüle das Putenbrustfilet ab und schneide es in Streifen.
Schäle, halbiere und schneide die Zwiebel in dünne Scheiben.
Putze die Champignons und halbiere sie.
Brate die Putenstreifen in einer Pfanne mit heißem Öl kurz an, würze sie mit Salz und Pfeffer und nehme sie dann heraus.
Gebe Champignons und Zwiebeln in die Pfanne und dünste beides unter Rühren 2 min. an.
Bestäube die Pilzmischung mit Mehl, gebe die Brühe hinzu und lasse das Ganze aufkochen.
Gebe dann Sojacreme und Putenstreifen dazu, lasse alles 5 min. weiterköcheln, bevor du Thymianblätter hinzufügst und mit Salz und Pfeffer nochmals abschmeckst.
Verteile den Reis auf Teller und gebe das Geschnetzelte darüber.

Maiskolben auf mexikanische Art

Nährwerte pro Portion

Kalorien	280 kcal
Kohlenhydrate	32 g
davon zugesetzter Zucker	0 g
Fett	12 g
davon gesättigte Fettsäuren	1,5 g
davon ungesättigte Fettsäuren	10,5 g
Eiweiß	10 g

Zubereitungszeit: 15 min
Schwierigkeit: leicht
Portionen: 6

Zutaten für 6 Personen

100 g		Feta
4	EL	Olivenöl
1	TL	Rapsöl
6		Zuckermaiskolben
2		Bio – Limetten
1		Knoblauchzehe
1		Prise Salz und Pfeffer
½		Bund Koriander

Zubereitung

Wasche die Maiskolben und koche sie in Salzwasser bei mittlerer Hitze 5 min.
Gieße das Wasser danach ab und bestreiche die Kolben mit 2 EL Olivenöl.
Reinige den Koriander, schneid die Blätter klein und mische sie mit dem restlichen Öl, etwas Pfeffer und dem Knoblauch, den du zuvor geschält und kleingehackt hast.
Fette den Grillrost mit Rapsöl ein, lege die Maiskolben darauf und grille diese 10 – 15 min. unter gelegentlichem Drehen.
Spüle die Limetten heiß ab und schneide sie in Spalten.
Nehme die Maiskolben dann vom Grill, würze sie mit Salz und beträufle sie mit dem Kräuter - Öl.
Brösle den Feta vor dem Servieren darüber.

Spanisches Gemüse – Kartoffelomelett

Nährwerte pro Portion

Kalorien	335 kcal
Kohlenhydrate	18 g
davon zugesetzter Zucker	0 g
Fett	19 g
davon gesättigte Fettsäuren	5 g
davon ungesättigte Fettsäuren	14 g
Eiweiß	21 g

Zubereitungszeit: 20 min.
Schwierigkeit: leicht
Portionen: 2

Zutaten für 2 Personen

4 EL	Mineralwasser mit Kohlensäure
2 EL	Milch (1,5%)
1 EL	Olivenöl
4	Zweige Thymian
4	Eier
2	Knoblauchzehen
je 1	Zwiebel, rote & gelbe Paprika, Kartoffel & Zucchini
1	Prise Salz und Pfeffer

Zubereitung

Wasche und halbiere die Zucchini längs und schneide sie der Länge nach in dünne Scheiben und anschließend quer in Streifen.
Säubere die Paprika und schneide sie in Streifen.
Schäle Zwiebel und Knoblauch und schneide die Zwiebel in dünne Ringe und drücke den Knoblauch durch die Presse.
Wasche und schäle die Kartoffel und hoble sie mit dem Sparschäler in dünne Scheiben.
Wasche den Thymian, streife die Zweige ab und gebe ¾ davon in eine Schüssel.
Gebe dann Eier, Mineralwasser, Milch, Salz und Pfeffer hinzu und mische alles mit einer Gabel.
Gare Zucchini, Paprika, Kartoffel und Zwiebel 4 – 5 min. in einer Pfanne mit heißem Öl, füge Knoblauch und Thymian – Eimischung hinzu und bei kleiner Hitze stocken lassen.

Birnen – Bohnen – Hähncheneintopf

Nährwerte pro Portion

Kalorien	381 kcal
Kohlenhydrate	17 g
davon zugesetzter Zucker	0 g
Fett	16 g
davon gesättigte Fettsäuren	2 g
davon ungesättigte Fettsäuren	14 g
Eiweiß	41 g

Zubereitungszeit: 20 min.
Schwierigkeit: ganz einfach
Portionen: 2

Zutaten für 2 Personen

200 g	grüne Bohnen
150 ml	klassische Gemüsebrühe
2 EL	Walnusskerne
1 EL	Öl
2	Wachholderbeeren
2	Kochbirnen
2	Hähnchenbrustfilets
1	Zwiebel
1	Lorbeerblatt
1	Prise Salz und Pfeffer
½	Zitrone
½	Bund Petersilie

Zubereitung

Spüle das Hähnchenbrustfilet ab, schneide es in große Würfel und würze es mit Salz und Pfeffer. Schäle und würfle die Zwiebel.
Wasche die Birnen, schneide sie in Achtel und presse die Zitronenhälfte aus.
Dünste die Zwiebelwürfel in heißem Öl an, füge unter Rühren das Hähnchenbrustfilet hinzu, ebenso wie Wachholder und Lorbeerblatt und brate es 1 – 2 min.
Füge Bohnen und Birnen hinzu und lasse alles 1 min. weiterköcheln.
Gebe schließlich noch Gemüsebrühe und Zitronensaft dazu und lasse das Ganze weitere 15 min. garen.
Streue zum Servieren die Petersilienblätter und die gehackten Walnusskerne darüber.

Nudel – Gemüse – Allerlei

Nährwerte pro Portion

Kalorien	507 kcal
Kohlenhydrate	75 g
davon zugesetzter Zucker	0 g
Fett	11 g
davon gesättigte Fettsäuren	3,6 g
davon ungesättigte Fettsäuren	7,4 g
Eiweiß	23 g

Zubereitungszeit: 20 min.
Schwierigkeit: ganz einfach
Portionen: 4

Zutaten für 4 Personen

350 g	Nudeln
300 g	Erbsen
300 g	grüne Bohnen
50 g	Parmesan
250 ml	klassische Gemüsebrühe
125 ml	Sojacreme
1	Zwiebel
1	Prise Salz und Pfeffer
½	Bund Minze
½	Limette

Zubereitung

Setze reichlich Wasser für die Nudeln auf. Bringe in einem 2. Topf die Gemüsebrühe mit den Bohnen und der gewürfelten Zwiebel zum Kochen. Rühre nach 4 min. die Erbsen unter und lasse es weitere 3 min. weiterköcheln.
Gebe die Nudeln ins kochende Wasser und lasse sie nach Packungsanleitung garen.
Reibe den Parmesan fein und presse die Limettenhälfte aus.
Wasche die Minze, lege Blättchen zum Garnieren beiseite und hacke den Rest fein.
Füge dann Parmesan und Sojacreme zum Gemüse hinzu und lasse das Ganze 1 min. köcheln.
Gieße die Nudeln ab, füge dem Gemüse die gehackte Minze bei und schmecke es mit Limettensaft, Salz und Pfeffer ab.
Streue die Minzblätter darüber und serviere das Ragout mit den Nudeln.

Frischkäse – Lasagne

Nährwerte pro Portion

Kalorien	542 kcal
Kohlenhydrate	56 g
davon zugesetzter Zucker	0 g
Fett	18 g
davon gesättigte Fettsäuren	4,7 g
davon ungesättigte Fettsäuren	13,3 g
Eiweiß	35 g

Zubereitungszeit: 25 min.
Schwierigkeit: leicht
Portionen: 4

Zutaten für 4 Personen

800 g	geschälte Tomaten
250 g	Rinderhackfleisch
200 g	körniger Frischkäse
200 g	Vollkorn – Lasagne - Blatt
100 ml	Kondensmilch
1 EL	Rapsöl
3	Karotten
1	Zwiebel
1	rote Paprika
je 1	Prise Salz, Pfeffer und Oregano

Zubereitung

Schäle die Zwiebel und schneide sie wie die Paprika in Würfel.
Wasche und schäle die Karotten und rasple sie auf einer Kastenreibe grob.
Brate in einer Pfanne mit heißem Öl das Hackfleisch krümelig.
Füge Zwiebel – und Paprikawürfel, ebenso wie Möhrenraspel dazu, würze alles mit Salz, Pfeffer und Oregano und dünste es kurz an.
Gebe die Tomaten samt Flüssigkeit hinzu und lasse das Ganze 10 min. bei mittlerer Hitze köcheln.
Verrühre zwischenzeitlich Kondensmilch und Frischkäse mit einander.
Bedecke den Boden einer Auflaufform mit Tomaten – Hack – Gemisch, gebe dann 4 – 5 EL Frischkäsemischung darauf und zum Schluss ein Lasagne - Blatt.
Schichte die Zutaten so weiter, bis sie aufgebraucht sind, wobei die letzte Schicht aus Tomaten – Hack – Gemisch bestehen sollte. Backe die Lasagne 25 min. bei 180°C.

Weißkohl – Kartoffel – Eintopf

Nährwerte pro Portion

Kalorien	504 kcal
Kohlenhydrate	44 g
davon zugesetzter Zucker	0 g
Fett	19 g
davon gesättigte Fettsäuren	6,3 g
davon ungesättigte Fettsäuren	12,7 g
Eiweiß	35 g

Zubereitungszeit: 40 min.
Schwierigkeit: ganz einfach
Portionen: 4

Zutaten für 4 Personen

300 g		geräucherte Putenbrust
200 g		Schmand
250 ml		naturtrüber Apfelsaft
2	EL	edelsüßes Paprikapulver
1	EL	rosenscharfes Paprikapulver
1	EL	Rapsöl
16		Kartoffeln
1		Zwiebel
1		Weißkohl
1		Prise Salz und Pfeffer

Zubereitung

Wasche, putze und viertle den Weißkohl.
Befreie ihn vom Strunk und schneide ihn in schmale Streifen.
Erhitze Öl in einer Pfanne, gebe die gewürfelte Zwiebel und beide Sorten Paprika hinein und füge den Weißkohl hinzu, wenn die Zwiebeln glasig sind und würze alles mit Salz und Pfeffer.
Gieße dann den Apfelsaft darüber und lasse das Ganze weitere 30 min. garen.
Wasche zwischenzeitlich die Kartoffeln und koche sie 20 min. in Salzwasser.
Schneide das Putenfleisch in Würfel und rühre es mit dem Schmand unter den Weißkohl.
Halbiere die fertigen Kartoffeln und mische sie unter den Kohl.
Koche den Eintopf nochmals kurz auf und schmecke ihn vor dem Servieren abermals mit Salz und Pfeffer ab.

Eingelegter Blumenkohl und Steaks vom Grill

Nährwerte pro Portion

Kalorien	577 kcal
Kohlenhydrate	41 g
davon zugesetzter Zucker	2 g
Fett	25 g
davon gesättigte Fettsäuren	2,8 g
davon ungesättigte Fettsäuren	22,2 g
Eiweiß	45 g

Zubereitungszeit: 25 min.
Schwierigkeit: leicht
Portionen: 4

Zutaten für 4 Personen

5	EL	Rapsöl
3	EL	mittelscharfer Senf
2	EL	Ketchup
10		kleine Minutensteaks
1		Vollkorn – Baguette
1		kleiner Blumenkohl
1		Zwiebel
1		Bio – Zitrone
1		Prise Salz und Pfeffer

Zubereitung

Wasche die Zitrone und schäle die Schale mit einem Sparschäler in einer dünnen Spirale und presse die Frucht aus. Schäle die Zwiebel und schneide sie in Würfel. Putze den Blumenkohl, schneide ihn am Strunk kreuzweise tief ein und gebe ihn mit der Zitronenschale in 350 ml Wasser mit Salz und gare ihn 15 min. bissfest.
Hole den Blumenkohl mit einer Schaumkelle aus dem Wasser und würze selbiges mit Zitronensaft, Salz, Pfeffer und 2 EL Senf.
Mische dann die Zwiebelwürfel und 3 EL Öl unter, gebe den Blumenkohl in die Marinade und lasse alles 1 Stunde ziehen, dabei immer wieder übergießen.
Verrühre in einer Schüssel den restlichen Senf, das übrige Öl, Ketchup, Salz und Pfeffer.
Spüle die Steaks ab und bestreiche sie mit Senf – Öl – Mischung.
Grille nun die Steaks 2 – 3 min. und serviere sie mit dem aus der Marinade genommenen Blumenkohl und Baguette.

Erbsen – Karotten – Nudeleintopf

Nährwerte pro Portion

Kalorien	534 kcal
Kohlenhydrate	81 g
davon zugesetzter Zucker	0 g
Fett	8 g
davon gesättigte Fettsäuren	0,9 g
davon ungesättigte Fettsäuren	7,1 g
Eiweiß	30 g

Zubereitungszeit: 20 min.
Schwierigkeit: leicht
Portionen: 2

Zutaten für 2 Personen

500 ml	Karottensaft
200 g	Erbsen
120 g	Nudeln
100 g	Räuchertofu
1	Karotte
je 1	Prise Salz, Pfeffer und mildes Currypulver
½	Zitrone

Zubereitung

Gieße den Karottensaft in einen Topf, würze ihn mit Salz, Pfeffer und Currypulver und erhitze alles.

Wasche und schäle die Karotte und schneide sie in feine streifen.

Gebe Nudeln, Karottenstreifen und Erbsen in den heißen Karottensaft und bringe das Ganze zum Kochen

Presse die Zitronenhälfte aus.

Schneide den Räuchertofu in kleine Würfel, füge ihn dem Eintopf hinzu und schmecke mit Zitronensaft ab.

Nehme den Eintopf vom Herd, lasse ihn noch 2 min. ziehen und serviere ihn dann.

Gratinierter Fisch

Nährwerte pro Portion

Kalorien	273 kcal
Kohlenhydrate	17 g
davon zugesetzter Zucker	0 g
Fett	10 g
davon gesättigte Fettsäuren	4,9 g
davon ungesättigte Fettsäuren	5,1 g
Eiweiß	27 g

Zubereitungszeit: 35 min.
Schwierigkeit: leicht
Portionen: 10

Zutaten für 10 Personen

650 ml	Milch (1,5%)
900 g	Kartoffeln
600 g	Seelachsfilet
400 g	Lachsfilet
100 g	Gouda
50 g	Butter
50 g	Mehl
je 1	Bund Dill, Prise Salz und Pfeffer

Zubereitung

Wasche, schäle und viertel die Kartoffeln und lasse sie 20 min. in kochendem Salzwasser garen.
Schmelze die Hälfte der Butter in einem Topf und füge unter ständigem Rühren das Mehl hinzu, um es anzuschwitzen.
Gieße dann langsam ebenfalls unter ständigem Rühren 550 ml Milch hinzu und lasse die Mehlschwitze bei schwacher Hitze 15 min. köcheln.
Zerdrücke die Kartoffeln mit einem Kartoffelstampfer, rühre die restliche Butter und Milch ein und schmecke alles mit Salz und Pfeffer ab.
Hacke den Dill fein, gebe ihn unter die Mehlschwitze und untersuche die Fischfilets auf noch vorhandene Gräten.
Spüle die Filets dann ab, schneide sie in grobe Würfel und würze sie mit Salz und Pfeffer.
Verteile die Fischwürfel in einer Auflaufform, gieße die Dillsauce darüber und gebe dann das Kartoffelpüree obendrauf.
Streue den geriebenen Käse darüber und backe alles 40 min. bei 180°C.

Apfel – Gemüse – Bratwurstspieße

Nährwerte pro Portion

Kalorien	150 kcal
Kohlenhydrate	5 g
davon zugesetzter Zucker	0 g
Fett	11 g
davon gesättigte Fettsäuren	4,2 g
davon ungesättigte Fettsäuren	6,8 g
Eiweiß	6 g

Zubereitungszeit: 30 min.
Schwierigkeit: ganz einfach
Portionen: 6

Zutaten für 6 Personen

1 EL	Apfelsaft
1 EL	süßer Senf
1 EL	Rapsöl
12	fettreduzierte Nürnberger Rostbratwürstchen
2	kleine rote Zwiebeln
1	gelbe Zucchini
1	grüner Apfel
1	Prise Pfeffer

Zubereitung
Wasche, viertel und schneide den Apfel in Scheiben.

Reinige und halbiere die gelbe Zucchini und schneide sie ebenfalls in Scheiben.

Schäle die Zwiebeln und achtel sie.

Schneide die Würstchen

Der Länge nach durch und stecke sie abwechselnd mit Apfel, Zucchini und Zwiebel auf Spieße.

Verquirle Öl, Apfelsaft und Senf, würze mit Pfeffer und streiche die Spieße mit der Marinade ein.

Gare die Spieße 8 – 10 min. auf dem Grill.

Klassischer Wurstsalat

Nährwerte pro Portion

Kalorien	207 kcal
Kohlenhydrate	4 g
davon zugesetzter Zucker	0 g
Fett	13 g
davon gesättigte Fettsäuren	2,4 g
davon ungesättigte Fettsäuren	10,6 g
Eiweiß	16 g

Zubereitungszeit: 30 min.
Schwierigkeit: ganz einfach
Portionen: 4

Zutaten für 4 Personen

200 g		Geflügelaufschnitt
3	EL	Rapsöl
3	EL	Apfelessig
2	TL	Senf
1	TL	geriebener Meerrettich
1		Bund Schnittlauch
1		Bund Radieschen
1		Kästchen Gartenkresse
1		rote Zwiebel
1		Bio – Salatgurke
1		rote Paprika
1		Prise Salz und Pfeffer

Zubereitung

Wasche die Paprika und schneide sie in Streifen.
Schäle die Gurke und schneide sie in Scheiben, ebenso die Radieschen.
Schneide den Aufschnitt in Streifen, wie auch die Zwiebel.
Zerteile den Schnittlauch in Röllchen, schneide die Kresse vom Beet und vermische alles mit den Wurststreifen und dem Gemüse.
Verrühre Essig, Senf und Meerrettich und würze mit Salz und Pfeffer.
Schlage mit dem Schneebesen das Öl unter, bis eine cremige Masse entsteht und mische diese unter die Salatzutaten.

Grießknöpfe mit Tomaten und Artischocken

Nährwerte pro Portion

Kalorien	339 kcal
Kohlenhydrate	30 g
davon zugesetzter Zucker	0 g
Fett	16 g
davon gesättigte Fettsäuren	6,7 g
davon ungesättigte Fettsäuren	9,3 g
Eiweiß	16 g

Zubereitungszeit: 55 min.
Schwierigkeit: leicht
Portionen: 4

Zutaten für 4 Personen

800	g	Dosentomaten
800	g	Artischockenböden
125	g	Weizenvollkorngrieß
25	g	Parmesan
250	ml	Milch (1,5%)
2	EL	Olivenöl
1	EL	Butter
2		Schalotten
2		Knoblauchzehen
je 1		Eigelb und Zweig Rosmarin
1		Prise Salz, Pfeffer und Muskatnuss

Zubereitung

Bringe Milch, Salz und 150 ml Wasser zum Kochen, rühre den Grieß langsam ein und lasse alles unter gelegentlichem Umrühren 25 – 30 min. bei schwacher Hitze quellen. Schäle und würfle Schalotten und Knoblauch. Schneide die Artischockenböden in 1cm große Würfel.
Erhitze Olivenöl in einer Pfanne, dünste Schalotten und Knoblauch darin glasig.
Gebe dann Rosmarin, Tomaten und Artischocken hinzu und lasse das Ganze 15 min. köcheln.
Würze es dann mit Salz und Pfeffer und reibe den Parmesan.
Fülle den Grieß in eine Schüssel und rühre Parmesan und Eigelb darunter und schmecke mit Salz, Pfeffer und Muskatnuss ab.
Forme aus der Grießmasse Gnocchi, setze diese auf das Ragout, streue noch etwas Käse darüber und backe alles bei 180°C 20 min.

Röllchen mit Nuss – Schinken – Füllung

Nährwerte pro Portion

Kalorien	329 kcal
Kohlenhydrate	24 g
davon zugesetzter Zucker	0 g
Fett	19 g
davon gesättigte Fettsäuren	6,7 g
davon ungesättigte Fettsäuren	12,3 g
Eiweiß	13 g

Zubereitungszeit: 20 min.
Schwierigkeit: leicht
Portionen: 4

Zutaten für 4 Personen

120	g	Lachsschinken in Scheiben
100	g	Ziegenfrischkäse
50	g	Walnusskerne
2	EL	Joghurt (0,3% Fett)
3		Tortilla - Fladen
je 1		reife Birne, Prise Salz und Pfeffer
½		Zitrone

Zubereitung

Hacke die Walnusskerne grob, röste sie in einer Pfanne ohne Fett hellbraun und lasse sie abkühlen.
Presse die Zitronenhälfte aus, wasche die Birne und halbiere sie.
Schneide die Birnenhälften in feine Stifte und verrühre sie sofort mit dem Zitronensaft.
Mische Ziegenkäse, Joghurt, Salz und Pfeffer und rühre es zu einer glatten Masse.
Erwärme die Tortilla – Fladen im Backofen bei 80°C, lege jeden Fladen dann auf ein großes Stück Frischhaltefolie und bestreiche alle mit der Frischkäsemasse.
Lege den Lachsschinken darauf, verteile Nüsse und Birnenstifte obendrauf und rolle die Fladen fest auf.
Schlage die Tortilla in die Frischhaltefolie ein, drehe die Enden fest zusammen und stelle sie für 20 min. kalt.
Packe die Fladen schließlich aus und schneide sie in einzelne Stücke.

Sauerkrautnudeln

Nährwerte pro Portion

Kalorien	360 kcal
Kohlenhydrate	55 g
davon zugesetzter Zucker	0 g
Fett	7 g
davon gesättigte Fettsäuren	0,9 g
davon ungesättigte Fettsäuren	8,1 g
Eiweiß	14 g

Zubereitungszeit: 15 min.
Schwierigkeit: ganz einfach
Portionen: 4

Zutaten für 4 Personen

500 g		frisches Sauerkraut
350 g		Vollkornnudeln
100 ml		klassische Gemüsebrühe
3	EL	Rapsöl
1	TL	Kümmel
3		Zwiebeln
2		Lorbeerblätter
1		Bund Schnittlauch
1		Prise Salz und Pfeffer

Zubereitung

Koche die Nudeln nach Packungsanleitung in reichlich Salzwasser.
Lockere das Sauerkraut etwas auf und lasse es in einem Sieb abtropfen.
Schäle die Zwiebeln und schneide sie in dünne Streifen.
Erhitze 1 EL Öl in einem Topf, gebe Zwiebeln, Lorbeerblätter und Kümmel dazu und lasse alles 5 min. bei schwacher Hitze andünsten.
Mische das Sauerkraut unter, gieße die Brühe hinzu und lasse das Ganze 15 min. weiterköcheln.
Gebe das restliche Öl in eine Pfanne, ebenso die fertigen Nudeln, brate diese bei mittlerer Hitze goldbraun und schmecke mit Salt ab.
Hebe das Sauerkraut unter, entfern die Lorbeerblätter und erhitze alles nochmals.
Schneide den Schnittlauch in Röllchen, gebe ihn unter die Krautnudeln und würze vor dem Servieren mit Salz und Pfeffer.

Karottenreis mit Putenbrust und Senf – Honigsauce

Nährwerte pro Portion

Kalorien	456 kcal
Kohlenhydrate	59 g
davon zugesetzter Zucker	6 g
Fett	7 g
davon gesättigte Fettsäuren	1,3 g
davon ungesättigte Fettsäuren	5,7 g
Eiweiß	36 g

Zubereitungszeit: 15 min.
Schwierigkeit: leicht
Portionen: 2

Zutaten für 2 Personen

250 g		Putenbrustfilet
125 g		Basmatireis
2	EL	Senf
1	EL	Keimöl
1	EL	Honig
1		Prise Salz und Pfeffer
2		Karotten

Zubereitung

Koche den Basmatireis in 300 ml Wasser auf und lasse ihn dann 5 min. garen.

Schäle die Karotten, schneide sie mit einem Sparschäler erst in lange Streifen und dann in 4 cm lange Stücke.

Gebe die Karottenstücke zum Reis und lasse alles 8 – 9 min. weiterköcheln.

Spüle die Putenbrust ab, schneide sie in Würfel und brate sie im Keimöl 4 min. rundherum an.

Würze die Fleischwürfel dann mit Salz und Pfeffer.

Füge schließlich Honig, Senf und 50 ml Wasser dem Fleisch zu, koche das Ganze auf und lasse es 2 min. ziehen.

Schmecke den Karottenreis mit Salz ab und serviere ihn mit dem Fleisch.

Bunter Gemüseauflauf

Nährwerte pro Portion

Kalorien	296 kcal
Kohlenhydrate	33 g
davon zugesetzter Zucker	0 g
Fett	11 g
davon gesättigte Fettsäuren	4,5 g
davon ungesättigte Fettsäuren	6,5 g
Eiweiß	14 g

Zubereitungszeit: 35 min.
Schwierigkeit: leicht
Portionen: 4

Zutaten für 4 Personen

285 g	Mais
250 g	Kidneybohnen
30 g	Butter
100 ml	klassische Gemüsebrühe
3 EL	Weizenvollkornmehl
2 EL	5 – Korn – Getreideflockenmischung
1 EL	Olivenöl
2	Fenchelknollen
je 1	Stange Lauch, Zucchini, Prise Salz und Pfeffer
½	Bund Schnittlauch

Zubereitung

Mische Salz, Mehl und die Flockenmischung, knete die in kleine Stücke geschnittene Butter mit 2 EL Wasser unter und stelle alles kalt.
Spüle Mais und Kidneybohnen ab und lasse sie in einem Sieb abtropfen.
Wasche den Lauch und den Fenchel, halbiere beide der Länge nach und schneide sie in schmale Streifen.
Dünste Lauch und Fenchel in Olivenöl an, lasse beides mit der Gemüsebrühe aufkochen und dann 5 – 7 min. weiterköcheln.
Reinige die Zucchini, schneide sie ebenfalls in Streifen, gebe sie zum Gemüse und würze alles mit Salz und Pfeffer.
Gebe das Gemüse in eine Auflaufform, verteile die abgekühlten Streusel darauf und backe das Ganze bei 180°C 35 min.
Verrühre die zerkleinerten Kräuter mit Joghurt, würze mit Salz und Pfeffer und serviere es zum Auflauf.

Bacon – Omelett

Nährwerte pro Portion

Kalorien	300 kcal
Kohlenhydrate	19 g
davon zugesetzter Zucker	0 g
Fett	17 g
davon gesättigte Fettsäuren	4,9 g
davon ungesättigte Fettsäuren	12,1 g
Eiweiß	15 g

Zubereitungszeit: 15 min.
Schwierigkeit: leicht
Portionen: 2

Zutaten für 2 Personen

2 EL	Mineralwasser mit Kohlensäure
2 TL	Öl
3	Eier
2	Kartoffeln
2	Scheiben Bacon
1	säuerlicher Apfel
1	Prise Salz und Pfeffer

Zubereitung

Schäle die Kartoffeln und schneide sie in Scheiben.

Wasche den Apfel und schneide ihn in Würfel.

Erhitze Öl in einer Pfanne und brate die Kartoffelscheiben 10 min. unter Wenden an.

Gebe nach 5 min. die Apfelwürfel hinzu.

Verquirle Eier und Mineralwasser und würze die Eimasse mit Salz und Pfeffer.

Gieße die Masse in eine Pfanne zu Kartoffeln und Apfel und lasse sie stocken.

Brate den Bacon in einer weiteren Pfanne knusprig, lasse ihn auf Küchenpapier abtropfen und richte ihn auf dem Omelett an.

Putenbrustfilet mit Kichererbsen – Tomaten – Allerlei

Nährwerte pro Portion

Kalorien	390 kcal
Kohlenhydrate	28 g
davon zugesetzter Zucker	0 g
Fett	14 g
davon gesättigte Fettsäuren	2,5 g
davon ungesättigte Fettsäuren	11,5 g
Eiweiß	35 g

Zubereitungszeit: 15 min.
Schwierigkeit: ganz einfach
Portionen: 2

Zutaten für 2 Personen

400 ml		Geflügelbrühe
2	EL	Olivenöl
1	TL	Harissa
250 g		Kichererbsen
200 g		Putenbrustfilet
200 g		stückige Tomaten
4		Stiele Koriander
1		rote Zwiebel
1		Prise Salz und Pfeffer
½		Zitrone

Zubereitung

Spüle die Kichererbsen in einem Sieb kalt ab und lasse sie abtropfen.
Wasche das Putenbrustfilet und schneide es in Scheiben, ebenso wie die Zwiebel.
Erhitze Öl in einer Pfanne, brate Putenbrust – und Zwiebelscheiben darin an und würze mit Salz und Pfeffer.
Gebe dann Kichererbsen, Tomaten, Brühe und Harissa dazu und lasse alles zugedeckt 4 – 5 min. garen.
Presse die Zitronenhälfte aus und zupfe die Blätter des Korianders vom Stiel.
Schmecke das Ragout mit Zitronensaft, Salz und Pfeffer ab und hebe die Korianderblätter darunter.

Zucchini vom Grill mit Ricotta – Paprikadressing

Nährwerte pro Portion

Kalorien	67 kcal
Kohlenhydrate	5 g
davon zugesetzter Zucker	0 g
Fett	3 g
davon gesättigte Fettsäuren	1,3 g
davon ungesättigte Fettsäuren	1,7 g
Eiweiß	4 g

Zubereitungszeit: 30 min.
Schwierigkeit: ganz einfach
Portionen: 8

Zutaten für 8 Personen

100 g		Ricotta
1	EL	Olivenöl
1	EL	Ajvar
1	EL	Milch (1,5%)
2	TL	Ketchup
2		grüne Zucchini
2		gelbe Zucchini
2		Knoblauchzehen
je 1		rote Paprika, Zwiebel, Prise Salz und Pfeffer
½		Bund Oregano

Zubereitung

Wasche gelbe und grüne Zucchini, halbiere sie der Länge nach und entferne die Kerne mit einem Teelöffel.
Salze und pfeffere die Zucchinihälften, lege sie mit der Schnittfläche nach oben in eine Alugrillschale und bestreiche sie mit der Hälfte des Öls.
Gare sie 8 min. auf dem Grill, dann wenden und mit dem restlichen Öl bestreichen und weitere 3 – 4 min. grillen.
Schneide die Paprika in Würfel und presse den Knoblauch durch eine ‚Presse.
Würfel die Zwiebel klein und gebe sie mit dem Oregano zu Knoblauch und Paprika.
Füge Ricotta, Ketchup und Ajvar hinzu, verrühre alles mit Milch und schmecke mit Salz und Pfeffer ab.
Fülle dann die Zucchinihälften mit der Ricotta - Mischung und serviere sie.

Gesundes Nudelgericht

Nährwerte pro Portion

Kalorien	550 kcal
Kohlenhydrate	63 g
davon zugesetzter Zucker	0 g
Fett	25 g
davon gesättigte Fettsäuren	3,9 g
davon ungesättigte Fettsäuren	21,1 g
Eiweiß	19 g

Zubereitungszeit: 30 min.
Schwierigkeit: leicht
Portionen: 4

Zutaten für 4 Personen

400 g	Vollkornmuschelnudeln
200 g	Brokkoli - Röschen
50 g	Haselnusskerne
20 g	Parmesan
50 ml	Olivenöl
50 ml	Gemüsebrühe
4	Stiele Basilikum

Zubereitung

Gare die Nudeln nach Packungsanleitung.

Koche für das Pesto den Brokkoli 8 min. in kochendem Salzwasser.

Zupfe die Basilikumblätter ab.

Gieße dann den Brokkoli ab, fange etwas des Kochwassers auf und schrecke ihn mit kaltem Wasser ab.

Püriere den Brokkoli mit 2 – 3 EL Kochwasser, den Haselnusskernen, der Hälfte des Basilikums, dem Öl und der Brühe.

Menge den geriebenen Parmesan unter und schmecke mit Salz und Pfeffer ab.

Mische die Nudeln mit dem Pesto und garniere alles mit dem restlichen Basilikum.

Pfannengericht aus Reis, Erbsen und Hackfleisch

Nährwerte pro Portion

Kalorien	504 kcal
Kohlenhydrate	48 g
davon zugesetzter Zucker	0 g
Fett	21 g
davon gesättigte Fettsäuren	7,3 g
davon ungesättigte Fettsäuren	13,7 g
Eiweiß	31 g

Zubereitungszeit: 45 min.
Schwierigkeit: leicht
Portionen: 4

Zutaten für 4 Personen

400 g	Rinderhackfleisch
300 g	tiefgefrorene Erbsen
150 g	Vollkornbasmatireis
140 g	Mais
125 ml	Gemüsebrühe
2 EL	Olivenöl
2	Zwiebeln
1	rote Paprika
1	Knoblauchzehe
1	Prise Salz und Pfeffer
½	Zitrone

Zubereitung

Koche den Reis nach Packungsanleitung.
Gare die Erbsen in wenig kochendem Wasser für 5 min.
Wasche die Paprika und schneide sie klein, schäle Zwiebeln und würfle sie.
Erhitze das Öl in einer Pfanne, brate das Hackfleisch darin an, würze es mit Salz und Pfeffer und füge die Zwiebeln hinzu.
Schäle den Knoblauch, presse ihn und gebe ihn dazu.
Gebe dann den ausgepressten Zitronensaft und die Brühe hinzu und lasse das Ganze 10 min. garen.
Mische den Reis unter und schmecke mit Salz und Pfeffer nochmals ab.

Kartoffel – Puten – Pfanne

Nährwerte pro Portion

Kalorien	329 kcal
Kohlenhydrate	26 g
davon zugesetzter Zucker	0 g
Fett	7 g
davon gesättigte Fettsäuren	1,3 g
davon ungesättigte Fettsäuren	5,7 g
Eiweiß	40 g

Zubereitungszeit: 30 min.
Schwierigkeit: leicht
Portionen: 4

Zutaten für 4 Personen

- 800 g festkochende Kartoffeln
- 600 g Putenbrustfilet
- 200 g Kirschtomaten
- 2 EL Olivenöl
- 2 Stiele Petersilie
- 1 Zwiebel
- 1 Prise Salz und Pfeffer

Zubereitung

Wasche und schäle die Kartoffeln, schneide sie in Würfel und gare sie 20 min. in kochendem Salzwasser.
Halbiere die Tomaten, schäle die Zwiebeln und schneide sie in Streifen und zupfe die Petersilienblätter vom Stiel.
Spüle das Putenbrustfilet ab und schneide es in mundgerechte Stücke.
Brate die Putenbrustfiletstücke in einer Pfanne mit heißem Öl rundherum goldbraun an, nehme sie dann heraus und stelle sie beiseite.
Gebe nun die Kartoffeln in die Pfanne und bräune sie an
Füge schließlich die Zwiebelstreifen, das Fleisch und die Tomaten hinzu, schmecke alles mit Salz und Pfeffer ab und brate das Ganze 2 – 3 min weiter.
Mische vor dem Servieren die Petersilie unter.

Spieße mit Gemüse und Käse

Nährwerte pro Portion

Kalorien	345 kcal
Kohlenhydrate	10 g
davon zugesetzter Zucker	0 g
Fett	26 g
davon gesättigte Fettsäuren	11,7 g
davon ungesättigte Fettsäuren	14,3 g
Eiweiß	18 g

Zubereitungszeit: 30 min.
Schwierigkeit: leicht
Portionen: 4

Zutaten für 4 Personen

200 g	Halloumi – Käse
100 g	Datteltomaten
4 EL	Olivenöl
2	Zucchini
2	Knoblauchzehen
2	Stiele Minze
1	rote Paprika
1	gelbe Paprika
1	Prise Salz und Pfeffer

Zubereitung

Schäle den Knoblauch, zupfe die Minzblätter vom Stiel und hacke beides fein.
Verrühre in einer Schüssel Olivenöl, Salz, Pfeffer und Knoblauch.
Wasche die Zucchini und schneide sie mit dem Sparschäler der Länge nach in dünne Scheiben.
Säubere Paprika und Tomaten und schneide die Paprika in Würfel, ebenso den Käse.
Lege die Zucchinischeiben flach in eine Schüssel, verteile das Gemüse und den Käse darauf, übergieße alles mit der Marinade und lasse es 1 h im Kühlschrank ziehen.
Stecke dann das marinierte Gemüse und den Käse abwechselnd auf Spieße.
Brate die Spieße in einer Pfanne mit heißem Öl goldbraun.

Tomaten mit Linsen – Frischkäsefüllung

Nährwerte pro Portion

Kalorien	116 kcal
Kohlenhydrate	11 g
davon zugesetzter Zucker	0 g
Fett	3 g
davon gesättigte Fettsäuren	1,6 g
davon ungesättigte Fettsäuren	1,4 g
Eiweiß	10 g

Zubereitungszeit: 15 min.
Schwierigkeit: leicht
Portionen: 4

Zutaten für 4 Personen

200	g	Ziegenfrischkäse
50	g	rote Linsen
1	EL	Zitronensaft
8		kleine Tomaten
8		Zweige Thymian
1		Knoblauchzehe
1		Prise Salz und Pfeffer

Zubereitung

Gare die Linsen in kochendem Wasser 10 min.

Schäle den Knoblauch, zupfe die Hälfte der Thymian – Blätter ab und hacke beides fein.

Wasche die Tomaten, schneide einen Deckel ab und höhle sie aus.

Mische Ziegenfrischkäse, Linsen, Knoblauch und Thymian miteinander und würze mit Salz, Pfeffer und Zitronensaft.

Fülle die Tomaten mit der Mischung, lege den Deckel mit dazu und grille sie 5 – 10 min.

Garniere die gefüllten Tomaten mit dem restlichen Thymian und etwas Pfeffer und setze den Deckel wieder darauf.

Spinat – Reis – Knödel

Nährwerte pro Portion

Kalorien	466 kcal
Kohlenhydrate	51,7 g
davon zugesetzter Zucker	0 g
Fett	20,6 g
davon gesättigte Fettsäuren	12,4 g
davon ungesättigte Fettsäuren	8,2 g
Eiweiß	18 g

Zubereitungszeit: 30 min.
Schwierigkeit: leicht
Portionen: 4

Zutaten für 4 Personen

400	g	Blumenkohl
200	g	Paella – Reis
80	g	Parmesan
75	g	Blattspinat
5	EL	Vollkornsemmelbrösel
4	EL	Butter
2		Stiele Salbei
1		Prise Salz, Pfeffer und Muskatnuss
1		Zwiebel
1		Ei

Zubereitung

Koche den Reis nach Packungsanleitung und lasse ihn 20 min. abkühlen.
Wasche den Blumenkohl, befreie ihn vom Strunk, schneide ihn in grobe Stücke und gare ihn 6 – 7 min. bei mittlerer Hitze und püriere ihn dann.
Putze den Blattspinat, koche ihn 1 min. in Salzwasser, püriere die eine Hälfte und schneide die andere grob, schäle und würfle die Zwiebel.
Mische Blumenkohl, Reis, Parmesan, die pürierte Hälfte des Spinats, Ei, Zwiebel, Ricotta, Semmelbrösel und 1 Prise Muskatnuss.
Forme aus der Masse 14 – 18 Klöße und brate sie in einer Pfanne mit 1 EL Butter von allen Seiten gleichmäßig an.
Zerlasse die restliche Butter in einer zweiten Pfanne, gebe Salbeiblätter und gehackten Spinat dazu und salze alles.
Richte die Klöße mit dem Spinat auf einem Teller an.

Kichererbsen – Frikadellen

Nährwerte pro Portion

Kalorien	483 kcal
Kohlenhydrate	39 g
davon zugesetzter Zucker	0 g
Fett	25 g
davon gesättigte Fettsäuren	4,3 g
davon ungesättigte Fettsäuren	20,7 g
Eiweiß	25 g

Zubereitungszeit: 55 min.
Schwierigkeit: leicht
Portionen: 4

Zutaten für 4 Personen

500 g		Kichererbsen
250 g		Quark
100 g		Wildkräutersalat
4	EL	Leinöl
4	EL	Goji - Beeren
2	EL	Kichererbsen - Mehl
2	EL	Olivenöl
2	EL	Tahini
2	EL	Zitronensaft
¼	TL	gemahlener Kreuzkümmel
2		Frühlingszwiebeln
je 1		Knoblauchzehe, Bund Radieschen, Bund Petersilie & Prise Salz

Zubereitung

Hacke Frühlingszwiebeln und Knoblauch und Petersilie fein und die Goji – Beeren grob.
Püriere die Kichererbsen stückig und mische Frühlingszwiebeln, Knoblauch, Beeren, 50 g Quark und Kichererbsen – Mehl darunter.
Würze mit Salz und Kreuzkümmel und forme 12 Küchlein aus der Masse.
Brate die Frikadellen in 1 EL Olivenöl 3 – 4 min. von beiden Seiten goldbraun.
Scheide die Radieschen in Scheiben und gebe sie zum Salat.
Verrühre dann den restlichen Quark mit Tahini, Salz und Zitronensaft, richte alles auf Tellern an und beträufle es mit Leinöl.

Kürbis – Paprika – Schupfnudeln

Nährwerte pro Portion

Kalorien	445 kcal
Kohlenhydrate	50 g
davon zugesetzter Zucker	15 g
Fett	19 g
davon gesättigte Fettsäuren	4,5 g
davon ungesättigte Fettsäuren	14,5 g
Eiweiß	18 g

Zubereitungszeit: 20 min.
Schwierigkeit: leicht
Portionen: 4

Zutaten für 4 Personen

1000	g	Hokkaidokürbis
400	g	Schupfnudeln
100	g	geräucherte Schinkenwürfel
40	g	Edamer
4	EL	Honig
4	EL	Sonnenblumenkerne
4	EL	Olivenöl
½	TL	edelsüßes Paprikapulver
½	TL	rosenscharfes Paprikapulver
2		grüne Paprika
1		Prise Salz und Pfeffer

Zubereitung

Wasche und halbiere den Kürbis und schneide das Fruchtfleisch in mundgerechte Stücke, ebenso die Paprika.
Vermische Paprika und Kürbis miteinander.
Mische Öl, beide Sorten Paprikapulver, Honig, Salz und Pfeffer mit dem Gemüse.
Verteile die Gemüsemischung gleichmäßig auf einem mit Backpapier ausgelegten Blech und platziere die Schupfnudeln dazwischen.
Vermenge die Sonnenblumenkerne mit dem geriebenen Käse und den Schinkenwürfeln und streue alles über das Gemüse und die Schupfnudeln.
Backe das Ganze 20 min. bei 180°C

Feta – Nudelsalat

Nährwerte pro Portion

Kalorien	550 kcal
Kohlenhydrate	62 g
davon zugesetzter Zucker	0 g
Fett	22 g
davon gesättigte Fettsäuren	7,1 g
davon ungesättigte Fettsäuren	14,9 g
Eiweiß	23 g

Zubereitungszeit: 45 min.
Schwierigkeit: leicht
Portionen: 4

Zutaten für 4 Personen

400 g	Strauchtomaten
300 g	Vollkornspaghetti
120 g	Feta
100 g	Berglinsen
100 g	schwarze Oliven
4 EL	Essig
4 EL	Olivenöl
4	Stiele Oregano
je 1	Salatgurke, rote Zwiebel, Prise Salz und Pfeffer
½	Bund Petersilie

Zubereitung

Gare die Linsen in der doppelten Menge Wasser, gieße sie ab und lasse sie 5 min. abkühlen.
Koche zwischenzeitlich die Nudeln nach Packungsanleitung.
Lasse die Oliven abtropfen, viertle die Gurke der Länge nach und schneide sie dann in Scheiben und hacke den Oregano.
Wasche die Tomaten und schneide sie in Scheiben, ebenso den Feta und schäle die Zwiebel und zerteile sie in Ringe.
Verquirle Öl, Oregano und Essig und würze mit Salz und Pfeffer.
Mische die Nudeln mit dem Dressing, gebe Tomaten, gurke und Linsen dazu und richte alles in einer Schüssel an.
Verteile Feta und Zwiebeln darauf und bestreue den Salat mit der gehackten Petersilie.

Gratinierter Kohlrabi

Nährwerte pro Portion

Kalorien	225 kcal
Kohlenhydrate	24 g
davon zugesetzter Zucker	2 g
Fett	10 g
davon gesättigte Fettsäuren	1,6 g
davon ungesättigte Fettsäuren	8,4 g
Eiweiß	7 g

Zubereitungszeit: 20 min.
Schwierigkeit: ganz einfach
Portionen: 2

Zutaten für 2 Personen

4 EL	Semmelbrösel
2 EL	Olivenöl
1 TL	körniger Senf
1 TL	flüssiger Honig
½ TL	weiche Butter
2	Zweige Thymian
2	Stiele Petersilie
je 1	Prise Salz und Pfeffer, Kohlrabi und Zweig Rosmarin

Zubereitung

Wasche und schäle den Kohlrabi und lege das Grün beiseite.
Schneide den Kohlrabi erst in Scheiben, danach in 1 cm dicke Stifte und gare sie 5 min. in reichlich kochendem Salzwasser.
Fülle eine Schüssel mit kaltem Wasser und Eiswürfeln, gieße den Kohlrabi ab und tauche ihn zur Erhaltung der Bissfestigkeit sofort ins Eiswasser ein und lasse ihn abtropfen.
Zupfe die Blätter der Kräuter ab und hacke sie mit dem Grün des Kohlrabis fein und gebe sie in eine Schüssel.
Füge Olivenöl, Semmelbrösel, Honig, Senf, Salz und Pfeffer hinzu und vermische alles miteinander.
Verteile den Kohlrabi in einer Auflaufform gleichmäßig, streue die Semmelbrösel darüber und überbacke das Ganze 15 – 20 min. bei 180°C.

Eier – Nudel – Kartoffelspeise

Nährwerte pro Portion

Kalorien	517 kcal
Kohlenhydrate	68 g
davon zugesetzter Zucker	0 g
Fett	15 g
davon gesättigte Fettsäuren	2,7 g
davon ungesättigte Fettsäuren	12,3 g
Eiweiß	25 g

Zubereitungszeit: 45 min.
Schwierigkeit: leicht
Portionen: 4

Zutaten für 4 Personen

600	g	Pellkartoffeln
300	g	Vollkornnudeln
80	g	Lachsschinken
3	EL	Rapsöl
4		Eier
2		Zucchini
je 1		Zwiebel, Bund Schnittlauch, Prise Salz und Pfeffer

Zubereitung

Koche die Nudeln nach Packungsanleitung und lasse sie dann in einem Sieb abtropfen.
Schneide die geschälten Pellkartoffeln in dünne Scheiben, ebenso wie die Zucchini.
Schäle die Zwiebel und hacke sie fein, schneide den Lachsschinken in kleine Würfel.
Erhitze Öl in einer Pfanne und brate die Kartoffelscheiben 5 -7 min. an.
Gebe Zucchini und Schinkenwürfel dazu, würze mit Salz und Pfeffer und brate alles nochmals 5 min.
Füge dann die Nudeln hinzu.
Schlage dann die Eier als Spiegeleier in die Pfanne und lasse sie 3 – 4 min. stocken.
Zerteile den Schnittlauch in Röllchen und streue ihn über die Eier – Nudel – Kartoffelspeise.

Spieße mit Avocado und Süßkartoffeln

Nährwerte pro Portion

Kalorien	343 kcal
Kohlenhydrate	37 g
davon zugesetzter Zucker	1 g
Fett	20 g
davon gesättigte Fettsäuren	3,8 g
davon ungesättigte Fettsäuren	16,2 g
Eiweiß	4 g

Zubereitungszeit: 30 min.
Schwierigkeit: leicht
Portionen: 4

Zutaten für 4 Personen

3 EL	Sesamöl
2 EL	Reisessig
2 EL	Sojasauce
2 EL	Limettensaft
1 TL	Agavendicksaft
½ TL	Koriandersamen
½ TL	Pfefferkörner
4	Stiele Koriander
2	Avocados
2	Knoblauchzehen
je 1	rote Chilischote, Stück Ingwer, Süßkartoffel, Prise Salz und Pfeffer

Zubereitung

Schneide die Süßkartoffel in mundgerechte Stücke und gare sie 5 min. in kochendem Salzwasser.
Zerteile das Fruchtfleisch der Avocados in kleine Stücke und stecke diese abwechselnd mit den Süßkartoffelstücken auf Holzspieße.
Bepinsle die Spieße mit 1 EL Öl, würze mit Salz und Pfeffer und grille sie 5 min.
Hacke Knoblauch und Ingwer sehr fein, ebenso wie Koriander und Chilischote.
Zerstoße Pfeffer und Koriandersamen in einem Mörser und vermische beides mit Knoblauch, Ingwer, Chili, Koriandergrün, restlichem Öl, Limettensaft, Agavendicksaft, Reisessig und Sojasauce.
Richte die Spieße auf Teller an und beträufle sie mit dem Dressing.

Spargel – Schafskäse – Quinoa – Salat

Nährwerte pro Portion

Kalorien	437 kcal
Kohlenhydrate	46 g
davon zugesetzter Zucker	0 g
Fett	21 g
davon gesättigte Fettsäuren	8,1 g
davon ungesättigte Fettsäuren	12,9 g
Eiweiß	16 g

Zubereitungszeit: 40 min.
Schwierigkeit: leicht
Portionen: 4

Zutaten für 4 Personen

500 g	grüner Spargel
250 g	Quinoa
150 g	Schafskäse
400 ml	Gemüsebrühe
100 ml	Apfelsaft
3 EL	Oliven
je 1	Zwiebel, Zitrone, Stück Ingwerwurzel, Prise Salz und Pfeffer
½	getrocknete Chilischote

Zubereitung

Schäle Zwiebel und Ingwer und hacke es mit der Chilischote fein.
Erhitze 1 EL Öl und dünste Zwiebel, Ingwer und Chili darin glasig.
Gieße die Brühe und den Saft dazu und lasse alles aufkochen.
Spüle die Quinoa in einem Sieb gründlich ab, gebe sie dann in die Brühe und lasse das Ganze 15 min. garen.
Wasche zwischenzeitlich den Spargel, schäle das untere Drittel und schneide die holzigen Enden ab.
Schneide die Spargelstangen in 4 cm lange Stücke und gare sie 15 min. in kochendem Salzwasser.
Presse die Zitrone aus, würfle den Schafskäse und mische die Quinoa mit dem Schafskäse.
Gebe nun den Zitronensaft, das restliche Öl nach Belieben dazu, mische den Schafskäse unter und schmecke mit Salz und Pfeffer ab.

Kleine Gemüsekuchen

Nährwerte pro Portion

Kalorien	109 kcal
Kohlenhydrate	13 g
davon zugesetzter Zucker	0 g
Fett	4 g
davon gesättigte Fettsäuren	1 g
davon ungesättigte Fettsäuren	3 g
Eiweiß	6 g

Zubereitungszeit: 25 min.
Schwierigkeit: leicht
Portionen: 12

Zutaten für 12 Personen

200 g		Dinkelvollkornmehl
150 g		Magerquark
60	ml	Milch (1,5%)
2	EL	Olivenöl
2	EL	geriebener Emmentaler
2	TL	Backpulver
½	TL	Natron
2		Frühlingszwiebeln
je 1		rote Paprika, Ei, Prise Salz und Pfeffer
½		Bund Basilikum

Zubereitung

Wasche Frühlingszwiebeln und Paprika und schneide beides klein.
Dünste Zwiebeln und Paprika 5 min. bei mittlerer Hitze und lasse alles abkühlen.
Hacke die Basilikumblätter fein.
Mische Käse, Quark, Pfeffer, Ei und Salz in einer Schüssel und Natron, Backpulver und Mehl in einer zweiten.
Gebe dann Quark – und Gemüsemischung samt Basilikum in die zweite Schüssel und verrühre das Ganze zu einem glatten Teig.
Fülle nun den Teig in ein Muffin - Blech und backe ihn 30 min. bei 180^C goldbraun.

Butterpilzauflauf

Nährwerte pro Portion

Kalorien	302 kcal
Kohlenhydrate	10 g
davon zugesetzter Zucker	0 g
Fett	25 g
davon gesättigte Fettsäuren	11 g
davon ungesättigte Fettsäuren	14 g
Eiweiß	11 g

Zubereitungszeit: 20 min.
Schwierigkeit: leicht
Portionen: 4

Zutaten für 4 Personen

500 g		Butterröhrling
150 ml		Creme fraîche
2	EL	Gemüsebrühe
2	EL	Zitronensaft
2	EL	Vollkornsemmelbrösel
2	EL	Walnüsse
1	EL	Olivenöl
3		Zweige Thymian
1		Zwiebel
1		Eigelb
1		Stück würziger Käse
1		Prise Salz und Pfeffer

Zubereitung

Schäle die Zwiebel und schneide sie in Würfel.
Putze die Pilze und zerteile sie in mundgerechte Stücke.
Dünste nun die Zwiebelwürfel etwas an, gebe den abgezupften Thymian dazu, würze mit Salz und Pfeffer und lasse alles 3 min. garen.
Vermenge die Pilze mit der Mischung und fülle die Masse in eine gefettete Auflaufform.
Hacke die Walnüsse und reibe den Käse.
Mische Eigelb, Creme fraîche, Käse, Semmelbrösel und Walnüsse und würze das Ganze mit Salz und Pfeffer.
Gieße die Eimischung über die Pilze und lasse es 15 – 20 min. überbacken.

Getreidemahlzeit mit Dip

Nährwerte pro Portion

Kalorien	429 kcal
Kohlenhydrate	62 g
davon zugesetzter Zucker	0 g
Fett	8 g
davon gesättigte Fettsäuren	1,2 g
davon ungesättigte Fettsäuren	6,8 g
Eiweiß	24 g

Zubereitungszeit: 25 min.
Schwierigkeit: leicht
Portionen: 4

Zutaten für 4 Personen

500 g	Mais
400 g	Skyr
300 g	rote Zwiebeln
250 g	Zartweizen
100 g	Dickmilch (1,5%)
2 EL	Rapsöl
2	Knoblauchzehen
1	grüne Peperoni
1	Kästchen Kresse
1	Prise geräuchertes Paprikapulver
1	Prise Salz und Pfeffer
1	Spritzer Zitronensaft

Zubereitung

Gare den Weizen in der doppelten Menge Wasser nach Packungsanleitung. Schäle Zwiebeln und Knoblauch und schneide die Zwiebeln in dünne Streifen, den Knoblauch in Scheiben.
Halbiere die Peperoni längs und hacke sie fein.
Erhitze Öl in einer Pfanne, brate Zwiebeln und Knoblauch kurz an, gebe dann Weizen und Mais dazu und brate alles 5 min. bei mittlerer Hitze weiter. Würze das Ganze mit Salz, Pfeffer und Paprikapulver.
Verrühre Dickmilch, Zitronensaft, Skyr und eine Hälfte der Kresse miteinander und schmecke mit Salz und Pfeffer ab.
Vor dem Servieren den restlichen Kresse darüberstreuen.

Spinat – Gorgonzola – Nudeln

Nährwerte pro Portion

Kalorien	695 kcal
Kohlenhydrate	77 g
davon zugesetzter Zucker	0 g
Fett	28 g
davon gesättigte Fettsäuren	9,6 g
davon ungesättigte Fettsäuren	18,4 g
Eiweiß	29 g

Zubereitungszeit: 15 min.
Schwierigkeit: leicht
Portionen: 2

Zutaten für 2 Personen

250 g		Vollkornnudeln
225 g		Blattspinat
150 g		Sojacreme
80 g		Gorgonzola
100 ml		klassische Gemüsebrühe
2	TL	rote Pfefferbeeren
1		Prise Salz, Pfeffer und Muskatnuss

Zubereitung

Gare die Nudeln nach Packungsanleitung in kochendem Salzwasser.

Koche die Gemüsebrühe auf und gebe den gefrorenen Spinat dazu und lasse alles weiterköcheln unter gelegentlichem Umrühren, bis der Spinat aufgetaut ist.

Schneide den Gorgonzola in Würfel, mische ihn unter den Spinat und lasse ihn schmelzen.

Rühre die Sojacreme ein und würze mit Salz, Pfeffer und Muskatnuss.

Verteile die Nudeln gleichmäßig auf Teller und gebe die Spinat – Käsemischung darüber.

Spieße mit Champignons und Geflügelbratwurst

Nährwerte pro Portion

Kalorien	142 kcal
Kohlenhydrate	4 g
davon zugesetzter Zucker	0 g
Fett	9 g
davon gesättigte Fettsäuren	1,5 g
davon ungesättigte Fettsäuren	7,5 g
Eiweiß	11 g

Zubereitungszeit: 15 min.
Schwierigkeit: ganz einfach
Portionen: 4

Zutaten für 4 Personen

150 g	braune Champignons
150 g	Schalotten
2 EL	Keimöl
12	Lorbeerblätter
4	Geflügelbratwürste
1	Prise Salz und Pfeffer

Zubereitung

Schäle und halbiere die Schalotten und putze die Champignons.

Schneide die Würstchen in 3 cm lange Stücke und stecke sie abwechselnd mit Champignons, Schalotten und Lorbeerblättern auf die Spieße.

Bestreiche die Spieße mit Öl, würze sie mit Salz und Pfeffer und grille sie dann 8 – 10 min. unter gelegentlichem Wenden.

Pilz – Eierkuchen – Röllchen

Nährwerte pro Portion

Kalorien	266 kcal
Kohlenhydrate	10 g
davon zugesetzter Zucker	0 g
Fett	19 g
davon gesättigte Fettsäuren	4,2 g
davon ungesättigte Fettsäuren	14,8 g
Eiweiß	14 g

Zubereitungszeit: 15 min.
Schwierigkeit: leicht
Portionen: 2

Zutaten für 2 Personen

100 g		Shitakepilze
1	EL	Sesam
1	EL	helle Sojasauce
1	EL	Sesamöl
3		Eier
2		Frühlingszwiebeln
1		Stück Ingwer

Zubereitung

Schneide die Pilze in feine Scheiben, die Frühlingszwiebeln in schmale Ringe und hacke den Ingwer.

Röste den Sesam ohne Fett in einer Pfanne und lasse ihn dann abkühlen.

Erhitze das Sesamöl, brate die Pilze bei starker Hitze an, füge Ingwer und Frühlingszwiebeln hinzu und brate diese kurz mit.

Verrühre die Eier mit der Sojasauce und 2 EL Wasser, gieße die Masse in eine Pfanne und lasse sie bei mittlerer Hitze stocken.

Lasse den Pfannkuchen aus der Pfanne gleiten, rolle ihn vorsichtig auf und bestreue ihn vor dem Servieren mit Sesam.

Pistazien – Süßkartoffeln

Nährwerte pro Portion

Kalorien	457 kcal
Kohlenhydrate	69 g
davon zugesetzter Zucker	7 g
Fett	16 g
davon gesättigte Fettsäuren	2,4 g
davon ungesättigte Fettsäuren	13,6 g
Eiweiß	8 g

Zubereitungszeit: 20 min.
Schwierigkeit: leicht
Portionen: 4

Zutaten für 4 Personen

60 g	Pistazienkerne
2 EL	Ahornsirup
2 EL	Olivenöl
1 EL	scharfer Senf
1 TL	Rapsöl
4	Süßkartoffeln
je 1	Frühlingszwiebel, Limette, Prise Salz und Pfeffer
½	Bund Petersilie

Zubereitung

Wasche die Süßkartoffeln und gare sie in kochendem Salzwasser 20 min. bei schwacher Hitze.
Hacke die Petersilie, schneide die Frühlingszwiebel in feine Ringe und hacke die Pistazien grob.
Mische Pistazien, Frühlingszwiebel und Petersilie.
Verrühre Limettensaft, Senf, Ahornsirup und Olivenöl und würze mit Salz und Pfeffer.
Fette den Grillrost mit ½ TL Rapsöl ein und bestreiche mit dem Rest die Schnittflächen der Süßkartoffeln.
Lege die Süßkartoffeln mit der Schnittfläche nach unten auf den Grill und grille sie 7 – 10 min.
Richte die Süßkartoffeln auf Tellern an, würze sie mit Salz und beträufle sie mit dem Dressing.

Quietschkäse – Tomatensalat

Nährwerte pro Portion

Kalorien	265 kcal
Kohlenhydrate	10 g
davon zugesetzter Zucker	1 g
Fett	18 g
davon gesättigte Fettsäuren	9,4 g
davon ungesättigte Fettsäuren	8,6 g
Eiweiß	15 g

Zubereitungszeit: 25 min.
Schwierigkeit: leicht
Portionen: 4

Zutaten für 4 Personen

1000	g	gemischte Tomaten
200	g	Halloumi
2	EL	Olivenöl
2	EL	Limettensaft
2	EL	Gemüsebrühe
2	EL	Essig
1	TL	Honig
2		Schalotten
1		Knoblauchzehe
1		Prise Salz und Pfeffer
½		Bund Basilikum
½		Bund lila Basilikum

Zubereitung

Wasche die Tomaten und schneide die größeren in Scheiben.
Schäle und hacke Knoblauch und Schalotten, verrühre beides mit Brühe und Öl.
Füge dann noch Limettensaft, Honig und Essig hinzu und schmecke mit Salz und Pfeffer ab.
Schneide den Halloumi in 4 Scheiben und grille ihn auf jeder Seite 3 min.
Gebe die Scheiben des Halloumi und die Basilikumblätter auf den Tomatensalat.

Blumenkohl – Avocado – Püree mit Hähnchenbrustfilet

Nährwerte pro Portion

Kalorien	294 kcal
Kohlenhydrate	7 g
davon zugesetzter Zucker	0 g
Fett	12 g
davon gesättigte Fettsäuren	1,9 g
davon ungesättigte Fettsäuren	10,1 g
Eiweiß	38 g

Zubereitungszeit: 25 min.
Schwierigkeit: leicht
Portionen: 4

Zutaten für 4 Personen

80 g	Feta
50 g	getrocknete Tomaten
80 ml	Milch (3,5%)
80 ml	Gemüsebrühe
3 EL	Zitronensaft
2 EL	Rapsöl
4	Hähnchenbrustfilets
je 1	Zwiebel, Prise Salz und Pfeffer
je ½	Blumenkohl und Avocado

Zubereitung

Wasche den Blumenkohl, teile ihn in Röschen und gare ihn in kochendem Salzwasser 8 – 10 min.
Schäle die Zwiebel und würfle sie und schneide die Tomaten in kleine Stücke.
Erhitze 1 EL Öl in einer Pfanne, dünste Tomaten und Zwiebel 2 min. bei mittlerer Hitze an und würze mit Salz und Pfeffer.
Spüle das Hähnchenbrustfilet ab, salze und pfeffere es und brate es mit dem restlichen Öl in der Pfanne 5 – 8 min. auf beiden Seiten an.
Beträufle das Fleisch mit Zitronensaft, nimm es vom Herd und lasse es ziehen, bis es gar ist.
Erwärme Brühe und Milch und mische sie unter den zerdrückten Blumenkohl und das Fruchtfleisch der Avocado und schmecke mit Salz und Pfeffer ab.
Richte das Püree auf Tellern an, lege das Fleisch darauf und streue Zwiebel – Tomatenmischung und Feta darüber.

Spinat – Zucchini – Ricotta – Cannelloni

Nährwerte pro Portion

Kalorien	591 kcal
Kohlenhydrate	30 g
davon zugesetzter Zucker	0 g
Fett	35 g
davon gesättigte Fettsäuren	20,8 g
davon ungesättigte Fettsäuren	14,2 g
Eiweiß	38 g

Zubereitungszeit: 25 min.
Schwierigkeit: leicht
Portionen: 4

Zutaten für 4 Personen

500 g	Tomatenpüree
450 g	Ricotta
je 100 g	Mangold und Spinat
40 g	Parmesan
2 TL	Olivenöl
1 TL	getrocknete Italienische Kräuter
4	Zucchini
2	Kugeln Mozzarella
je 1	Knoblauchzehe, Eigelb, Prise Salz und Pfeffer
je ½	Bio – Zitrone und Bund Basilikum

Zubereitung

Schneide die Zucchini in dünne Scheiben, befreie Spinat und Mangold von groben Stielen und gare beides 2 min. in kochendem Salzwasser, danach abschrecken und fein hacken.
Hacke das Basilikum, bis auf ein paar Blätter klein.
Mische Ricotta, Eigelb, Spinat, Mangold, Knoblauch, Zitronenschale und gehackten Basilikum und schmecke mit Salz und Pfeffer ab.
Pinsel eine feuerfeste Form mit 1 TL Olivenöl aus, gebe die Hälfte des mit Salz, Pfeffer und italienischen Kräutern gewürzte Tomatenpüree hinein.
Lege 3 – 4 Zucchinischeiben überlappend auf der Arbeitsfläche aus, fülle sie mit 2 EL Ricotta – Gemüsemischung, rolle sie ein und lege sie mit der Naht nach unten auf die Sauce und verteile das restliche Tomatenpüree darüber, bestreue alles mit Mozzarella und Parmesan und backe es 30 – 35 min. bei 180°C

Gurken – Möhren – Gemüse

Nährwerte pro Portion

Kalorien	82 kcal
Kohlenhydrate	8 g
davon zugesetzter Zucker	0 g
Fett	3 g
davon gesättigte Fettsäuren	1,7 g
davon ungesättigte Fettsäuren	1,3 g
Eiweiß	5 g

Zubereitungszeit: 12 min.
Schwierigkeit: mittel
Portionen: 2

Zutaten für 2 Personen

15 g	Parmesan
70 ml	klassische Gemüsebrühe
4	Stiele Basilikum
2	Karotten
1	Salatgurke
1	Prise Salz und Pfeffer

Zubereitung

Wasche die Gurke, halbiere sie der Länge nach, befreie sie von den Kernen und schneide die Hälften quer durch.

Schäle die Karotte und schneide sie mit einem Sparschäler in sehr dünne Streifen, ebenso die Gurke.

Koche die Gemüsebrühe auf und dünste die Karottenstreifen 4 min. bei schwacher Hitze.

Lege ein paar Basilikumblätter beiseite und zerteile den Rest in feine Streifen.

Gebe die Gurkenstreifen ebenfalls in die Brühe, dünste sie 2 min. mit, würze alles mit Salz und Pfeffer und füge zum Schluss die Basilikumstreifen hinzu.

Richte das Gurken – Möhren – Gemüse auf Tellern an und bestreue es mit Parmesan und den restlichen Basilikumblättern.

ABENDESSEN

Backofenpommes mit Sesam

Nährwerte pro Portion

Kalorien	244 kcal
Kohlenhydrate	27 g
davon zugesetzter Zucker	0 g
Fett	12 g
davon gesättigte Fettsäuren	1,8 g
davon ungesättigte Fettsäuren	10,2 g
Eiweiß	4 g

Zubereitungszeit: 20 min.
Schwierigkeit: leicht
Portionen: 2

Zutaten für 2 Personen

2 EL	Olivenöl
2 TL	ungeschälten Sesam
1 TL	Kurkuma
3	festkochende Kartoffeln
1	Prise grobes Meersalz

Zubereitung

Wasche und schäle die Kartoffeln und schneide sie in 1 cm dicke Stifte.

Mische die Kartoffelstifte mit Öl und Kurkuma, verteile sie dann auf einem mit Backpapier ausgelegten Blech und backe sie 35 min. unter gelegentlichem Wenden bei 200°C.

Röste zwischenzeitlich den Sesam ohne Fett an, zermahle ihn dann in einem Mörser mit dem Meersalz grob und bestreue die fertigen Pommes damit.

Apfel – Reis – Reibekuchen

Nährwerte pro Portion

Kalorien	449 kcal
Kohlenhydrate	59 g
davon zugesetzter Zucker	6 g
Fett	19 g
davon gesättigte Fettsäuren	2,3 g
davon ungesättigte Fettsäuren	16,7 g
Eiweiß	9 g

Zubereitungszeit: 25 min.
Schwierigkeit: leicht
Portionen: 4

Zutaten für 4 Personen

60 g	Buchweizenmehl
60 g	Vollkornlangkornreis
50 g	gemahlene Haselnusskerne
50 g	Milchreis
2 EL	Aprikosenkonfitüre
2 EL	Rapsöl
2	Eier
2	süße Äpfel
1	Orange
1	Prise Salz

Zubereitung

Gare beide Reissorten zugedeckt 20 – 25 min. in kochendem Salzwasser.

Schäle die Äpfel und rasple sie grob auf einer Kastenreibe.

Presse die Orange aus und gebe 3 EL Orangensaft zu den Äpfeln.

Mische dann Eier, Aprikosenkonfitüre, Buchweizenmehl und die gemahlenen Haselnüsse unter die Äpfel.

Lasse den Reis etwas abkühlen, bevor du ihn ebenfalls unter die Äpfel gibst.

Forme dann aus dem Teig kleine Puffer und brate sie in einer Pfanne mit heißem Öl 4 min. auf jeder Seite an.

Hirsegratin

Nährwerte pro Portion

Kalorien	600 kcal
Kohlenhydrate	55 g
davon zugesetzter Zucker	7 g
Fett	27 g
davon gesättigte Fettsäuren	6,5 g
davon ungesättigte Fettsäuren	20,5 g
Eiweiß	33 g

Zubereitungszeit: 40 min.
Schwierigkeit: mittel
Portionen: 2

Zutaten für 2 Personen

200	ml	Milch 81,5%)
150	g	Magerquark
50	g	Hirse
5	g	Butter
2	EL	gemahlene Mandeln
1	EL	flüssiger Honig
1	EL	Mandelblättchen
je 2		Eier und reife Birnen
1		Prise Salz
½		Zitrone
½		Vanilleschote

Zubereitung

Koche die Milch mit dem Vanillemark auf, rühre dann Butter und Hirse ein und lasse alles nochmals aufkochen und dann 15 min. quellen.
Trenne die Eier, gebe das Eiweiß in ein hohes Gefäß und das Eigelb in eine Schüssel.
Presse die Zitrone aus und gebe den Saft, Honig, Quark und gemahlene Mandeln hinzu und schlage das Ganze mit dem Handmixer schaumig.
Wasche die Birnen und würfle sie fein.
Hebe nun den Hirsebrei mit den Birnenwürfeln unter die Eigelbmasse.
Schlage das Eiweiß mit Salz steif und mische es ebenfalls unter die Eigelbmischung.
Gieße schließlich die Masse in eine mit Backpapier ausgelegte Auflaufform, streue die Mandelblättchen darüber und backe es 25 -30 min. bei 180°C.

Boote aus Gemüse und Hackfleisch

Nährwerte pro Portion

Kalorien	281 kcal
Kohlenhydrate	13 g
davon zugesetzter Zucker	0 g
Fett	15 g
davon gesättigte Fettsäuren	6,4 g
davon ungesättigte Fettsäuren	8,6 g
Eiweiß	20 g

Zubereitungszeit: 40 min.
Schwierigkeit: mittel
Portionen: 10

Zutaten für 10 Personen

700 g	gemischtes Hackfleisch
500 g	Kartoffeln
285 g	Mais
200 g	Schafskäse
2 TL	Pizzakräuter
je 3	Tomaten, rote Paprika, Eier und Karotten
1	Zwiebel
1	Prise Salz und Pfeffer

Zubereitung

Schäle Zwiebel, Kartoffeln und Karotten.
Würfle die Zwiebel, reibe die Karotten und Kartoffeln auf einer Kastenreibe und drücke die Raspeln gut aus.
Mische dann die Raspeln, Hackfleisch, Salz, Pfeffer, Eier und Pizzakräuter und verknete alles zu einem Teig.
Verteile den Teig gleichmäßig auf einem mit Backpapier ausgelegten Blech und backe ihn 20 min. bei 200°C.
Wasche die Tomaten, würfle sie, ebenso 1 Paprika und schneide die zweite in 10 breite Streifen.
Verteile dann Mais, Paprika – und Tomatenwürfel, so wie den in Stücke zerteilten Schafskäse auf dem Hackfleisch und lasse das Ganze nochmals 10 min. backen.
Schneide den Hackbraten in 10 Stücke, setze einen auf einen Zahnstocher aufgespießten Paprikastreifen als Segel darauf.

Baguette mit Tomaten – Paprika – Eifüllung

Nährwerte pro Portion

Kalorien	155 kcal
Kohlenhydrate	23 g
davon zugesetzter Zucker	0 g
Fett	2 g
davon gesättigte Fettsäuren	0,6 g
davon ungesättigte Fettsäuren	1,4 g
Eiweiß	10 g

Zubereitungszeit: 30 min.
Schwierigkeit: leicht
Portionen: 10

Zutaten für 10 Personen

400	g	Magerquark
1	TL	edelsüßes Paprikapulver
8		Tomaten
2		Eier
1		gelbe Paprika
1		Baguette
1		Prise Salz und Pfeffer
1		Bund Schnittlauch

Zubereitung

Koche die Eier in 7 – 8 min. hart und hacke sie nach dem Schälen und Abkühlen grob.
Wasche die Paprika, zerteile sie in grobe Stücke und schneide den Schnittlauch in Röllchen.
Halbiere das Baguette der Länge nach, höhle es aus und verrühre das Brotinnere mit dem Quark.
Gebe Paprika, Ei, Tomaten und Schnittlauch dazu und würze alles mit Salz, Pfeffer und Paprikapulver.
Fülle nun die ausgehöhlten Brothälften mit der Masse, setze die Hälften wieder zusammen und drücke sie etwas an.
Wickel das zusammengesetzte Baguette in Alufolie, stelle es 10 min. in den Kühlschrank und schneide es dann in 10 Scheiben.

Kartoffeln mit Quark – Nuss – Hackfüllung

Nährwerte pro Portion

Kalorien	315 kcal
Kohlenhydrate	21 g
davon zugesetzter Zucker	0 g
Fett	15 g
davon gesättigte Fettsäuren	7,5 g
davon ungesättigte Fettsäuren	7,5 g
Eiweiß	20 g

Zubereitungszeit: 25 min.
Schwierigkeit: leicht
Portionen: 10

Zutaten für 10 Personen

1500 g		festkochende Kartoffeln
375	g	Mozzarella
350	g	gemischtes Hackfleisch
200	g	Magerquark
2	EL	gehackte Walnüsse
2	EL	Tomatenmark
1	EL	Kräuter der Provence
8		Tomaten
2		Zwiebeln
1		Prise Salz und Pfeffer

Zubereitung

Wasche die Kartoffeln und koche sie in reichlich Wasser 25 – 30 min.
Schäle die Zwiebeln und schneide sie in kleine Würfel, ebenso den Mozzarella.
Reinige die Tomaten und zerteile sie in Scheiben.
Pelle die fertigen Kartoffeln, halbiere und höhle sie etwas aus und schneide auf der Unterseite eine dünne Scheibe ab, damit sie stehen.
Zerdrücke die Kartoffelmasse und mische sie mit Quark, Hackfleisch, Tomatenmark, Nüssen, Zwiebeln, Kräuter, Salz und Pfeffer.
Fülle die Kartoffelhälften mit der Masse, lege eine Tomatenscheibe obendrauf und bestreue sie mit Mozzarella.
Backe die gefüllten Hälften nun 15 min. bei 180°C, schalte den Ofen dann aus und lasse alles noch 5 min. ruhen.

Spinat – Lachs – Allerlei

Nährwerte pro Portion

Kalorien	494 kcal
Kohlenhydrate	43 g
davon zugesetzter Zucker	0 g
Fett	17 g
davon gesättigte Fettsäuren	2,1 g
davon ungesättigte Fettsäuren	14,9 g
Eiweiß	39 g

Zubereitungszeit: 25 min.
Schwierigkeit: ganz einfach
Portionen: 2

Zutaten für 2 Personen

450 g	Spinat
250 g	Lachsfilet
100 g	vorgegarte Weizenkörner
1 EL	Rapsöl
1	Bio – Orange
1	Zwiebel
1	Prise Salz, Pfeffer und Muskatnuss

Zubereitung

Wasche die Orange, reibe die Schale ab und presse sie aus.
Koche den Weizen in 150 ml Salzwasser auf.
Gebe 60 ml des Orangensaftes und die Hälfte des Orangenabriebes zum Weizen und lasse alles 10 min. bei schwacher Hitze garen.
Wasche und putze den Spinat gründlich und hacke die großen Blätter grob.
Schäle die Zwiebel und schneide sie in kleine Würfel.
Spüle das Lachsfilet ab und zerteile es in kleine Stücke.
Mische den restlichen Orangensaft mit dem verbliebenen Abrieb, wende die Lachswürfel darin und würze mit Salz und Pfeffer.
Dünste die Zwiebelwürfel in heißem Öl glasig, füge den Spinat hinzu und schmecke mit Salz, Pfeffer und Muskatnuss ab.
Mische die Lachswürfel unter, lasse das Ganze bei mittlerer Hitze 5 min. garen und richte es mit dem Orangenweizen an.

In Spinatsauce eingelegte Eier mit Kartoffeln

Nährwerte pro Portion

Kalorien	323 kcal
Kohlenhydrate	29 g
davon zugesetzter Zucker	0 g
Fett	15 g
davon gesättigte Fettsäuren	3,5 g
davon ungesättigte Fettsäuren	11,5 g
Eiweiß	16 g

Zubereitungszeit: 35 min.
Schwierigkeit: leicht
Portionen: 10

Zutaten für 10 Personen

1800	g	Kartoffeln
1000	g	Spinat
55	g	Haferflocken
50	g	Mandelmus
3	EL	Rapsöl
400	ml	Milch
10		Eier
2		Zwiebeln
2		Knoblauchzehen
1		Prise Salz, Pfeffer und Muskatnuss

Zubereitung

Koche die Kartoffeln 20 min. in kochendem Salzwasser.
Wasche den Spinat und entferne die groben Stiele.
Schäle und würfle Zwiebeln und Knoblauch.
Dünste Zwiebeln und Knoblauch in heißem Öl glasig, gebe dann den Spinat hinzu und lasse ihn zusammenfallen.
Gebe Mandelmus, Haferflocken und Milch zum Spinat, lasse das Ganze 5 min. weiterköcheln, würze mit Salz, Pfeffer und Muskatnuss und püriere alles.
Koche die Eier 6 min. hart, halbiere sie nach dem Abpellen und lege sie in die Spinatsauce.
Richte die Eier in Spinatsauce mit den Kartoffeln an.

Hackbällchen in Tomatenbouillon

Nährwerte pro Portion

Kalorien	273 kcal
Kohlenhydrate	23 g
davon zugesetzter Zucker	0 g
Fett	12 g
davon gesättigte Fettsäuren	5,3 g
davon ungesättigte Fettsäuren	6,7 g
Eiweiß	17 g

Zubereitungszeit: 30 min.
Schwierigkeit: mittel
Portionen: 10

Zutaten für 10 Personen

1000	g	passierte Tomaten
250	g	Rinderhackfleisch
150	g	Magerquark
150	g	Parmesan
je 250	ml	klassische Gemüsebrühe, Orangensaft und Milch
5	EL	Haferflocken
je 2	EL	Olivenöl und Vollkornmehl
1	EL	Sojasauce
10		kleine Vollkornbrötchen
je 1		Bund Basilikum, Prise Salz und Pfeffer

Zubereitung

Verknete 100 g Parmesan, Haferflocken, Quark, Sojasauce und Rinderhack mit dem zu einem Teig.
Erhitze Öl in einer Pfanne, schwitze das Mehl darin an und gieße die Brühe dazu, ebenso wie die passierten Tomaten und den Orangensaft und würze mit Salz und Pfeffer.
Lasse das Ganze aufkochen, solange du aus dem Hackfleischteig 30 kleine Bällchen formst, die du dann in der Tomatensuppe 5 min. garen lässt.
Hacke das Basilikum grob, schäume die erhitzte Milch auf und gebe beides in die Tomatensuppe.
Bestreue die fertige Tomatensuppe mit Basilikum und dem restlichen Parmesan und serviere sie mit den Brötchen.

Omas Kartoffelsalat mit Putenwürstchen

Nährwerte pro Portion

Kalorien	325 kcal
Kohlenhydrate	30 g
davon zugesetzter Zucker	2 g
Fett	13 g
davon gesättigte Fettsäuren	2,1 g
davon ungesättigte Fettsäuren	10,9 g
Eiweiß	20 g

Zubereitungszeit: 1 Std.
Schwierigkeit: leicht
Portionen: 10

Zutaten für 10 Personen

1500	g	festkochende Kartoffeln
500	g	Karotten
250	g	Erbsen
140	g	Mais
850	ml	klassische Gemüsebrühe
7	EL	Rapsöl
3	EL	Apfelessig
2	EL	Senf
2	TL	Zucker
10		Putenwürstchen
2		Zwiebeln
1		Prise Salz und Pfeffer

Zubereitung

Gare die Kartoffeln 25 min. in Salzwasser.
Schäle Zwiebeln und Karotten und schneide die Karotten in Scheiben und die Zwiebeln in kleine Würfel.
Dünste Karotten und Zwiebeln in 2 EL Rapsöl an, füge die Gemüsebrühe hinzu und lasse alles 20 min. bei mittlerer Hitze garen.
Gebe Mais und Erbsen 5 min. vor Garende zu den Karotten und rühre Zucker, Apfelessig, Senf, Salz und Pfeffer unter.
Schneide die gepellten Kartoffeln in Scheiben, gebe sie mit dem Gemüse und der Garflüssigkeit in eine Schüssel und lasse den Salat 1 Stunde ziehen.
Gebe anschließend das restliche Öl in den Salat, schmecke mit Salz und Pfeffer ab und serviere mit den erwärmten Putenwürstchen.

Curry – Senf – Eier

Nährwerte pro Portion

Kalorien	574 kcal
Kohlenhydrate	53 g
davon zugesetzter Zucker	2 g
Fett	27 g
davon gesättigte Fettsäuren	6 g
davon ungesättigte Fettsäuren	21 g
Eiweiß	29 g

Zubereitungszeit: 20 min.
Schwierigkeit: leicht
Portionen: 2

Zutaten für 2 Personen

125 g		vorgegarte Weizenkörner
200 ml		klassische Gemüsebrühe
200 ml		Milch (1,5%)
2	EL	Rapsöl
2	EL	körniger Senf
1	EL	Dinkelmehl
1	TL	Apfelessig
1	TL	Currypulver
4		Eier
1		Zwiebel
1		Prise Salz, Pfeffer und Zucker
½		Bund Kerbel

Zubereitung

Schäle und würfle die Zwiebel und erhitze die Gemüsebrühe.
Dünste die Zwiebelwürfel in heißem Öl glasig und gebe Dinkelmehl und Currypulver dazu.
Rühre nach und nach Gemüsebrühe und Milch ein, rühre alles mit einem Schneebesen glatt und lasse es 10 min. bei schwacher Hitze unter gelegentlichem Umrühren weiterköcheln.
Gare zwischenzeitlich den Weizen nach Packungsanleitung, koche die Eier in 6 min. hart und hacke den Kerbel fein.
Verrühre den Senf in der Sauce, würze mit Salz, Pfeffer, Essig und Zucker.
Gebe die halbierten Eier in die Sauce und serviere diese mit dem Weizen.

Paprika – Sesam – Salat

Nährwerte pro Portion

Kalorien	167 kcal
Kohlenhydrate	13 g
davon zugesetzter Zucker	0 g
Fett	9 g
davon gesättigte Fettsäuren	1,4 g
davon ungesättigte Fettsäuren	7,6 g
Eiweiß	6 g

Zubereitungszeit: 1 Std.
Schwierigkeit: mittel
Portionen: 4

Zutaten für 4 Personen

5 EL	Apfelessig
2 EL	ungeschälter Sesam
2 EL	Olivenöl
4	Stiele Zitronenthymian
4	Zwiebeln
3	rote Paprika
3	gelbe Paprika
3	grüne Paprika
2	Knoblauchzehen
1	Prise Salz und Pfeffer

Zubereitung

Lege die halbierten Paprika mit der Schnittfläche nach oben auf ein mit Alufolie ausgelegtes Blech, grille sie 10 min., bis die Haut Blasen schlägt.
Decke die fertig gegrillten Paprika mit einem nassen Küchenhandtuch ab.
Schäle Zwiebeln und Knoblauch und schneide die Zwiebeln in schmale Streifen und hacke den Knoblauch.
Dünste in heißem Öl Zwiebeln, Knoblauch und Thymian unter Rühren an. Lasse alles 10 min. dünsten, bevor du Salz, Pfeffer und Essig dazugibst und das Ganze abkühlen lässt.
Röste den Sesam ohne Fett goldbraun und lasse ihn abkühlen.
Häute die Paprika, schneide sie in Streifen, richte alles mit Knoblauch – Zwiebelmischung an und bestreue den Salat mit Sesam.

Spargelsuppe

Nährwerte pro Portion

Kalorien	197 kcal
Kohlenhydrate	6 g
davon zugesetzter Zucker	0 g
Fett	14 g
davon gesättigte Fettsäuren	6,7 g
davon ungesättigte Fettsäuren	7,3 g
Eiweiß	10 g

Zubereitungszeit: 40 min.
Schwierigkeit: leicht
Portionen: 2

Zutaten für 2 Personen

250 g		grüner Spargel
30	g	Parmesan
400 ml		klassische Gemüsebrühe
100 ml		Milch (1,5%)
4	EL	Sojacreme
3		Tropfen Trüffel - Öl
1	EL	Butter
1		Schalotte
1		Prise Salz und Pfeffer
½		Zitrone

Zubereitung

Schäle den Spargel im unteren Drittel und schneide ihn in 2 cm lange Stücke.
Hacke die Schalotte fein, gebe sie in einen Topf mit erhitzter Butter und dünste sie mit den Spargelstücken bei mittlerer Hitze an.
Gieße die Gemüsebrühe dazu und lasse alles 15 min. weiterköcheln.
Gebe den Parmesan zum Spargel und püriere das Ganze mit einem Stabmixer fein.
Presse die Zitrone aus und rühre den Saft mit Sojacreme, Salz und Pfeffer unter die Suppe.
Erwärme Salz, Milch und Trüffel - Öl.
Schlage die Milch auf, bevor du die Suppe servierst.

Ananas – Walddorfsalat

Nährwerte pro Portion

Kalorien	99 kcal
Kohlenhydrate	14 g
davon zugesetzter Zucker	0 g
Fett	4 g
davon gesättigte Fettsäuren	1,2 g
davon ungesättigte Fettsäuren	2,8 g
Eiweiß:	2 g

Zubereitungszeit: 30 min.
Schwierigkeit: leicht
Portionen: 4

Zutaten für 4 Personen

150 g		Ananas
5	EL	Milch (1,5%)
2	EL	Salatcreme
1	EL	Walnusskerne
3		Stangen Staudensellerie
2		rote Äpfel
je 1		Zitrone, Stück Knollensellerie und Prise weißer Pfeffer

Zubereitung

Schneide den Staudensellerie in Würfel und lege das Grün beiseite.

Presse die Zitrone aus, rasple den Knollensellerie und mische ihn mit dem Staudensellerie und 3 EL Zitronensaft.

Schneide die Äpfel in Spalten und gebe sie zum Sellerie.

Hacke die Walnusskerne grob.

Verrühre die Milch mit der Salatcreme und würze mit Pfeffer.

Mische dann die Salatcreme mit der Sellerie – Apfel - Mischung und den Nüssen.

Schneide das Grün fein, hebe es unter den Salat und stelle das Ganze 1 Stunde kalt.

Frischkäse – Pumpernickel

Nährwerte pro Portion

Kalorien	60 kcal
Kohlenhydrate	8 g
davon zugesetzter Zucker	0 g
Fett	2 g
davon gesättigte Fettsäuren	1,2 g
davon ungesättigte Fettsäuren	0,8 g
Eiweiß	3 g

Zubereitungszeit: 15 min.
Schwierigkeit: leicht
Portionen: 12

Zutaten für 12 Personen

175 g	Frischkäse
1 TL	edelsüßes Paprikapulver
6	Scheiben Pumpernickel
1	Prise Salz und Pfeffer
½	Bund Schnittlauch

Zubereitung

Schneide den Schnittlauch in Röllchen.

Verrühre den Frischkäse mit Salz und Pfeffer und teile ihn in zwei Portionen.

Mische eine Portion mit Schnittlauch und die andere mit Paprikapulver.

Bestreiche je 2 Scheiben Pumpernickel mit den Frischkäsemischungen und lege abwechselnd eine Scheibe mit Schnittlauch und eine mit Paprikapulver aufeinander, bis alles aufgebraucht ist.

Fixiere die Brote mit 6 Zahnstochern im gleichmäßigen Abstand und schneide dann 2 x 6 Würfel.

Eier – Thunfisch – Gemüsesalat

Nährwerte pro Portion

Kalorien	346 kcal
Kohlenhydrate	32 g
davon zugesetzter Zucker	0 g
Fett	14 g
davon gesättigte Fettsäuren	4,3 g
davon ungesättigte Fettsäuren	9,7 g
Eiweiß	20 g

Zubereitungszeit: 1 Std.
Schwierigkeit: ganz einfach
Portionen: 6

Zutaten für 6 Personen

1000	g	festkochende Kartoffeln
500	g	Karotten
300	g	Joghurt (0,3%)
200	g	tiefgekühlte Erbsen
je 150	g	grüne Bohnen und saure Sahne
185	g	Thunfisch
40	g	Kapern
3	EL	Olivenöl
4		Eier
je 1		Zwiebel und Prise Salz und Pfeffer
½		Zitrone

Zubereitung

Koche die Kartoffeln 20 – 30 min. in Salzwasser und die Eier 6 – 8 min. hart
Presse die Zitrone aus, gebe Thunfisch, Kapern, Zitronensaft, saure Sahne, Joghurt und Olivenöl in ein hohes Gefäß, püriere alles und würze es mit Salz und Pfeffer.
Würfle die Karotten fein, koche sie 5 – 6 min. in Salzwasser und gebe nach 3 min. die Erbsen hinzu.
Gieße dann alles ab und schrecke es mit kaltem Wasser ab.
Gare die Bohnen 8 min. in kochendem Salzwasser und schrecke sie ebenfalls ab.
Hacke die Zwiebel fein, koche sie 1 min in Wasser und schrecke sie auch ab.
Schneide die abgekühlten Kartoffeln in Würfel und mische sie mit allem Gemüse mit der Sauce, würze mit Salz, Pfeffer und Zitronensaft und garniere den Salat mit den halbierten Eiern.

Karotten im Schlafrock

Nährwerte pro Portion

Kalorien	343 kcal
Kohlenhydrate	40 g
davon zugesetzter Zucker	0 g
Fett	11 g
davon gesättigte Fettsäuren	4 g
davon ungesättigte Fettsäuren	7 g
Eiweiß	19 g

Zubereitungszeit: 45 min.
Schwierigkeit: leicht
Portionen: 10

Zutaten für 10 Personen

500 g	Mehl Type1050
4 EL	Milch (1,5%)
je 3 EL	Sesam und Olivenöl
10 TL	Tomatenmark
1 TL	Salz
11	Karotten
10	Scheiben gekochter Schinken
10	Scheiben fettarmer Gouda
1	Päckchen Trockenhefe

Zubereitung

Schäle 1 Karotte, reibe sie fein und mische sie mit Mehl und Trockenhefe.
Füge 200 ml lauwarmes Wasser, Salz und das Öl hinzu und vermenge alles mit einem Knethaken zu einem glatten Hefeteig.
Knete den Teig solange, bis er nicht mehr klebt und lasse ihn dann 30 min. gehen.
Gare die restlichen 10 Karotten in 200 ml Salzwasser 10 – 12 min.
Bestreiche jede Schinkenscheibe mit 1 TL Tomatenmark, lege jeweils 1 Scheibe Käse darauf und in die Mitte 1 Karotte.
Rolle die Schinkenscheiben dann auf.
Rolle den Hefeteig zu 10 gleichgroßen Fladen aus, lege die Schinkenrollen darauf und wickle sie mit dem Teig gut ein.
Bestreiche die Rollen mit der Milch, wälze sie in Sesam und backe sie bei 180°C 15 min.

Spaghetti mit Schinken – Sahnesauce

Nährwerte pro Portion

Kalorien	626 kcal
Kohlenhydrate	85 g
davon zugesetzter Zucker	0 g
Fett	19 g
davon gesättigte Fettsäuren	8,5 g
davon ungesättigte Fettsäuren	10,5 g
Eiweiß	27 g

Zubereitungszeit: 15 min.
Schwierigkeit: leicht
Portionen: 4

Zutaten für 4 Personen

400 g	Vollkornspaghetti
100 g	Schinkenwürfel
30 g	Parmesan
150 ml	Kochsahne
3	Eigelbe
1	Prise Salz und Pfeffer

Zubereitung

Koche die Spaghetti nach Packungsanleitung in Salzwasser.

Gebe die Eigelbe in eine Schüssel und verquirle sie mit Schinkenwürfeln und Kochsahne.

Gieße die Spaghetti in einem Sieb ab, gebe sie zurück in den Topf und verrühre sie bei schwacher Hitze mit der Eiersahne, bis diese stockt.

Würze das Ganze mit Salz und Pfeffer und streue Parmesan darüber.

Gemüsereis

Nährwerte pro Portion

Kalorien	516 kcal
Kohlenhydrate	61 g
davon zugesetzter Zucker	0 g
Fett	21 g
davon gesättigte Fettsäuren	3,8 g
davon ungesättigte Fettsäuren	17,2 g
Eiweiß	19 g

Zubereitungszeit: 30 min.
Schwierigkeit: leicht
Portionen: 2

Zutaten für 2 Personen

100 g		Erbsen
100 g		Parboiled - Reis
2	EL	Rapsöl
2	EL	Milch (1,5%)
2		Frühlingszwiebeln
2		Eier
½		Kohlrabi
1		Prise Salz und Pfeffer
1		Schuss Sojasauce

Zubereitung

Koche den Reis nach Packungsanleitung.
Schäle den halben Kohlrabi und schneide ihn in Stifte, hacke das Grün fein und stelle es beiseite.
Schneide die Frühlingszwiebeln in Ringe.
Brate den Kohlrabi in einer Pfanne mit heißem Öl 5 min, gebe dann die Frühlingszwiebeln hinzu und lasse alles 2 – 3 min. weiterköcheln.
Mische nun den Reis und die Erbsen unter und brate das Ganze 4 – 5 min. weiter.
Verquirle Milch, Eier, Salz und Pfeffer in einer Schüssel, schiebe das Gemüse so zur Seite, dass in der Mitte ein Loch entsteht, in das du die Eiermischung gießen und stocken lassen kannst.
Vermische letztendlich alles miteinander und streue das gehackte Grün der Kohlrabi darüber.

Kohlrabi mit Schafskäse – Brotfüllung

Nährwerte pro Portion

Kalorien	450 kcal
Kohlenhydrate	35 g
davon zugesetzter Zucker	0 g
Fett	24 g
davon gesättigte Fettsäuren	4,5 g
davon ungesättigte Fettsäuren	19,5 g
Eiweiß	19 g

Zubereitungszeit: 30 min.
Schwierigkeit: mittel
Portionen: 4

Zutaten für 4 Personen

150	g	Schafskäse
100	g	saure Sahne
50	g	Walnusskerne
2	EL	Rapsöl
4		Kohlrabi
3		Frühlingszwiebeln
3		Scheiben Mischbrot
1		Knoblauchzehe
1		Ei
1		Prise Salz und Pfeffer
1		Bund Basilikum

Zubereitung

Schäle die Kohlrabis, halbiere sie quer und höhle sie mit Hilfe eines Kugelausstechers bis auf einen 1 cm breiten Rand aus.
Hacke das Grün der Kohlrabis und das Basilikum fein.
Schneide das Kohlrabi – Fleisch klein, die Frühlingszwiebeln in feine Ringe und Brot und Schafskäse in Würfel.
Mische Gemüse, Brot und Schafskäse mit Öl.
Püriere das gehackte Grün der Kohlrabis und das Basilikum, gebe es unter die Brotmasse und würze mit Salz und Pfeffer.
Fülle die halbierten Kohlrabis mit der Masse, backe das Ganze 30 min. bei180°C und serviere es mit einem Klecks saure Sahne.

Kartoffelschnitze mit Quark – Gemüsedip

Nährwerte pro Portion

Kalorien	280 kcal
Kohlenhydrate	34 g
davon zugesetzter Zucker	0 g
Fett	6 g
davon gesättigte Fettsäuren	1 g
davon ungesättigte Fettsäuren	5 g
Eiweiß	19 g

Zubereitungszeit: 40 min.
Schwierigkeit: leicht
Portionen: 4

Zutaten für 4 Personen

1000	g	festkochende Kartoffeln
400	g	Magerquark
2	EL	Rapsöl
2	TL	edelsüßes Paprikapulver
½	TL	gemahlener Kümmel
150	ml	Milch (1,5%)
8		Radieschen
1		Prise Salz und Pfeffer
½		Salatgurke
je ½		Zitrone, Bund Petersilie und Bund Schnittlauch

Zubereitung

Schneide die Kartoffeln längs in Schnitze und mische sie mit Salz, Pfeffer, Öl und Paprikapulver.
Lege die Kartoffelschnitze in eine mit Backpapier ausgelegte Auflaufform und gare sie 40 min. bei 180°C im Backofen.
Schäle die Gurke, halbiere und entkerne sie, wasche alle Radieschen und schneide beides in kleine Würfel.
Hacke die Petersilie klein und schneide den Schnittlauch in Röllchen.
Presse die Zitrone aus und mische 2 EL Zitronensaft mit Milch und Quark, Gurken – und Radieschen -Würfeln und schmecke schließlich mit Salz, Pfeffer und Kümmel ab.
Gebe die Petersilie unter die Kartoffelschnitze, den Schnittlauch in den Quark und richte beides auf einem Teller an.

Ziegenkäsetoast mit Salat

Nährwerte pro Portion

Kalorien	425 kcal
Kohlenhydrate	22 g
davon zugesetzter Zucker	0 g
Fett	32 g
davon gesättigte Fettsäuren	8,5 g
davon ungesättigte Fettsäuren	23,5 g
Eiweiß	11 g

Zubereitungszeit: 15 min.
Schwierigkeit: leicht
Portionen: 2

Zutaten für 2 Personen

60 g	junger Ziegenkäse
20 g	Walnusskerne
3 EL	Olivenöl
2 EL	Himbeeressig
1 EL	Dijonsenf
4	Scheiben Vollkornbaguette
1	roter Eichblattsalat
1	Friséesalat
1	Birne
1	Prise Salz und schwarzer Pfeffer

Zubereitung

Putze beide Sorten Salat und reiße sie in mundgerechte Stücke.

Hacke die Walnusskerne grob und schneide die Birne in Scheiben.

Verrühre Senf, Essig, Salz, Pfeffer und das Öl zu einer Vinaigrette.

Schneide den Ziegenkäse in 4 Scheiben und belege damit die Brotscheiben.

Würze die Brotscheiben mit Pfeffer und backe sie 6 – 8 min. bei 180°C goldbraun.

Mische die Salate mit der Vinaigrette, den Nüssen und Birnenscheiben.

Serviere den gebackenen Toast mit dem Salat.

Bratkartoffeln mit Kassler und Grünkohl

Nährwerte pro Portion

Kalorien	467 kcal
Kohlenhydrate	34 g
davon zugesetzter Zucker	3,4 g
Fett	16 g
davon gesättigte Fettsäuren	5,1 g
davon ungesättigte Fettsäuren	10,9 g
Eiweiß	42 g

Zubereitungszeit: 1 Std.
Schwierigkeit: leicht
Portionen: 4

Zutaten für 4 Personen

750	g	festkochende Kartoffeln
750	g	Grünkohl
700	g	Kassler Rücken ohne Knochen
20	g	Butterschmalz
200	ml	klassische Gemüsebrühe
2	EL	Haferflocken
1	EL	Rapsöl
1	EL	Rohrohrzucker
3		Zwiebeln
1		Prise Salz und Pfeffer

Zubereitung

Erhitze das Butterschmalz in einem Topf, dünste die gewürfelten Zwiebeln glasig, gebe Grünkohl und Gemüsebrühe dazu und lasse alles aufkochen. Lege das Kassler darauf und lasse das Ganze 40 min. garen.
Koche die Kartoffeln 15 – 20 min, schrecke sie dann kalt ab, befreie sie von ihrer Schale und röste sie im Rapsöl, nachdem du sie mit Salz und Pfeffer gewürzt hast 5 – 10 min. unter gelegentlichem Wenden an.
Streue den Rohrohrzucker über die Kartoffeln und brate sie weiter, bis der Zucker flüssig ist.
Nehme das Kassler aus dem Topf, halte es warm und mische die Haferflocken unter den Grünkohl und lasse alles nochmals aufkochen.
Schneide das Kassler in Scheiben und serviere es mit Grünkohl und Bratkartoffeln.

Eierkuchen mit Basilikum und Spargel

Nährwerte pro Portion

Kalorien	204 kcal
Kohlenhydrate	3 g
davon zugesetzter Zucker	0 g
Fett	15 g
davon gesättigte Fettsäuren	4,3 g
davon ungesättigte Fettsäuren	10,7 g
Eiweiß	14 g

Zubereitungszeit: 20 min.
Schwierigkeit: leicht
Portionen: 4

Zutaten für 4 Personen

500	g	grüner Spargel
20	g	Parmesan
2	EL	Olivenöl
5		Eier
4		Stiele Petersilie
je 1		Bund Basilikum und rote Chilischote
je 1		Knoblauchzehe, Prise Salz und Pfeffer

Zubereitung

Schäle das untere Drittel des Spargels, entferne seine holzigen Enden und schneide den Rest in 3 cm lange Stücke.
Hacke Knoblauch, Chilischote, Petersilie und Basilikum, bis auf einige Blätter, fein.
Erhitze das Öl in der Pfanne und brate den Spargel bei mittlerer Hitze 5 min. an, bevor du Knoblauch und Chili hinzugibst.
Verquirle die Eier in einer Schüssel, mische die gehackten Kräuter und den Parmesan unter und würze mit Salz und Pfeffer.
Gieße die Eiermischung über den Spargel und lasse sie bei schwacher Hitze 8 – 10 min. stocken.
Stürze das Omelett auf einen Teller und garniere es mit den Basilikumblättern.

Ingwer – Karottensuppe

Nährwerte pro Portion

Kalorien	256 kcal
Kohlenhydrate	9 g
davon zugesetzter Zucker	0 g
Fett	23 g
davon gesättigte Fettsäuren	6,5 g
davon ungesättigte Fettsäuren	16,5 g
Eiweiß	3 g

Zubereitungszeit: 55 min.
Schwierigkeit: leicht
Portionen: 2

Zutaten für 2 Personen

500	ml	klassische Gemüsebrühe
50	ml	Schlagsahne
2	EL	Olivenöl
1	EL	Rapsöl
4		Karotten
2		Schalotten
je 1		Bio – Orange Stück, Ingwer, Prise Salz und Pfeffer
½		Zitrone

Zubereitung

Wasche die Orange, reibe die Schale fein ab und mische sie mit dem Olivenöl.
Schäle Karotten. Ingwer und Schalotten und schneide die Karotten in grobe Stücke und Schalotten und Ingwer in kleine Stücke.
Erhitze das Rapsöl in einem Topf und dünste Karotten, Schalotten und Ingwer glasig.
Gieße die Gemüsebrühe dazu, lasse alles aufkochen und dann 25 min. weiterköcheln.
Püriere die Suppe danach mit einem Stabmixer und gieße sie durch ein Sieb.
Presse die Zitrone aus und würze die Ingwer – Karottensuppe mit Zitronensaft, Salz und Pfeffer.
Schlage die Sahne halb steif, setze je 1 EL in die Mitte der Teller und gebe die Suppe nach nochmaligem Aufkochen dazu.
Beträufle die Ingwer – Karottensuppe mit dem durch ein Sieb gelassenes Orangenöl.

Radicchio – Blätter mit Fruchtjoghurtfüllung

Nährwerte pro Portion

Kalorien	100 kcal
Kohlenhydrate	14 g
davon zugesetzter Zucker	0 g
Fett	3 g
davon gesättigte Fettsäuren	0,6 g
davon ungesättigte Fettsäuren	2,4 g
Eiweiß	3 g

Zubereitungszeit: 15 min.
Schwierigkeit: leicht
Portionen: 1

Zutaten für 1 Person

1 EL	Joghurt (1,5% Fett)
1 TL	Sonnenblumenkerne
2	Blätter Radicchio
1	Mandarine
1	säuerlicher Apfel
1	Prise Salz und Pfeffer
½	Limette
¼	Bund Schnittlauch

Zubereitung

Schäle die Mandarine, löse das Fruchtfleisch aus und schneide es klein.

Wasche den Apfel und zerteile ihn in Würfel.

Mische Mandarine und Apfel mit dem Joghurt.

Presse die Limette aus, gebe den Saft unter das Joghurt und würze mit Salz und Pfeffer.

Schneide den Schnittlauch in Röllchen und röste die Sonnenblumenkerne ohne Fett hellbraun an.

Reinige die Blätter des Radicchio, fülle sie mit dem Fruchtjoghurt und bestreue sie mit Schnittlauch und den gerösteten Sonnenblumenkernen.

Fisch – Gurkeneintopf

Nährwerte pro Portion

Kalorien	405 kcal
Kohlenhydrate	57 g
davon zugesetzter Zucker	0 g
Fett	8 g
davon gesättigte Fettsäuren	1,4 g
davon ungesättigte Fettsäuren	6,6 g
Eiweiß	24 g

Zubereitungszeit: 35 min.
Schwierigkeit: leicht
Portionen: 4

Zutaten für 4 Personen

300 g	Seelachsfilet
250 g	Langkornreis
50 g	Joghurt (3,5% Fett)
600 ml	klassische Gemüsebrühe
2 EL	Olivenöl
2 TL	Senfkörner
je 3	Salatgurken und Stiele Dill
2	Zwiebeln
je 1	Stück Knollensellerie, Prise Salz und Pfeffer

Zubereitung

Entferne die Schale von Zwiebeln und Sellerie und würfle sie fein.
Schäle die Gurke, halbiere sie längs und schneide sie in dünne Scheiben.
Erhitze das Olivenöl in einem Topf und dünste Zwiebeln, Sellerie und Senfkörner 15 min. bei mittlerer Hitze.
Gebe dann die Gurken und 100 ml Gemüsebrühe dazu und lasse alles noch 10 min. weiterköcheln.
Koche die restliche Gemüsebrühe in einem zweiten Topf auf, gebe den Reis dazu und lasse das Ganze 15 min. garen.
Schneide das Seelachsfilet in 2 cm breite Stücke, salze es, lege es auf das Gurkengemüse und lasse alles 10 – 12 min. weiterköcheln bei mittlerer Hitze.
Hebe die Hälfte des Dills mit Joghurt unter das Ragout, würze mit Salz und Pfeffer, streue den restlichen Dill darüber und richte das Ganze mit dem Reis an.

Champignons mit Käsefüllung

Nährwerte pro Portion

Kalorien	507 kcal
Kohlenhydrate	45 g
davon zugesetzter Zucker	2 g
Fett	27 g
davon gesättigte Fettsäuren	11,4 g
davon ungesättigte Fettsäuren	15,6 g
Eiweiß	17 g

Zubereitungszeit: 30 min.
Schwierigkeit: leicht
Portionen: 2

Zutaten für 2 Personen

100 g junger Ziegenkäse
50 g Semmelbrösel
2 EL Olivenöl
1 TL flüssiger Honig
4 Riesenchampignons
je 2 Orangen und Zweige Thymian
je 1 Fenchelknolle, gelbe Paprika, rote Zwiebel, Zitrone, Prise Salz & Pfeffer

Zubereitung

Hacke den Thymian fein und zerbrösle den Ziegenkäse.
Mische beides mit ½ EL Olivenöl und Honig und würze mit Salz und Pfeffer.
Putze die Champignons, drehe die Stiele heraus, fülle sie mit der Käsemischung und lege sie auf ein mit Backpapier ausgelegtes Blech.
Hobel den Fenchel in sehr feine Streifen und schneide die Paprika in dünne Ringe, ebenso wie die Zwiebel.
Presse die Zitrone aus, schäle die Orange dick, trenne das Fruchtfleisch heraus und fange den Saft auf.
Mische das Gemüse mit Orangensaft und Orangenfilet, wie auch mit dem restlichen Öl und würze mit Salz, Pfeffer und Zitronensaft.
Backe die gefüllten Champignons 25 min. bei 200°C.

Linsen – Karotten – Kartoffelsuppe

Nährwerte pro Portion

Kalorien	505 kcal
Kohlenhydrate	62 g
davon zugesetzter Zucker	0 g
Fett	17 g
davon gesättigte Fettsäuren	4,6 g
davon ungesättigte Fettsäuren	12,4 g
Eiweiß	23 g

Zubereitungszeit: 20 min.
Schwierigkeit: ganz einfach
Portionen: 2

Zutaten für 2 Personen

160 g		rote Linsen
2	EL	Rapsöl
1	EL	Schmand
1	TL	Butter
1	TL	mildes Currypulver
2		Kartoffeln
2		Karotten
je 1		Zwiebel, Scheibe Vollkorntoast, Prise Salz und Pfeffer

Zubereitung

Wasche, schäle und schneide Kartoffeln und Karotten und schneide sie in Würfel, ebenso die Zwiebel.

Erhitze 1 EL Öl in einem Topf, dünste Zwiebeln und Currypulver darin an und gieße beides mit 600 ml Wasser auf.

Gebe dann Karotten und Möhren dazu, lasse es 5 min. garen, füge schließlich die Linsen hinzu und lasse alles 15 min. weiterköcheln.

Schneide das Toastbrot in Würfel und brate es mit dem restlichen Öl und der Butter rundherum goldbraun.

Rühre zum Schluss den Schmand in die Suppe, würze mit Salz und Pfeffer und streue die Brotwürfel auf die Suppe.

Reissalat mit Radieschen und Gurke

Nährwerte pro Portion

Kalorien	227 kcal
Kohlenhydrate	31 g
davon zugesetzter Zucker	0 g
Fett	7 g
davon gesättigte Fettsäuren	1,4 g
davon ungesättigte Fettsäuren	5,6 g
Eiweiß	8 g

Zubereitungszeit: 25 min.
Schwierigkeit: leicht
Portionen: 4

Zutaten für 4 Personen

150 g Vollkornreis
100 g Kassler – Aufschnitt
600 ml klassische Gemüsebrühe
3 EL Obstessig
2 EL Keimöl
je 1 Bio – Orange, Salatgurke, Bund Radieschen, Prise Salz und Pfeffer

Zubereitung

Wasche die Orange, schäle mit einem Sparschäler die Hälfte der Schale in dünne Streifen und presse die Orange dann aus.
Koche die Gemüsebrühe mit der Orangenschale auf, gebe dann den Reis dazu und lasse alles 25 min. köcheln.
Entferne die Orangenschale, gebe den Reis in eine Schüssel und lasse ihn abkühlen.
Wasche die Gurke, halbiere sie längs und schneide sie quer in dünne Scheiben.
Schneide die Radieschen in Scheiben und zupfe die Blätter des Grüns ab.
Verrühre nun 50 ml Orangensaft, 2 EL Essig, Salz, Pfeffer und Öl miteinander und mische es unter den Reis.
Gebe Radieschen – und Gurkenscheiben dazu, lasse den Salat 15 min. ziehen und hebe dann den in Streifen geschnittenen Kassler – Aufschnitt unter den Salat.
Mische letztendlich die in feine Streifen geschnittenen Radieschen - Blätter unter und schmecke mit Salz, Pfeffer und restlichem Orangensaft und Essig ab.

Gemüseeintopf

Nährwerte pro Portion

Kalorien	507 kcal
Kohlenhydrate	75 g
davon zugesetzter Zucker	0 g
Fett	11 g
davon gesättigte Fettsäuren	3,6 g
davon ungesättigte Fettsäuren	7,4 g
Eiweiß	23 g

Zubereitungszeit: 20 min.
Schwierigkeit: ganz einfach
Portionen: 4

Zutaten für 4 Personen

300 g	tiefgekühlte Erbsen
300 g	grüne Bohnen
50 g	Grana Padano
250 ml	klassische Gemüsebrühe
125 ml	Sojacreme
1	Zwiebel
1	Prise Salz und Pfeffer
½	Limette
½	Bund Minze

Zubereitung

Koche die Gemüsebrühe in einem Topf auf, gebe die gewürfelte Zwiebel und die Bohnen hinzu, lasse alles nochmals aufkochen und 4 min. weiterköcheln.

Füge dann die Erbsen hinzu, koche das Ganze nochmal auf und lasse es wieder 3 min. köcheln.

Reibe den Käse fein, presse die ½ Limette aus und hacke die Minze bis auf ein paar Blättchen klein.

Gebe schließlich Sojacreme und Käse zum Gemüse, rühre die gehackte Minze unter und würze mit Salz, Pfeffer und 2-3 EL Limettensaft.

Bestreue den Eintopf vor dem Servieren mit den restlichen Minzblättern.

Feigen – Käsesalat

Nährwerte pro Portion

Kalorien	100 kcal
Kohlenhydrate	16 g
davon zugesetzter Zucker	0 g
Fett	2 g
davon gesättigte Fettsäuren	1,1 g
davon ungesättigte Fettsäuren	0,9 g
Eiweiß	3 g

Zubereitungszeit: 15 min.
Schwierigkeit: ganz einfach
Portionen: 2

Zutaten für 2 Personen

10 g	Manchego
2	Feigen
2	Orangen
2	Zweige Zitronenthymian
1	Prise Pfeffer

Zubereitung

Schäle die Orangen und löse das Fruchtfleisch aus.

Schneide die Feigen in Spalten und mische sie mit dem Orangenfilet.

Hacke die Blätter des Zitronenthymians fein, mische sie unter das Obst und lasse alles 5 min. ziehen.

Hobel den Manchego mit einem Sparschäler in hauchdünne Streifen.

Würze den Feigensalat mit Pfeffer und lege die Käsestreifen vor dem Servieren darauf.

Gemüse – Allerlei mit Schafskäse

Nährwerte pro Portion

Kalorien	370 kcal
Kohlenhydrate	42 g
davon zugesetzter Zucker	0 g
Fett	15 g
davon gesättigte Fettsäuren	5,9 g
davon ungesättigte Fettsäuren	9,1 g
Eiweiß	15 g

Zubereitungszeit: 40 min.
Schwierigkeit: leicht
Portionen: 2

Zutaten für 2 Personen

150 g	Schafskäse
100 g	Hirse
400 ml	Gemüsebrühe
1 EL	Olivenöl
2 TL	getrockneter Oregano
10	Kirschtomaten
1	Zucchini
1	gelbe Paprika
1	Prise Salz und Pfeffer

Zubereitung

Koche die Hirse 25 min in 300 ml Gemüsebrühe und lasse sie dann noch 10 min. quellen.

Halbiere die Zucchini längs und schneide sie in dünne Scheiben.

Halbiere die Tomaten und schneide die Paprika in Streifen.

Dünste in einer Pfanne mit heißem Öl Paprika und Zucchini 2 – 3 min. an.

Würze alles mit Salz, Pfeffer und Oregano, gebe die restliche Gemüsebrühe dazu und lasse das Ganze noch 5 min. köcheln.

Zerbröckle den Schafskäse mit einer Gabel und verteile ihn auf dem Gemüse.

Zucchini mit Quinoa – Frischkäsefüllung

Nährwerte pro Portion

Kalorien	250 kcal
Kohlenhydrate	30 g
davon zugesetzter Zucker	0 g
Fett	6 g
davon gesättigte Fettsäuren	1 g
davon ungesättigte Fettsäuren	5 g
Eiweiß	18 g

Zubereitungszeit: 30 min.
Schwierigkeit: leicht
Portionen: 2

Zutaten für 2 Personen

150	g	Frischkäsezubereitung
40	g	Quinoa
75	ml	klassische Gemüsebrühe
1	EL	gemahlene Mandeln
je 2		Zucchini und Stiele Minze
je 1		Mango, Prise Salz und Pfeffer
1	Msp	Sambal Oelek
½		Limette

Zubereitung

Koche Quinoa und Gemüsebrühe auf und lasse alles 20 min. bei schwacher Hitze garen.
Halbiere die Zucchini längs und entferne die Kerne mit einem Teelöffel.
Verrühre die Quinoa mit der Frischkäsezubereitung und den gemahlenen Mandeln, würze mit Salz und Pfeffer und fülle die Zucchinihälften mit der Masse.
Lege die gefüllten Zucchinihälften auf ein mit Backpapier ausgelegtes Blech und backe sie 30 min. bei 180°C.
Schneide die Hälfte des Mango - Fruchtfleisches in Würfel und püriere den Rest.
Zerlege die Minze in Streifen und presse die ½ Limette aus.
Vermenge die Streifen der Minze, die Würfel der Mango, Mango- Püree, 1 – 2 EL Limettensaft und das Sambal oelek miteinander und würze mit Salz.
Richte die gefüllten Zucchinihälften mit der Mango - Sauce an.

Gemüse – Fischsuppe

Nährwerte pro Portion

Kalorien	88 kcal
Kohlenhydrate	3 g
davon zugesetzter Zucker	0 g
Fett	2 g
davon gesättigte Fettsäuren	0,2 g
davon ungesättigte Fettsäuren	1,8 g
Eiweiß	13 g

Zubereitungszeit: 15 min.
Schwierigkeit: ganz einfach
Portionen: 2

Zutaten für 2 Personen

100 g	Schellfischfilet
300 ml	Fischfond
1 TL	Rapsöl
1	Karotte
1	Schalotte
1	Prise Salz und Pfeffer
1	Stiel glatte Petersilie
½	rote Paprika

Zubereitung

Schneide die ½ Paprika in Streifen, halbiere die Karotte längs und schneide sie in Scheiben und würfle die Schalotte.

Erhitze Öl in einem Topf, dünste Paprika, Karotte und Schalotte bei mittlerer Hitze 1 min. an und würze mit Salz und Pfeffer.

Gieße den Fischfond dazu und lasse alles 5 min. leicht köcheln.

Spüle das Fischfilet, schneide es in mundgerechte Stücke und lasse es in der Suppe 5 min. garen.

Schmecke die Suppe mit Salz und Pfeffer ab und streue zum Servieren die Petersilie darauf.

Couscous – Fenchel – Birnen – Pfanne

Nährwerte pro Portion

Kalorien	414 kcal
Kohlenhydrate	51 g
davon zugesetzter Zucker	3 g
Fett	16 g
davon gesättigte Fettsäuren	7,8 g
davon ungesättigte Fettsäuren	8,2 g
Eiweiß	15 g

Zubereitungszeit: 20 min.
Schwierigkeit: leicht
Portionen: 2

Zutaten für 2 Personen

100 g	Couscous
100 g	Ziegenfrischkäse
250 ml	klassische Gemüsebrühe
2 TL	Olivenöl
1 TL	brauner Zucker
1 TL	Koriandersamen
je 1	rote Zwiebel, Birne, Fenchelknolle, Prise Salz und Pfeffer

Zubereitung

Koche die Gemüsebrühe auf, rühre den Couscous ein und lasse ihn 8 min. quellen.

Schäle die Zwiebel, putze den Fenchel und schneide beides samt Birne mit einem Gemüsehobel in dünne Scheiben.

Röste Pfeffer, Zucker und Koriandersamen in einer Pfanne mit heißem Öl 1 min. an.

Gebe dann Fenchel -, Birnen – und Zwiebelscheiben hinzu und brate das Ganze 2 min. goldbraun.

Füge schließlich den Couscous hinzu, schmecke mit salz und Pfeffer ab und richte alles mit dem Ziegenkäse auf einem Teller an.

Gequellte mit Quark

Nährwerte pro Portion

Kalorien	340 kcal
Kohlenhydrate	36 g
davon zugesetzter Zucker	0 g
Fett	10 g
davon gesättigte Fettsäuren	1,5 g
davon ungesättigte Fettsäuren	8,5 g
Eiweiß	22 g

Zubereitungszeit: 20 min.
Schwierigkeit: leicht
Portionen: 4

Zutaten für 4 Personen

1000	g	festkochende Kartoffeln
500	g	Magerquark
125	ml	Milch (1,5%)
4	EL	Leinöl
1	EL	Kümmel
1		Prise Salz
½		Bund Schnittlauch

Zubereitung

Koche die Kartoffeln mit dem Kümmel bei mittlerer Hitze 20 – 25 min.

Verrühre Quark und Milch und schmecke mit Salz ab.

Schneide den Schnittlauch in Röllchen.

Gieße die Kartoffeln in ein Sieb, schrecke sie kalt ab und pelle sie.

Richte die Gequellten mit dem Quark an, streue Den Schnittlauch darüber und beträufle den Quark mit dem Leinöl.

Paprika mit Bohnen – Maisfüllung

Nährwerte pro Portion

Kalorien	203 kcal
Kohlenhydrate	24 g
davon zugesetzter Zucker	0 g
Fett	6 g
davon gesättigte Fettsäuren	0,8 g
davon ungesättigte Fettsäuren	5,2 g
Eiweiß	11 g

Zubereitungszeit: 10 min.
Schwierigkeit: leicht
Portionen: 2

Zutaten für 2 Personen

250 g		Kidneybohnen
5	EL	klassische Gemüsebrühe
3	EL	Mais
1	EL	Öl
2		gelbe Paprika
je 1		Knoblauchzehe, Frühlingszwiebel, Prise Salz und Pfeffer
1		Stiel Zitronenmelisse
½		Limette

Zubereitung

Spüle Kidneybohnen und Mais in einem Sieb ab und lasse beides abtropfen.

Schneide die Zitronenmelisse fein und die Frühlingszwiebel in Ringe.

Presse die Limette aus, verrühre 1 EL Limettensaft mit Öl, Salz, Pfeffer und der Gemüsebrühe zu einer Marinade.

Mische dann Zitronenmelisse, Frühlingszwiebel, Bohnen und Mais mit der Marinade.

Halbiere die Paprika der Länge nach samt Stiel und entferne die Kerne und die weißen Teile.

Schmecke den Bohnen – Maissalat mit Salz, Pfeffer und dem restlichen Limettensaft ab und fülle ihn in die Paprikahälften.

Bayerischer Feldsalat

Nährwerte pro Portion

Kalorien	563 kcal
Kohlenhydrate	28 g
davon zugesetzter Zucker	0 g
Fett	40 g
davon gesättigte Fettsäuren	8,4 g
davon ungesättigte Fettsäuren	31,6 g
Eiweiß	21 g

Zubereitungszeit: 30 min.
Schwierigkeit: leicht
Portionen: 2

Zutaten für 2 Personen

100 g Feldsalat
75 g fettreduzierter Bergkäse
3 EL Öl
2 EL Apfelessig
1 EL süßer Senf mittelscharfer Senf Kürbiskernöl
je 1 Laugenstange, rote Zwiebel, Bund Radieschen, Prise Salz & Pfeffer
je ½ Bund Petersilie und Bund Schnittlauch

Zubereitung

Schneide die Laugenstange längs in dünne Scheiben, bestreiche diese mit Öl und röste sie auf dem Grill auf beiden Seiten knusprig.
Wasche die Kräuter und hacke die Petersilie grob und schneide den Schnittlauch in Röllchen.
Schäle die Zwiebel und schneide sie in feine Streifen, putze die Radieschen und hoble sie sehr fein.
Putze den Feldsalat, aber die Stielansätze lasse zusammen und schneide den Käse in Streifen.
Verrühre Salz, Pfeffer, beide Senfsorten, restliches Öl und Kürbiskernöl zu einer Vinaigrette und mische die Kräuter unter.
Mische den Feldsalat, die Zwiebelstreifen und die Radieschen mit ¾ der Vinaigrette.
Verteile dann Laugenchips und Käse darauf und beträufle es vor dem Servieren mit der restlichen Sauce.

Gemüse – Nudeltopf

Nährwerte pro Portion

Kalorien	535 kcal
Kohlenhydrate	61 g
davon zugesetzter Zucker	0 g
Fett	23 g
davon gesättigte Fettsäuren	3,7 g
davon ungesättigte Fettsäuren	19,3 g
Eiweiß	17 g

Zubereitungszeit: 35 min.
Schwierigkeit: ganz einfach
Portionen: 2

Zutaten für 2 Personen

175 g		Vollkornnudeln
175 ml		Sojacreme
50	ml	klassische Gemüsebrühe
1	EL	Olivenöl
3		Karotten
je 1		Zucchini Schalotte, Prise Salz und Pfeffer
1		Stange Lauch
1		Bund Schnittlauch

Zubereitung

Wasche Karotten, Lauch und Zucchini und schneide alles in kleine Würfel.

Schneide den Schnittlauch in Röllchen und würfle die Schalotte fein.

Koche die Nudeln nach Packungsanleitung in reichlich Salzwasser.

Erhitze das Öl in einer Pfanne und dünste Schalotte, Karotten, Lauch und Zucchini 5 – 6 min. an.

Gebe dann die Gemüsebrühe dazu und lasse sie völlig einkochen.

Gieße die Sojacreme dazu, lasse auch diese cremig einkochen und schmecke nun mit Salz und Pfeffer ab.

Mische die Nudeln und den Schnittlauch unter die Sauce.

Geflügelgulasch

Nährwerte pro Portion

Kalorien	98 kcal
Kohlenhydrate	4 g
davon zugesetzter Zucker	0 g
Fett	1 g
davon gesättigte Fettsäuren	0,3 g
davon ungesättigte Fettsäuren	0,7 g
Eiweiß	17 g

Zubereitungszeit: 20 min.
Schwierigkeit: ganz einfach
Portionen: 4

Zutaten für 4 Personen

300 g		Hähnchenbrustfilet
150 ml		Geflügelbrühe
2	EL	helle Sojasauce
1	TL	Speisestärke
1	TL	Sambal oelek
2		Limetten
2		Frühlingszwiebeln
1		Knoblauchzehe
1		Stück Ingwerwurzel
1		Prise Salz

Zubereitung

Schäle Ingwer und Knoblauch, reibe den Ingwer fein und würfle den Knoblauch.
Wasche die Limetten, reibe 1 TL Schale ab und presse beide dann aus.
Verrühre Speisestärke, Ingwer, Knoblauch, abgeriebene Limettenschale, 5 EL Limettensaft, Sojasauce und ¾ TL Sambal oelek zu einer Marinade.
Spüle das Hähnchenbrustfilet ab, schneide es in 2 cm große Würfel, gebe es in die Marinade und lasse es 20 min. im Kühlschrank ziehen.
Gebe das gewürfelte Hähnchenbrustfilet, die Marinade und die Brühe in eine hohe Pfanne und lasse alles 10 min. garen.
Schneide inzwischen die Frühlingszwiebeln in Ringe.
Würze das Hähnchengulasch mit Salz, dem restlichen Limettensaft und Sambal oelek, hebe die Frühlingszwiebeln unter und serviere den Geflügelgulasch.

Tomaten – Paprika – Pfannkuchen

Nährwerte pro Portion

Kalorien	200 kcal
Kohlenhydrate	8 g
davon zugesetzter Zucker	0 g
Fett	14 g
davon gesättigte Fettsäuren	4 g
davon ungesättigte Fettsäuren	10 g
Eiweiß	10 g

Zubereitungszeit: 25 min.
Schwierigkeit: leicht
Portionen: 2

Zutaten für 2 Personen

2 EL saure Sahne
1 EL Olivenöl
6 Stiele glatte Petersilie
2 Eier und Tomaten
je 1 rote Paprika, gelbe Paprika, Zwiebel, Knoblauchzehe, Zweig Thymian
1 Prise Salz, Pfeffer und Muskatnuss

Zubereitung

Schäle die Zwiebel und würfle sie, schneide alle Paprikas in Streifen und hacke den Thymian fein.
Tauche die Tomaten in kochendes Wasser, ziehe die Haut ab und schneide sie in Würfel.
Schäle den Knoblauch, halbiere ihn und reibe mit der halbierten Knoblauchhälfte die Pfanne aus.
Gebe Thymian und Zwiebelwürfel in die Pfanne, füge die Paprikastreifen hinzu und lasse alles 2 – 3 min. dünsten.
Füge dann die Tomatenwürfel hinzu und lasse das Ganze nochmals 2 – 3 min. andünsten.
Verquirle saure Sahne und Eier, würze mit Salz, Pfeffer und Muskat und gieße die Eimischung über das Gemüse und lasse es in 5 – 8 min. stocken.
Hacke die Petersilie fein und streue sie vor dem Servieren auf die Pfannkuchen.

Cannelloni mit Ricotta – Spinatfüllung

Nährwerte pro Portion

Kalorien	367 kcal
Kohlenhydrate	34 g
davon zugesetzter Zucker	0 g
Fett	15 g
gesättigte Fettsäuren	7,7 g
davon ungesättigte Fettsäuren	7,3 g
Eiweiß	20 g

Zubereitungszeit: 30 min.
Schwierigkeit: mittel
Portionen: 4

Zutaten für 4 Personen

400 g	Blattspinat
150 g	Ricotta
40 g	Parmesan
500 ml	Tomatensauce
10	ungekochte Cannelloni
2	Eier
2	Scheiben Vollkorntoast
1	Prise Salz, Pfeffer und Muskatnuss

Zubereitung

Blanchiere den Spinat, drücke ihn kräftig aus und hacke ihn fein.

Entrinde das Toastbrot und würfle es fein.

Verrühre Spinat, Ricotta, Toast und Eier und würze mit Salz, Pfeffer und Muskat.

Gebe die Spinatmasse in einen Spritzbeutel mit Lochtülle und fülle die Cannelloni damit.

Lege die Cannelloni in eine gefettete Auflaufform, bedecke sie mit der Tomatensauce und backe sie 35 min. bei 180°C.

Streue nach 20 min. den Parmesan darüber.

Grünkohl – Kartoffelsuppe

Nährwerte pro Portion

Kalorien	270 kcal
Kohlenhydrate	17 g
davon zugesetzter Zucker	0 g
Fett	17 g
davon gesättigte Fettsäuren	5,4 g
davon ungesättigte Fettsäuren	11,6 g
Eiweiß	10 g

Zubereitungszeit: 1 Std. 10 min.
Schwierigkeit: leicht
Portionen: 4

Zutaten für 4 Personen

500 g	festkochende Kartoffeln
350 g	Grünkohl
125 g	Chorizo
750 ml	klassische Gemüsebrühe
2 EL	Paprikapulver
1 EL	Olivenöl
je 2	Zwiebeln und Knoblauchzehen
1	Prise Salz und Pfeffer

Zubereitung

Schneide den Grünkohl nach dem Reinigen in feine Streifen, gebe ihn 5 min. in kochendes Wasser, schrecke ihn dann kalt ab und lasse ihn abtropfen.
Würfle die Kartoffeln und lege sie in etwas kaltes Wasser, bis sie gebraucht werden.
Hacke Knoblauch und Zwiebeln fein und schneide die Chorizo in kleine Würfel.
Brate die Chorizo 3 min. in heißem Öl an, nehme sie dann mit einer Schaumkelle heraus und lege sie beiseite.
Gebe dann Knoblauch und Zwiebeln in den Topf, dünste sie 3 min. glasig und füge die Kartoffeln hinzu.
Würze alles mit Paprikapulver, gieße die Brühe dazu und lasse das Ganze 15 min. bei mittlerer Hitze kochen.
Püriere die Suppe, koche sie nochmals auf und lasse sie mit dem Grünkohl noch einmal 15 min. garen.
Würze alles mit Salz und Pfeffer, erwärme kurz die Chorizo in der Suppe und serviere diese.

Toast mit Spargel, Schinken und Eiercreme

Nährwerte pro Portion

Kalorien	284 kcal
Kohlenhydrate	33 g
davon zugesetzter Zucker	1 g
Fett	33 g
davon gesättigte Fettsäuren	8 g
davon ungesättigte Fettsäuren	25 g
Eiweiß	20 g

Zubereitungszeit: 40 min.
Schwierigkeit: mittel
Portionen: 4

Zutaten für 4 Personen

1000 g		weißer Spargel
20	g	Parmesan
1	TL	Honig
8		Scheiben Putenbrustschinken
8		Scheiben Vollkorntoast
6		Stiele Basilikum
3		Eier
1		Prise Salz und Pfeffer

Zubereitung

Schäle den Spargel, halbiere ihn quer, gebe ihn in 300 ml kochendes Salzwasser und lasse ihn 10 min.
bei mittlerer Hitze garen.
Hebe den Spargel mit einer Schaumkelle aus dem Salzwasser, lasse ihn abtropfen und lege ihn auf eine Platte.
Lasse den Spargelsud 8 min. bei starker Hitze einkochen.
Toaste die Toastscheiben und zupfe die Blätter des Basilikums ab.
Trenne die Eier und schlage das Eiweiß steif, rühre das Eigelb mit Honig und 2 EL Spargelsud schaumig.
Verteile die Toastscheiben auf einem mit Backpapier ausgelegten Backblech, belege sie nacheinander mit Putenbrustschinken, der Hälfte des Basilikums und dem Spargel.
Hebe den Eischnee unter die Eigelbcreme, verteile die Creme auf den Toasts, bestreue alle mit Parmesan, würze mit Salz und Pfeffer und backe die belegten Toastscheiben 7 min. bei 200°C goldbraun.

Linsen – Apfel – Wirsingeintopf

Nährwerte pro Portion

Kalorien	574 kcal
Kohlenhydrate	60 g
davon zugesetzter Zucker	0 g
Fett	27 g
davon gesättigte Fettsäuren	2,9 g
davon ungesättigte Fettsäuren	24,1 g
Eiweiß	21 g

Zubereitungszeit: 30 min.
Schwierigkeit: leicht
Portionen: 2

Zutaten für 2 Personen

400	g	Wirsing
100	g	rote Linsen
50	g	getrocknete Datteln
50	g	Haselnusskerne
150	ml	klassische Gemüsebrühe
2	EL	Olivenöl
1		Schalotte
1		säuerlicher Apfel
1		Prise Salz und Pfeffer
½		Bund Rucola

Zubereitung

Schäle und hacke die Schalotte fein, wasche den Wirsing und schneide ihn in Streifen.
Würfle den Apfel und schneide die Datteln in Streifen.
Dünste die Schalotte glasig, gebe den Wirsing hinzu und dünste ihn 5 min. an.
Rühre dann Dattelstreifen, Apfelwürfel und Linsen ein und lasse alles nochmals 2 min. köcheln.
Gieße schließlich die Brühe dazu, köchle das Ganze 10 min. weiter und schmecke mit Salz und Pfeffer ab.
Hacke die Haselnüsse und röste sie ohne Fett an.
Schneide den Rucola fein und streue ihn mit den gerösteten Haselnüssen vor dem Servieren über den Eintopf.

Avocado – Nudeln

Nährwerte pro Portion

Kalorien	738 kcal
Kohlenhydrate	83 g
davon zugesetzter Zucker	0 g
Fett	27 g
davon gesättigte Fettsäuren	5,1 g
davon ungesättigte Fettsäuren	21,9 g
Eiweiß	31 g

Zubereitungszeit: 25 min.
Schwierigkeit: leicht
Portionen: 2

Zutaten für 2 Personen

250 g	Vollkornspaghetti
1	Avocado
1	Limette
1	Prise Salz und Pfeffer
1 EL	Olivenöl
¼	Bund Rucola

Zubereitung

Koche die Spaghetti nach Packungsanleitung bissfest.

Löse das Fruchtfleisch der Avocado aus der Schale, presse die Limette aus und wasche den Rucola.

Püriere Rucola, Avocado - Fruchtfleisch und den Limettensaft mit 1 EL Olivenöl.

Vermenge die Spaghetti mit Avocado – Pesto und würze alles mit Salz und Pfeffer.

Ofen – Feta

Nährwerte pro Portion

Kalorien	283 kcal
Kohlenhydrate	8 g
davon zugesetzter Zucker	0 g
Fett	18 g
davon gesättigte Fettsäuren	0,9 g
davon ungesättigte Fettsäuren	17,1 g
Eiweiß	25 g

Zubereitungszeit: 25 min.
Schwierigkeit: leicht
Portionen: 4

Zutaten für 4 Personen

400 g		Fetakäse
3	EL	Haselnüsse
1	TL	Olivenöl
1	TL	Zitronensaft
1		Karotte
1		Prise Salz und Pfeffer
1		Blumenkohl
1		Bund Petersilie
½		rote Zwiebel

Zubereitung

Schneide den Fetakäse in 4 Stücke und lege diese in eine Auflaufform.

Hacke Haselnüsse und Zwiebel grob und rasple die Karotte fein.

Mische Haselnüsse, Zwiebel, Karotte und Öl und würze mit Salz und Pfeffer.

Gebe die Masse auf die Käsestücke und backe alles 10 min. bei 180°C.

Zerteile den Blumenkohl in Viertel und rasple diese grob.

Vermenge den geraspelten Blumenkohl mit Petersilie und Zitronensaft und schmecke mit Salz und Pfeffer ab.

Serviere den Schafskäse mit dem Blumenkohl.

Hering – Radieschen – Hackepeter

Nährwerte pro Portion

Kalorien	250 kcal
Kohlenhydrate	23 g
davon zugesetzter Zucker	1 g
Fett	10 g
davon gesättigte Fettsäuren	2,4 g
davon ungesättigte Fettsäuren	7,6 g
Eiweiß	16 g

Zubereitungszeit: 20 min.
Schwierigkeit: leicht
Portionen: 2

Zutaten für 2 Personen

30 g	Joghurt (3,5% Fett)
2	Matjesfilets
2	Scheiben Vollkornbrot
1	Bund Radieschen
1	Prise Zucker und Pfeffer

Zubereitung

Schneide die Matjesfilets in kleine Würfel, ebenso wie die Radieschen.

Lege einige Radieschen - Blätter beiseite und hacke den Rest fein.

Mische gewürfelte Matjesfilets, Joghurt und Radieschen und schmecke mit Zucker und Pfeffer ab.

Verteile die Mischung auf dem Vollkornbrot und garniere das Ganze vor dem Servieren mit den Radieschen – Blättern.

Kichererbsen - Püree

Nährwerte pro Portion

Kalorien	90 kcal
Kohlenhydrate	8 g
davon zugesetzter Zucker	0 g
Fett	5 g
davon gesättigte Fettsäuren	0,7 g
davon ungesättigte Fettsäuren	4,3 g
Eiweiß	4 g

Zubereitungszeit: 5 min.
Schwierigkeit: leicht
Portionen: 12

Zutaten für 12 Personen

440	g	Kichererbsen
4	EL	Tahini – Paste
2	EL	Olivenöl
2	EL	Zitronensaft
2	TL	Kreuzkümmel
1	TL	Salz

Zubereitung

Schlage die Tahini – Paste mit dem Öl auf und spüle die Kichererbsen in einem Sieb kalt ab.

Püriere Kichererbsen, 120 ml Wasser, Kreuzkümmel, Zitronensaft und Salz fein.

DESSERT

Gestreiftes Fruchteis

Nährwerte pro Portion

Kalorien	41 kcal
Kohlenhydrate	9 g
davon zugesetzter Zucker	0 g
Fett	0 g
davon gesättigte Fettsäuren	0 g
davon ungesättigte Fettsäuren	0 g
Eiweiß	1 g

Zubereitungszeit: 20 min.
Schwierigkeit: leicht
Portionen: 6

Zutaten für 6 Personen

120 ml	Orangensaft
120 ml	Multivitaminsaft
120 ml	Erdbeersaft
120 ml	Kirschsaft
1 EL	Waldmeistersirup

Zubereitung

Verteile den Kirschsaft auf die Eisförmchen und lege sie für 1 Stunde ins Gefrierfach.

Fülle dann den Multivitaminsaft darauf, friere es wieder 1 Stunde ein und setze nach 30 min. die Eisstiele mittig ein.

Mische 120 ml Wasser mit dem Waldmeistersirup, friere alles wiederum 1 Stunde ein und wiederhole den Vorgang mit Orangen – und Erdbeersaft.

Lasse das fertige Eis über Nacht durchfrieren.

Mit Quarkcreme überbackene Feigen

Nährwerte pro Portion

Kalorien	353 kcal
Kohlenhydrate	35 g
davon zugesetzter Zucker	14 g
Fett	17 g
davon gesättigte Fettsäuren	7 g
davon ungesättigte Fettsäuren	10 g
Eiweiß	14 g

Zubereitungszeit: 30 min.
Schwierigkeit: mittel
Portionen: 2

Zutaten für 2 Personen

100 g		Magerquark
2	EL	Mandelblättchen
1	EL	Ahornsirup
1	EL	Butter
1	EL	Kokosblütenzucker
1	TL	Speisestärke
4		Feigen
1		Ei
1		Prise Salz
½		Bio -Zitrone

Zubereitung

Schneide die Feigen kreuzförmig ein, drücke sie etwas zusammen und setze sie in eine Auflaufform.
Träufle den Ahornsirup über die Feigen und streue die Mandelblättchen darüber.
Zerlasse die Butter in einem Topf, trenne die Eier und rühre Quark, Eigelb, eine Hälfte des Kokosblütenzuckers, abgeriebene Zitronenschale und die Speisestärke cremig.
Schlage das Eiweiß unter Einrieseln lassen des restlichen Zuckers steif.
Hebe den Eischnee unter die Quarkmischung, gebe die Masse über die Feigen und backe diese 4 – 5 min. goldbraun.

Glücksschweinchen

Nährwerte pro Portion

Kalorien	379 kcal
Kohlenhydrate	23 g
davon zugesetzter Zucker	20 g
Fett	27 g
davon gesättigte Fettsäuren	2,3 g
davon ungesättigte Fettsäuren	24,7 g
Eiweiß	12 g

Zubereitungszeit: 1 Std.
Schwierigkeit: mittel
Portionen: 4

Zutaten für 4 Personen

200 g		geschälte und gemahlene Mandeln
110 g		cremiger Honig
1	EL	Rote Beete – Pulver
1	EL	Matcha – Teepulver
8		Leinsamen

Zubereitung

Vermische Mandeln und Honig zu einer geschmeidigen Masse.

Teile die Marzipanmasse in drei gleichgroße Teile, färbe ein Drittel mit Rote Beete – Pulver hellrosa, ein zweites Drittel mit Matcha – Teepulver grün, die Hälfte des dritten Drittels hellrosa und lasse die zweite Hälfte des dritten Drittels weiß.

Forme aus der grünen Masse 4 Kleeblätter, aus der großen hellrosa Masse den Schweinekörper und aus der kleinen hellrosa Masse die Ohren und die Füße.

Mache aus der weißen Masse die Augen und benutze die Leinsamen als Pupillen.

Drücke nun Ohren und Füße an den Körper und setze die Schweinchen auf die Kleeblätter.

Apfelkompott

Nährwerte pro Portion

Kalorien	64 kcal
Kohlenhydrate	15 g
davon zugesetzter Zucker	0 g
Fett	0 g
davon gesättigte Fettsäuren	0 g
davon ungesättigte Fettsäuren	0 g
Eiweiß	0 g

Zubereitungszeit: 15 min.
Schwierigkeit: ganz einfach
Portionen: 3

Zutaten für 3 Personen

1 kg	Äpfel
1	Zitrone

Zubereitung

Schneide die Äpfel in Würfel, halbiere die Zitrone und presse sie aus.

Gebe die Apfelwürfel mit 6 EL Wasser und Zitronensaft nach Geschmack in einen Topf und lasse alles bei mittlerer Hitze 15 – 20 min. köcheln.

Püriere die Äpfel mit einem Stabmixer, verteile das Kompott auf Teller und serviere es beispielsweise zu Pfannkuchen.

Quark – Marzipan – Kringel

Nährwerte pro Portion

Kalorien	292 kcal
Kohlenhydrate	32 g
davon zugesetzter Zucker	9 g
Fett	14 g
davon gesättigte Fettsäuren	1,8 g
davon ungesättigte Fettsäuren	12,2 g
Eiweiß	7 g

Zubereitungszeit: 30 min.
Schwierigkeit: mittel
Portionen: 10

Zutaten für 10 Personen

150	g	Dinkelmehl
150	g	Weizenvollkornmehl
150	g	Magerquark
100	g	Marzipanrohmasse
100	ml	Milch (1,5%)
80	ml	Rapsöl
4	EL	Zucker
2	EL	gehackte Pistazienkerne
3	TL	Backpulver
je 1		Eigelb und Prise Salz

Zubereitung

Vermische Backpulver, beide Mehlsorten, Salz, Zucker, Quark, Öl und Milch und knete alles mit einem Knethaken zu einem glatten Teig, den du auf eine Arbeitsfläche legst.
Hacke die Marzipanrohmasse grob, gebe sie mit den Pistazien zum Teig und knete alles gut durch.
Teile nun den Teig in 20 gleiche Portionen, die du zu Rollen formst.
Verschlinge dann immer 2 Rollen miteinander, so dass eine Art Kordel entsteht.
Lege die Kordeln zu einem Kranz, drücke die Nahtstellen gut fest und gebe die Kränze auf ein mit Backpapier ausgelegtes Blech.
Verquirle das Eigelb mit 1 EL Wasser, bestreiche die Kränze damit und backe sie 15 min. bei 160°C.

Ananas – Bananen – Walnuss – Joghurt

Nährwerte pro Portion

Kalorien	258 kcal
Kohlenhydrate	32 g
davon zugesetzter Zucker	4 g
Fett	10 g
davon gesättigte Fettsäuren	2,3 g
davon ungesättigte Fettsäuren	7,7 g
Eiweiß	8 g

Zubereitungszeit: 10 min.
Schwierigkeit: leicht
Portionen: 2

Zutaten für 2 Personen

300 g		Joghurt
1	EL	Walnusskerne
2	TL	flüssiger Honig
1	TL	Sesamöl
½	TL	gemahlener Anis
1		Ananas
1		Banane
½		Zitrone

Zubereitung

Presse die Zitrone aus, schneide die Banane in Scheiben und beträufle diese mit 1 TL Zitronensaft.

Schneide das Fruchtfleisch der Ananas in Stücke und hacke die Walnüsse grob.

Erhitze das Sesamöl und brate Ananas und Banane 1 min.

Richte beides in einer Schüssel an und lasse es 5 – 10 min. abkühlen.

Verrühre zwischenzeitlich Anis, Joghurt und Honig, gebe es über die Früchte und streue die Walnüsse darüber.

Melonenkugeln im Frischkäsebett

Nährwerte pro Portion

Kalorien	185 kcal
Kohlenhydrate	21 g
davon zugesetzter Zucker	11 g
Fett	5 g
davon gesättigte Fettsäuren	1,6 g
davon ungesättigte Fettsäuren	3,4 g
Eiweiß	13 g

Zubereitungszeit: 25 min.
Schwierigkeit: ganz einfach
Portionen: 4

Zutaten für 4 Personen

300 g		körniger Frischkäse
4	EL	flüssiger Honig
1	EL	Mandelblättchen
1		Limette
1		Melone
1		Bund Koriander

Zubereitung

Halbiere und entkerne die Melone, steche mit einem Kugelausstecher kleine Kugeln aus dem Fruchtfleisch und stelle sie in einer Schüssel kalt.

Röste die Mandelblättchen in einer Pfanne ohne Fett an, lasse sie abkühlen, mische sie dann mit dem Koriander und püriere beides mit einem Stabmixer.

Presse die Limette aus und gebe 2 EL Saft und den Honig unter die Mandel – Koriandermischung.

Lege die Melonenkugeln auf den Frischkäse und serviere sie mit dem Koriandersdip.

Apfel – Nuss – Quarkcreme

Nährwerte pro Portion

Kalorien	332 kcal
Kohlenhydrate	36 g
davon zugesetzter Zucker	9 g
Fett	12 g
davon gesättigte Fettsäuren	3,8 g
davon ungesättigte Fettsäuren	8,2 g
Eiweiß	20 g

Zubereitungszeit: 25 min.
Schwierigkeit: leicht
Portionen: 4

Zutaten für 4 Personen

400	g	Magerquark
60	g	gehackte Nüsse
50	g	Frischkäse
2	EL	Honig
1	EL	Kokosblütenzucker
3		Äpfel
2		Stiele Minze
½		Bio – Zitrone

Zubereitung

Reibe die Schale der Zitrone ab und presse sie dann aus.
Schäle die Äpfel und schneide sie in Würfel.
Gebe Kokosblütenzucker, Apfelwürfel, 2 EL Zitronensaft und 1 TL Zitronenschale in einen Topf und lasse es aufkochen.
Lasse das Ganze nun 10 min. unter gelegentlichem Umrühren köcheln.
Nehme das Kompott vom Herd, wenn die Äpfel zerfallen sind und lasse es abkühlen.
Röste die Nüsse ohne Fett in einer Pfanne an und lasse sie abkühlen.
Verrühre schließlich Honig, Frischkäse und Quark, schichte es abwechselnd mit dem Kompott und den Nüssen in 4 Gläser und bestreue es vor dem Servieren mit der in Streifen geschnittenen Minze.

Fruchtpralinen

Nährwerte pro Portion

Kalorien	145 kcal
Kohlenhydrate	22 g
davon zugesetzter Zucker	0 g
Fett	4 g
davon gesättigte Fettsäuren	1,6 g
davon ungesättigte Fettsäuren	2,4 g
Eiweiß	3 g

Zubereitungszeit: 35 min.
Schwierigkeit: ganz einfach
Portionen: 15

Zutaten für 15 Personen

400 g	getrocknetes Obst
100 g	Cashewkerne
2 EL	Kakaopulver
2 EL	Kokosraspeln
8	Scheiben Vollkornzwieback
1	Bio – Orange

Zubereitung

Zerbrösle den Zwieback in einem Gefrierbeutel mit einem Nudelholz.

Hacke das Trockenobst und die Cashewkerne fein und gebe sie zu den Zwieback - Bröseln.

Reibe die Schale der Orange ab und presse sie aus.

Füge die Orangenschale und 6 EL Orangensaft den Bröseln, dem Trockenobst und den Nüssen zu und verknete es mit dem Mixer zu einer glatten Masse.

Gebe Kokosraspeln und Kakaopulver auf jeweils einen Teller, forme aus der Nussmasse Pralinen und wälze die eine Hälfte in Kokosraspeln und die andere im Kakaopulver.

Bananen – Split – Creme

Nährwerte pro Portion

Kalorien	100 kcal
Kohlenhydrate	13 g
davon zugesetzter Zucker	3 g
Fett	3 g
davon gesättigte Fettsäuren	2,1 g
davon ungesättigte Fettsäuren	0,9 g
Eiweiß	3 g

Zubereitungszeit: 10 min.
Schwierigkeit: leicht
Portionen: 3

Zutaten für 3 Personen

60 g	Frischkäse
1 EL	Schokoraspeln
1 EL	Ahornsirup
1	reife Banane
½	Orange

Zubereitung

Schneide die Banane in Scheiben und zerdrücke sie mit einer Gabel.

Presse die ½ Orange aus und vermische 2 EL Orangensaft mit dem Bananenmus.

Gebe dann den Frischkäse und den Ahornsirup dazu, rühre alles glatt und mische die Schokoraspeln unter.

Erdbeeren – Dickmilch – Kaltschale

Nährwerte pro Portion

Kalorien	184 kcal
Kohlenhydrate	22 g
davon zugesetzter Zucker	5,6 g
Fett	8 g
davon gesättigte Fettsäuren	4 g
davon ungesättigte Fettsäuren	4 g
Eiweiß	5 g

Zubereitungszeit: 20 min.
Schwierigkeit: leicht
Portionen: 4

Zutaten für 4 Personen

500 g	Erdbeeren
350 g	Dickmilch
150 g	Sahnejoghurt
2 EL	Honig
2 EL	Apfeldicksaft
½	Vanilleschote
½	Zitrone

Zubereitung

Schneide die Erdbeeren in Stücke, püriere sie und streiche das Püree durch ein Sieb.

Rühre den Honig und das Vanillemark unter das Erdbeerpüree.

Presse die Zitrone aus, gebe den Saft mit der Dickmilch, dem Joghurt und dem Apfeldicksaft in eine Schüssel und schlage es mit einem Schneebesen auf.

Hebe das Ganze unter das Erdbeermus und stelle es vor dem Servieren mindestens 1 Stunde kalt.

Gebackene Äpfel mit Joghurtsauce

Nährwerte pro Portion

Kalorien	352 kcal
Kohlenhydrate	53 g
davon zugesetzter Zucker	11 g
Fett	11 g
davon gesättigte Fettsäuren	2,1 g
davon ungesättigte Fettsäuren	8,9 g
Eiweiß	7 g

Zubereitungszeit: 35 min.
Schwierigkeit: leicht
Portionen: 4

Zutaten für 4 Personen

200	g	Joghurt (3,5% Fett)
80	ml	Apfelsaft
3	EL	Agavendicksaft
2	EL	Rosinen
2	EL	gehackte Mandeln
2	EL	Mandelmus
2	EL	Haferflocken
1	EL	Zitronensaft
4		Äpfel
je 1		Vanilleschote, Prise Zimt und Kurkumapulver

Zubereitung

Lege die Rosinen in den Apfelsaft und weiche sie 10 min. ein.
Höhle die Äpfel mit einem Apfelausstecher aus und beträufle sie mit Zitronensaft.
Gieße die Rosinen ab, fange die Flüssigkeit auf und gieße sie in eine Auflaufform.
Mische 2 EL Agavendicksaft, Mandelmus, Rosinen, Mandeln und Haferflocken, würze mit der Hälfte des Vanillemarks und dem Zimt und fülle die Masse in die Äpfel.
Setze die gefüllten Äpfel in die Auflaufform und backe sie 20 min. bei 180°C.
Verrühre zwischenzeitlich den Joghurt mit dem restlichen Vanillemark und dem Kurkumapulver und süße alles mit dem restlichen Agavendicksaft.
Serviere die gebackenen Äpfel mit der Sauce.

Avocado – Bananenmus

Nährwerte pro Portion

Kalorien	338 kcal
Kohlenhydrate	26 g
davon zugesetzter Zucker	0 g
Fett	23 g
davon gesättigte Fettsäuren	6,7 g
davon ungesättigte Fettsäuren	16,3 g
Eiweiß	8 g

Zubereitungszeit: 5 min.
Schwierigkeit: leicht
Portionen: 2

Zutaten für 2 Personen

4 EL	Kakaopulver
2 EL	Granatapfelkerne
2	Avocados
1	Banane

Zubereitung

Püriere die Avocados und die Banane mit dem Kakaopulver cremig.

Fülle die Mousse in 2 Gläser, streue die Granatapfelkerne darüber und stelle das Dessert bis zum Servieren kalt.

Melone mit Fruchtjoghurtfüllung

Nährwerte pro Portion

Kalorien	209 kcal
Kohlenhydrate	29 g
davon zugesetzter Zucker	2 g
Fett	7 g
davon gesättigte Fettsäuren	2,6 g
davon ungesättigte Fettsäuren	4,4 g
Eiweiß	6 g

Zubereitungszeit: 25 min.
Schwierigkeit: ganz einfach
Portionen: 4

Zutaten für 4 Personen

400 g	Joghurt (3,5% Fett)
2 EL	Mandelblättchen
1 EL	Birnendicksaft
je 2	kleine Melonen, reife Birnen und Stiele Minze
1	Blutorange
1	Prise Kardamom

Zubereitung

Halbiere die Melonen, höhle sie mit einem Esslöffel aus und schneide auf der Unterseite eine dünne Scheibe ab, damit sie steht.

Hacke die Minze fein, röste Mandelblättchen in einer Pfanne ohne Fett an und lasse sie abkühlen.

Wasche die Birnen und schneide sie in dünne Scheiben.

Schäle die Orange, trenne das Fruchtfleisch heraus und fange den Saft in einer Schüssel auf.

Gebe dann Birnensaft, Joghurt und Kardamom zum Orangensaft, rühre alles mit einem Schneebesen glatt und misch schließlich das Orangenfilet und die Birnenscheiben unter.

Fülle die Masse in die Melonenhälften und streue Mandelblättchen darüber vor dem Servieren.

Pflaumen – Quark – Sahnecreme

Nährwerte pro Portion

Kalorien	280 kcal
Kohlenhydrate	36 g
davon zugesetzter Zucker	13 g
Fett	8 g
davon gesättigte Fettsäuren	4,8 g
davon ungesättigte Fettsäuren	3,2 g
Eiweiß	13 g

Zubereitungszeit: 15 min.
Schwierigkeit: ganz einfach
Portionen: 4

Zutaten für 4 Personen

300 g	Pflaumen
250 g	Magerquark
150 g	Joghurt (0,1% Fett)
100 ml	Schlagsahne
100 ml	Apfelsaft
4 EL	flüssiger Honig
6	Vollkornzwiebacke
½	Zimtstange

Zubereitung

Halbiere die Pflaumen und schneide sie in Spalten.

Koche 2 EL Honig, den Apfelsaft und das Zimtstück auf, lasse alles etwas einkochen, füge dann die Pflaumen hinzu und lasse das Ganze 2 – 3 min. weiterköcheln.

Lasse die Pflaumen nun in einem Sieb abtropfen und fange den Saft auf.

Schlage Joghurt, den restlichen Honig und den Magerquark cremig und die Sahne in einem hohen Gefäß steif.

Hebe die Sahne dann unter die Quarkmischung.

Zerteile den Zwieback in kleine Stücke und tränke diese im Pflaumensaft und streue diese vor dem Servieren über die Creme.

Schokoladige Bananenspieße

Nährwerte pro Portion

Kalorien	248 kcal
Kohlenhydrate	26 g
davon zugesetzter Zucker	5 g
Fett	13 g
davon gesättigte Fettsäuren	5,1 g
davon ungesättigte Fettsäuren	7,9 g
Eiweiß	5 g

Zubereitungszeit: 20 min.
Schwierigkeit: mittel
Portionen: 4

Zutaten für 4 Personen

80 g	Zartbitterschokolade
50 g	ungesalzene Erdnusskerne
1 TL	Öl
4	Babybananen
1	Bio – Limette

Zubereitung

Hacke die Schokolade fein und schmelze sie in der Mikrowelle.

Zerkleinere die Erdnusskerne mit einem Messer, röste sie mit dem Öl in einer Pfanne an und lasse sie abkühlen.

Presse die Limette aus, reibe mit dem Saft die geschälten Bananen ein und stecke diese auf Spieße.

Tauche jeweils die Hälfte der Spieße in Schokolade und bestreue sie mit den Erdnusskernen.

Klassischer Grießpudding mit Heidelbeerkompott

Nährwerte pro Portion

Kalorien	192 kcal
Kohlenhydrate	31 g
davon zugesetzter Zucker	12 g
Fett	4 g
davon gesättigte Fettsäuren	2,2 g
davon ungesättigte Fettsäuren	1,8 g
Eiweiß	6 g

Zubereitungszeit: 1 Std. 10 min.
Schwierigkeit: leicht
Portionen: 6

Zutaten für 6 Personen

400 g	Heidelbeeren
80 g	Kokosblütenzucker
60 g	Dinkelvollkorngrieß
400 ml	Milch (3,5%)
125 ml	roter Traubensaft
2	Eier
je 1	Bio – Zitrone und Vanilleschote

Zubereitung

Wasche die Zitrone und reibe die Schale ab und trenne die Eier.
Mische den Grieß mit 30 g Kokosblütenzucker und die Milch mit Vanillemark und abgeriebener Zitronenschale.
Koche die Milch auf und lasse das Grieß – Zuckergemisch unter Rühren einrieseln.
Koche nun den Grieß unter ständigem Rühren 3 min. lang.
Verquirle die Eigelbe und rühre sie schnellstens unter den Grieß.
Schlage das Eiweiß steif und hebe es unter den Grieß.
Fülle 6 Tassen mit dem Grießpudding und stelle sie über Nacht in den Kühlschrank.
Wasche die Heidelbeeren und lasse sie abtropfen.
Lasse den Traubensaft mit dem restlichen Kokosblütenzucker 2 – 3 min bei mittlerer Hitze köcheln, gebe die Hälfte der Heidelbeeren dazu, lasse alles 3 min. weiterköcheln und püriere die Heidelbeeren dann.
Gebe letztendlich die restlichen Heidelbeeren hinzu, lasse es wieder 3 min. köcheln, lasse es dann vollständig auskühlen und serviere es mit dem gestürzten Grießpudding.

Marzipan – Cashew – Kekse

Nährwerte pro Portion

Kalorien	208 kcal
Kohlenhydrate	17 g
davon zugesetzter Zucker	8 g
Fett	13 g
davon gesättigte Fettsäuren	2 g
davon ungesättigte Fettsäuren	11 g
Eiweiß	5 g

Zubereitungszeit: 35 min.
Schwierigkeit: leicht
Portionen: 30

Zutaten für 30 Personen

200 g	Marzipanrohmasse
125 g	Cashewkerne
50 g	Puderzucker
1 EL	Mehl
1	Ei

Zubereitung

Zerkleinere die Hälfte der Cashewkerne mit dem Stabmixer fein und trenne das Ei.

Vermenge die zerkleinerten Cashewkerne, den Puderzucker, das Mehl, das Eiweiß und die Marzipanrohmasse zu einem glatten Teig.

Forme aus der Masse kirschgroße Kekse und lege sie auf ein mit Backpapier ausgelegtes Blech.

Verrühre 1TL Wasser mit dem Eigelb, bestreiche damit die Kekse, drücke die restlichen Cashewkerne hinein und backe die Kekse 15 min. bei 150°C.

Creme brûlée Caramel

Nährwerte pro Portion

Kalorien	325 kcal
Kohlenhydrate	43 g
davon zugesetzter Zucker	27 g
Fett	12 g
davon gesättigte Fettsäuren	4,4 g
davon ungesättigte Fettsäuren	7,6 g
Eiweiß	10 g

Zubereitungszeit: 30 min.
Schwierigkeit: mittel
Portionen: 6

Zutaten für 6 Personen

65 g	Speisestärke
8 EL	Rohrzucker
1 l	Milch (1,5%)
8	Eigelbe
6	Lorbeerblätter
1	Bio – Zitrone

Zubereitung

Verrühre 200 ml kalte Milch mit der Speisestärke.

Schlage die Eigelbe mit 2 EL Zucker schaumig und rühre dann die Stärke – Milchmischung unter.

Reibe die Schale der Zitrone ab und bringe die restliche Milch, die Lorbeerblätter und die abgeriebene Zitronenschale zum Kochen.

Gebe die heiße Milch Kelle für Kelle zur Eiermilch und erhitze alles, bis eine dicke Creme entsteht, ohne dass das Ganze kocht, um eine Gerinnung des Eigelbs zu vermeiden.

Fülle die Creme in Schälchen und stelle diese 4 – 5 Stunden kalt.

Streue kurz vor dem Servieren Zucker über die Creme und karamellisiere diese mit dem Bunsenbrenner.

Maracuja – Muffins

Nährwerte pro Portion

Kalorien	85 kcal
Kohlenhydrate	10 g
davon zugesetzter Zucker	4 g
Fett	1 g
davon gesättigte Fettsäuren	0,4 g
davon ungesättigte Fettsäuren	0,6 g
Eiweiß	8 g

Zubereitungszeit: 15 min.
Schwierigkeit: mittel
Portionen: 12

Zutaten für 12 Personen

500 g	Magerquark
100 g	gemischte Beeren
2 EL	Mehl
2 EL	Zucker
5	Maracujas
2	Eier

Zubereitung

Halbiere die Maracujas und höhle sie aus.
Gebe das Fruchtfleisch einer Maracuja in eine Schüssel und das Fruchtfleisch der anderen vier in eine zweite Schüssel.
Trenne die Eier und schlage das Eiweiß steif, während du 2/3 des Zuckers einrieseln lässt.
Füge den restlichen Zucker, den Quark, die Eigelbe und das Mehl zu dem Fruchtfleisch der 4 Maracujas hinzu und verrühre alles mit einem Handmixer gut.
Hebe den Eischnee unter den Teig und fülle diesen in die Formen des Muffin - Blechs.
Backe die Muffins 20 – 25 min. bei 160°C.
Schneide die Beeren klein, vermische sie mit dem übrigen Fruchtfleisch und verteile die Masse vor dem Servieren auf den Muffins.

Pfirsich – Risotto

Nährwerte pro Portion

Kalorien	306 kcal
Kohlenhydrate	54 g
davon zugesetzter Zucker	15 g
Fett	5g
davon gesättigte Fettsäuren	1,9 g
davon ungesättigte Fettsäuren	3,1 g
Eiweiß	8 g

Zubereitungszeit: 45 min.
Schwierigkeit: leicht
Portionen: 4

Zutaten für 4 Personen

125 g	Risotto - Reis
30 g	Rohrzucker
500 ml	Milch (1,5%)
4 EL	Joghurt
3 EL	Honig
2 EL	Mandelblättchen
2	Pfirsiche
1	Vanilleschote
½	Orange

Zubereitung

Koche die Milch mit Zucker und Vanillemark auf, streue den Reis ein und lasse es 25 – 30 min. garen.
Röste die Mandeln ohne Fett in einer Pfanne an und lasse sie dann auf einem Teller abkühlen.
Halbiere die Pfirsiche und lege sie mit den Schnittflächen nach oben in eine Auflaufform.
Presse die Orange aus, mische 3 EL des Saftes mit Honig und träufle es über die Pfirsiche.
Grille die Pfirsiche 8 – 10 min. auf dem Ofengrill.
Hebe dann das Joghurt unter das Risotto, richte es mit den Pfirsichen an und streue die Mandeln darüber.

Mandarinen – Ingwer – Honig – Joghurt

Nährwerte pro Portion

Kalorien	119 kcal
Kohlenhydrate	17 g
davon zugesetzter Zucker	4 g
Fett	2 g
davon gesättigte Fettsäuren	1,4 g
davon ungesättigte Fettsäuren	0,6 g
Eiweiß	3 g

Zubereitungszeit: 15 min.
Schwierigkeit: leicht
Portionen: 2

Zutaten für 2 Personen

300 g		Joghurt (1,5% Fett)
2	TL	flüssiger Honig
2		Mandarinen
1		Stück Ingwer
1		Stiel Minze

Zubereitung

Schäle die Mandarinen, löse das Fruchtfleisch und fange den Saft dabei auf.

Hacke den Ingwer fein und die Minze in Streifen.

Verrühre Mandarinenfilets, Mandarinensaft, Honig, Joghurt und Ingwer.

Richte den Joghurt in Schälchen an und streue die Minze darüber.

Himbeergebäck mit süßem Quark

Nährwerte pro Portion

Kalorien	104 kcal
Kohlenhydrate	8 g
davon zugesetzter Zucker	2 g
Fett	5 g
davon gesättigte Fettsäuren	2,9 g
davon ungesättigte Fettsäuren	2,1 g
Eiweiß	4 g

Zubereitungszeit: 30 min.
Schwierigkeit: mittel
Portionen: 12

Zutaten für 12 Personen

125 g	Himbeeren
125 g	Magerquark
80 g	Weizenmehl
75 ml	Schlagsahne
3 EL	Joghurtbutter
1 ½ EL	Rohrzucker
je 1 EL	Milch (1,5%) und Sonnenblumenkerne
2	Eier
je 1	Vanilleschote, Prise Salz und Msp Backpulver

Zubereitung

Gebe 125 ml Wasser, Salz und Butter in einen Topf und lasse es aufkochen.
Füge das Mehl hinzu und verrühre alles zu einem Teig – Kloß.
Streue das Backpulver auf den Teig und rühre es dann unter.
Fülle den Teig in einen Spritzbeutel und spritze 9 cm lange Teigstreifen auf das mit Backpapier ausgelegte Backblech.
Bestreiche die Teigstreifen mit Milch, bestreue sie mit Sonnenblumenkernen und backe sie 25 min. bei 180°C.
Schneide die Streifen nach dem Abkühlen der Länge nach durch.
Verrühre Zucker, Vanillemark und Quark und hebe die steifgeschlagene Sahne unter.
Verteile die Quarkcreme auf der unteren Hälfte der Streifen, gebe die Himbeeren oben drauf, setze die obere Hälfte wieder darauf und stelle alles bis zum Servieren kalt.

Hasenkekse

Nährwerte pro Portion

Kalorien	271 kcal
Kohlenhydrate	29 g
davon zugesetzter Zucker	8 g
Fett	7 g
davon gesättigte Fettsäuren	3,9 g
davon ungesättigte Fettsäuren	3,1 g

Zubereitungszeit: 40 min.
Schwierigkeit: leicht
Portionen: 12

Zutaten für 12 Personen

350 g	Buttermilchquark
350 g	Erdbeeren
200 g	Haferflocken
je 150 g	Dinkelmehl Type 630 und Dinkelvollkornmehl
100 g	Joghurtbutter
50 g	Rohrohrzucker
220 ml	Buttermilch
je 4 EL	Mineralwasser mit Kohlensäure und Puderzucker
3 EL	Kaffeesahne
24	Rosinen
je 1	Prise Salz und Päckchen Backpulver

Zubereitung

Gebe Haferflocken, beide Mehlsorten, Salz, Zucker und Backpulver in eine große Schüssel und füge dann Butter und Buttermilch dazu, bevor du alles zu einem glatten Teig verknetest.
Rolle den Teig auf einer bemehlten Arbeitsfläche aus und steche 12 Kreise mit 9 cm Durchmesser aus.
Lege die Kreise auf ein mit Backpapier ausgelegtes Blech, schneide sie mit einer Schere bis zur Mitte ein und ziehe die Spitzen etwas länger, damit Hasenohren entstehen.
Klappe ein Ohr um, setze Rosinen als Augen ein, bestreiche das Ganze mit Kaffeesahne und backe es 15 min. bei 180°C.
Würfle die Erdbeeren und zerdrücke 2/3 mit einer Gabel. Schlage Mineralwasser, Puderzucker und Quark zu einer cremigen Masse, hebe die Erdbeeren unter, garniere den Quark mit den restlichen Erdbeeren und serviere es mit den Hasenkeksen.

Cranberry – Kokos – Mango – Quark

Nährwerte pro Portion

Kalorien	308 kcal
Kohlenhydrate	30 g
davon zugesetzter Zucker	4 g
Fett	10 g
davon gesättigte Fettsäuren	5,9 g
davon ungesättigte Fettsäuren	4,1 g
Eiweiß	23 g

Zubereitungszeit: 15 min.
Schwierigkeit: leicht
Portionen: 2

Zutaten für 2 Personen

300	g	Magerquark
50	ml	Ananassaft
3	EL	Kokosmilch
2	EL	Kokosraspeln
2	EL	getrocknete Cranberrys
2	TL	ungesalzene Erdnusskerne
2	TL	flüssiger Honig
½		Mango

Zubereitung

Schäle die Mango mit einem Sparschäler und würfle das Fruchtfleisch klein.

Vermische die Mango – Würfel mit den Cranberrys und dem Ananassaft und lasse alles 5 min. ziehen.

Hacke die Erdnüsse grob und mische Kokosmilch, Quark, Kokosraspeln und Honig mit der Mango - Mischung.

Verteile den Quark auf Schälchen und bestreue ihn vor dem Servieren mit den Erdnüssen.

Marzipan – Nuss – Kekse

Nährwerte pro Portion

Kalorien	138 kcal
Kohlenhydrate	13 g
davon zugesetzter Zucker	6 g
Fett	8 g
davon gesättigte Fettsäuren	2,5 g
davon ungesättigte Fettsäuren	5,5 g
Eiweiß	2 g

Zubereitungszeit: 20 min.
Schwierigkeit: mittel
Portionen: 40

Zutaten für 40 Personen

75 g	Mehl
75 g	Macadamianüsse
75 g	Rohrzucker
50 g	Weizenvollkornmehl
50 g	Joghurtbutter
2 EL	Marzipanrohmasse
½ TL	Backpulver
½ TL	gemahlenen Ingwer
1	Ei
1	Prise Salz
½	Päckchen Bourbon – Vanillezucker

Zubereitung

Hacke die Macadamianüsse grob und zerreibe die Marzipanrohmasse. Verknete Ei, Butter, Marzipan, Salz, Vanillezucker, Zucker, Ingwer, Backpulver und beide Mehlsorten zu einem glatten Teig.
Teile den Teig in 2 gleich große Stücke, forme diese zu einer Rolle, wickle jede in Frischhaltefolie und stelle sie für 1 Stunde kalt.
Lege die Teigrollen in einem Abstand von 8 cm auf ein mit Backpapier ausgelegtes Blech und backe sie 12 – 15 min. bei 180°C.
Schneide die gebackenen Rollen nach dem Abkühlen in 1 cm dicke Scheiben, lege diese mit der Schnittfläche wieder auf das Blech und backe sie 4 – 5 min. bei 180°C goldbraun.

Süße Frühlingsrollen

Nährwerte pro Portion

Kalorien	584 kcal
Kohlenhydrate	77 g
davon zugesetzter Zucker	15 g
Fett	24 g
davon gesättigte Fettsäuren	6,3 g
davon ungesättigte Fettsäuren	17,7 g
Eiweiß	13 g

Zubereitungszeit: 30 min.
Schwierigkeit: mittel
Portionen: 2

Zutaten für 2 Personen

50 g	gehackte Mandeln
40 g	Couscous
2 EL	flüssiger Honig
1 EL	Butter
8	Blätter Frühlingsrollenteig
8	Datteln
1	Prise Sternanis
1	Prise gemahlener Zimt
1	Eiweiß

Zubereitung

Gebe den Couscous mit 100 ml kochendem Wasser in eine Schüssel und lasse ihn 10 min. quellen.
Hacke die Datteln grob und röste die Mandeln ohne Fett in einer Pfanne an.
Füge Datteln, Mandeln, Honig, Sternanis, Butter und Zimt dem Couscous bei.
Verschlage das Eiweiß leicht und bestreiche damit die Ränder der Teigblätter.
Gebe 2 EL Couscous auf jedes Teigblatt, rolle sie ein und schlage sie seitlich ein.
Backe die Teigrollen 15 min. bei 180°C.

Schokosplit - Eis

Nährwerte pro Portion

Kalorien	79 kcal
Kohlenhydrate	16 g
davon zugesetzter Zucker	0 g
Fett	1 g
davon gesättigte Fettsäuren	0,4 g
davon ungesättigte Fettsäuren	0,6 g
Eiweiß	1 g

Zubereitungszeit: 10 min.
Schwierigkeit: leicht
Portionen: 6

Zutaten für 6 Personen

200	ml	Mandelmilch
80	ml	Kokosmilch
3	TL	Kakaopulver
4		Datteln
1		Banane
1		Handvoll Kakao – Nibs

Zubereitung

Püriere alle Zutaten, bis auf die Kakao – Nibs, fein und fülle die Masse in Eisförmchen, die du 20 min. gefrieren lässt, bevor du die Eisstiele hineinschiebst.

Lasse das Eis mit den Eisstielen 4 Stunden gefrieren und bestreue es dann mit den Kakao – Nibs.

Obstmilchreis

Nährwerte pro Portion

Kalorien	560 kcal
Kohlenhydrate	92 g
davon zugesetzter Zucker	9 g
Fett	12 g
davon gesättigte Fettsäuren	3,6 g
davon ungesättigte Fettsäuren	8,4 g
Eiweiß	18 g

Zubereitungszeit: 15 min.
Schwierigkeit: leicht
Portionen: 2

Zutaten für 2 Personen

125 g		Milchreis
500 ml		Milch (1,5%)
1	EL	Mandelblättchen
1	EL	Honig
1		Kiwi
1		Handvoll Stachelbeeren

Zubereitung

Gebe die Milch in ein mikrowellengeeignetes Gefäß, rühre den Milchreis unter und lasse alles zugedeckt bei 600 Watt in der Mikrowelle garen.

Würfle die Kiwi grob, halbiere die Stachelbeeren und püriere beides mit einem Stabmixer.

Röste die Mandelblättchen ohne Fett in einer Pfanne, bis sie goldbraun sind.

Rühre nun den Honig unter den gegarten Reis, bestreue diesen mit den Mandelblättchen und serviere alles mit der Kiwi - Sauce.

Energiebällchen

Nährwerte pro Portion

Kalorien	230 kcal
Kohlenhydrate	25 g
davon zugesetzter Zucker	4 g
Fett	11 g
davon gesättigte Fettsäuren	1,3 g
davon ungesättigte Fettsäuren	9,7 g
Eiweiß	7 g

Zubereitungszeit: 30 min.
Schwierigkeit: leicht
Portionen: 4

Zutaten für 4 Personen

75 g	getrocknete Datteln
50 g	Mandelkerne
50 g	Haferflocken
2 EL	Honig
2 EL	Sesam
½	Orange

Zubereitung

Presse die Orange aus und mische die Haferflocken mit 2 EL Orangensaft.

Halbiere die Datteln, zerkleinere sie mit den Mandeln fein und füge 1 EL Orangensaft hinzu.

Mische die Dattel – Mandelmasse mit dem Honig und den Haferflocken und forme 28 gleich große Kugeln daraus.

Röste den Sesam ohne Fett an und gebe ihn auf einen Teller.

Wälze die Kugeln im gerösteten Sesam, lege sie auf ein mit Backpapier ausgelegtes Blech und lasse sie 1 Stunde trocknen.

Mandel – Quinoa – Kekse

Nährwerte pro Portion

Kalorien	85 kcal
Kohlenhydrate	7 g
davon zugesetzter Zucker	3 g
Fett	6 g
davon gesättigte Fettsäuren	2,7 g
davon ungesättigte Fettsäuren	3,3 g
Eiweiß	2 g

Zubereitungszeit: 35 min.
Schwierigkeit: leicht
Portionen: 30

Zutaten für 30 Personen

150 g	Dinkelvollkornmehl
140 g	Butter
75 g	Mandelblättchen
75 g	Kokosblütenzucker
50 g	Quinoa
1	Ei

Zubereitung

Röste die Mandeln ohne Fett in einer Pfanne an und lasse sie abkühlen.

Mische Quinoa, Zucker und Mehl, häufe es auf eine Arbeitsplatte, drücke eine Mulde in die Mitte und schlage das Ei hinein.

Verteile die Butter um die Mulde herum und verknete dann alles mit den Händen.

Wickle den Teig in Frischhaltefolie und stelle ihn 30 min. kalt.

Hacke zwischenzeitlich die Mandeln grob

Rolle den Teig auf einer bemehlten Arbeitsfläche aus, steche 30 Kreise aus, lege sie auf ein mit Backpapier ausgelegtes Blech, bestreue sie mit den Mandeln und backe sie 10 – 12 min. bei 180°C.

Schokoladendessert

Nährwerte pro Portion

Kalorien	492 kcal
Kohlenhydrate	53 g
davon zugesetzter Zucker	13,5 g
Fett	25 g
davon gesättigte Fettsäuren	14 g
davon ungesättigte Fettsäuren	11 g
Eiweiß	13 g

Zubereitungszeit: 50 min.
Schwierigkeit: mittel
Portionen: 4

Zutaten für 4 Personen

140	g	Zartbitterschokolade
80	g	Dinkelvollkornmehl
500	ml	Milch (3,5%)
3	EL	Kokosblütenzucker
1	EL	Speisestärke
1	EL	Kokosöl
2	TL	Kakaopulver
1	Msp.	Bio - Orangenabrieb
3		Eigelbe
½		Vanilleschote

Zubereitung

Erhitze die Milch, bis auf 4 – 5 EL, 120 g der gebrochenen Zartbitterschokolade, die aufgeritzte Vanilleschote und den Orangenabrieb.
Rühre die Eigelbe mit 2 EL Kokosblütenzucker schaumig und rühre dann die Speisestärke und die restliche Milch unter.
Mische dann die Schokoladenmilch bei und lasse alles aufkochen und eindicken.
Nehme die Masse vom Herd, entferne die Vanilleschote und lasse den Pudding in Gläsern auskühlen.
Vermenge Mehl, Kakaopulver, Kokosöl und 1 EL Koksblütenzucker und zerbrösle alles zum Verzieren.
Schmelze die restlichen 20 g der Schokolade, fülle sie in eine Spritztüte und verziere damit und mit den Schokobröseln die Kekse.

Apfeleierkuchen

Nährwerte pro Portion

Kalorien	332 kcal
Kohlenhydrate	47 g
davon zugesetzter Zucker	4,7 g
Fett	11 g
davon gesättigte Fettsäuren	6,1 g
davon ungesättigte Fettsäuren	4,9 g
Eiweiß	10 g

Zubereitungszeit: 15 min.
Schwierigkeit: leicht
Portionen: 4

Zutaten für 4 Personen

200	ml	Milch (3,5%)
4	EL	Dinkelvollkornmehl
4	TL	Butter
3	TL	Koksblütenzucker
1	TL	Zimt
1	TL	Puderzucker
4		Äpfel
4		Eier
1		Prise Salz

Zubereitung

Verrühre Eier, Kokosblütenzucker, Mehl, Milch und Salz zu einem glatten Teig und lasse diesen 30 min. quellen.

Schäle die Äpfel und schneide sie in Scheiben.

Schmelze pro Eierkuchen 1 TL Butter, gebe ¼ der Apfelscheiben hinein und ¼ des Teiges und backe jeden Pfannkuchen pro Seite 1 – 2 min. goldbraun.

Bestreue die Pfannkuchen vor dem Servieren mit Zimt.

Mit Zitronensorbet gefüllte Papaya

Nährwerte pro Portion

Kalorien	97 kcal
Kohlenhydrate	21 g
davon zugesetzter Zucker	15 g
Fett	0 g
davon gesättigte Fettsäuren	0 g
davon ungesättigte Fettsäuren	0 g
Eiweiß	1 g

Zubereitungszeit: 15 min.
Schwierigkeit: leicht
Portionen: 2

Zutaten für 2 Personen

80 g	Zitronensorbet
50 g	rote Johannisbeeren
1 EL	Ahornsirup
2	Gewürznelken
1	Papaya
1	Stück Ingwerwurzel

Zubereitung

Schäle den Ingwer, würfle ihn klein, koche ihn mit Ahornsirup, 5 EL Wasser und den Gewürznelken auf und lasse alles 2 min. bei mittlerer Hitze weiterköcheln und dann abkühlen.

Befreie die Johannisbeeren von den Rispen und gebe den abgekühlten Ingwersirup durch ein Teesieb in eine Tasse.

Halbiere die Papaya der Länge nach, löse alle Kerne aus und schneide an der Unterseite eine dünne Scheibe ab, damit sie steht.

Bestreiche das Fruchtfleisch der Papaya mit etwas Ingwersirup.

Lasse das Zitronensorbet leicht antauen, forme mit einem Eisportionierer Kugeln und lege diese in die halbierte Papaya.

Beträufle die Kugeln mit dem restlichen Ingwersirup und bestreue alles vor dem Servieren mit den Johannisbeeren.

Fruchtspieße

Nährwerte pro Portion

Kalorien	105 kcal
Kohlenhydrate	12 g
davon zugesetzter Zucker	2 g
Fett	5 g
davon gesättigte Fettsäuren	4,2 g
davon ungesättigte Fettsäuren	0,8 g
Eiweiß	2 g

Zubereitungszeit: 30 min.
Schwierigkeit: leicht
Portionen: 8

Zutaten für 8 Personen

1000	g	gemischtes Obst
200	g	Joghurt (0,3% Fett)
4	EL	Kokosraspel
2	EL	Ahornsirup
½		Zitrone

Zubereitung

Presse die Zitrone aus und röste die Kokosraspel ohne Fett in einer Pfanne an und lasse sie abkühlen.

Verrühre die Hälfte der Kokosraspel mit 2 TL Zitronensaft, Ahornsirup und Joghurt.

Schneide das Obst in mundgerechte Stücke und stecke es abwechslungsreich auf Spieße.

Bestreue die Obstspieße mit den restlichen Kokosraspeln und serviere sie mit dem Joghurt.

Heidelbeeren – Haferflockenpfannkuchen

Nährwerte pro Portion

Kalorien	400 kcal
Kohlenhydrate	51 g
davon zugesetzter Zucker	16 g
Fett	14 g
davon gesättigte Fettsäuren	1,4 g
davon ungesättigte Fettsäuren	12,6 g
Eiweiß	15 g

Zubereitungszeit: 25 min
Schwierigkeit: mittel
Portionen: 2

Zutaten für 2 Personen

125 g	Heidelbeeren
125 ml	Milch (1,5%)
5 EL	Haferflocken
3 EL	Mehl Type 1050
1½ EL	Kokosblütenzucker
2 TL	Rapsöl
je 1 TL	Butter und Puderzucker
2	Eier
1	Prise Salz

Zubereitung

Trenne die Eier, gebe das Eigelb in eine Rührschüssel und das Eiweiß in ein hohes Gefäß.
Schlage das Eiweiß mit ½ EL Kokosblütenzucker und 1 Prise Salz sehr steif.
Verrühre Eigelbe, Haferflocken, Mehl, Milch und Kokosblütenzucker zu einem Teig und lasse das Ganze 10 – 15 min. quellen.
Hebe den Eischnee unter den Teig.
Erhitze 1 TL Öl in einer Pfanne, gebe den Teig hinein und streue 2/3 der Heidelbeeren darüber.
Backe den Pfannkuchen bei mittlerer Hitze 4 min., wende ihn dann, gebe das restliche Öl hinzu und backe ihn 1 – 2 min. weiter.
Rupfe den Pfannkuchen in Stücke, füge Butter hinzu und backe ihn 1 – 2 min. unter Rütteln weiter. Serviere den Kaiserschmarrn, bestreut mit den restlichen Heidelbeeren und mit Puderzucker bestäubt.

Gebratene Toastscheiben mit Quark

Nährwerte pro Portion

Kalorien	338 kcal
Kohlenhydrate	40 g
davon zugesetzter Zucker	7 g
Fett	11 g
davon gesättigte Fettsäuren	2,8 g
davon ungesättigte Fettsäuren	8,2 g
Eiweiß	18 g

Zubereitungszeit: 35 min.
Schwierigkeit: leicht
Portionen: 4

Zutaten für 4 Personen

250 g	Buttermilchquark
225 ml	Milch (1,5%)
2 EL	Ahornsirup
2 EL	Rapsöl
8	Scheiben Vollkorntoast
2	Eier
je 1	Vanilleschote, Bio – Orange und Prise Salz

Zubereitung

Kratze das Mark aus der Vanilleschote und rühre es mit dem Quark und dem Ahornsirup glatt.

Reibe die Schale der Orange ab und mische sie unter den Quark.

Löse das Fruchtfleisch der Orange aus den Trennhäuten und stelle es in einer Schüssel beiseite.

Verquirle Milch, Salz und Eier in einer Auflaufform und wende die Toastscheiben darin.

Streiche eine Pfanne mit ½ EL Öl aus, erhitze dieses und brate die Toastscheiben von jeder Seite 1 – 2 min goldbraun.

Wiederhole den Vorgang bis alle Toastscheiben gebraten sind und serviere sie dann mit dem Quark und den Orangenfilets.

Honig – Nuss – Waffeln

Nährwerte pro Portion

Kalorien	229 kcal
Kohlenhydrate	13 g
davon zugesetzter Zucker	4 g
Fett	17 g
davon gesättigte Fettsäuren	3,5 g
davon ungesättigte Fettsäuren	13,5 g
Eiweiß	4 g

Zubereitungszeit: 25 min.
Schwierigkeit: leicht
Portionen: 4

Zutaten für 4 Personen

3	EL	gemahlene Haselnüsse
3	EL	Vollkornmehl
2	EL	Margarine
1	EL	Honig
½	EL	Öl
1		Ei
je ½		Orange und Päckchen Vanillezucker
1		Msp. Backpulver

Zubereitung

Presse die Orange aus und nehme 75 ml Saft ab.
Verrühre Honig, Vanillezucker und Margarine in einer Schüssel cremig.
Trenne das Ei und mische das Eigelb unter die Margarine – Honigmischung.
Gebe Backpulver, Haselnüsse und Mehl zur Eigelbmasse, rühre alles unter und gieße nach und nach den Orangensaft dazu, bis ein zähflüssiger Teig entsteht.
Schlage das Eiweiß steif und hebe es ebenfalls unter den Teig.
Heize das Waffeleisen vor, streiche die Backflächen mit etwas Öl ein, gebe 2 EL Teig hinein und backe in 4 min. goldbraune Waffeln.
Wiederhole den Vorgang, bis der Teig aufgebraucht ist und serviere die Waffeln mit Puderzucker.

Dickmilch – Obstsalat

Nährwerte pro Portion

Kalorien	174 kcal
Kohlenhydrate	29 g
davon zugesetzter Zucker	0 g
Fett	3 g
davon gesättigte Fettsäuren	1,4 g
davon ungesättigte Fettsäuren	1,6 g
Eiweiß	6 g

Zubereitungszeit: 15 min.
Schwierigkeit: leicht
Portionen: 2

Zutaten für 2 Personen

300 g	Dickmilch
½ TL	Rosenwasser
2	getrocknete Pflaumen
2	getrocknete Aprikosen
1	Birne
1	Sternanis
½	Orange
1	Msp. gemahlener Zimt

Zubereitung

Schneide die Pflaumen und Aprikosen in Streifen.

Presse die Orange aus und messe 50 ml Saft ab.

Dünste die Pflaumen und Aprikosen mit Sternanis, Rosenwasser, Orangensaft und Zimt, reduziere den Saft dabei um die Hälfte und entferne den Sternanis nach dem Abkühlen.

Schneide die Birne in Würfel, rühre die Würfel unter die Trockenobstmischung und fülle alles in Schälchen.

Rühre die Dickmilch mit einem Schneebesen cremig und gebe sie über den Obstsalat.

Karamellcreme

Nährwerte pro Portion

Kalorien	315 kcal
Kohlenhydrate	29 g
davon zugesetzter Zucker	25 g
Fett	19 g
davon gesättigte Fettsäuren	10,1 g
davon ungesättigte Fettsäuren	8,9 g
Eiweiß	7 g

Zubereitungszeit: 30 min.
Schwierigkeit: mittel
Portionen: 4

Zutaten für 4 Personen

200	ml	Milch (3,5%)
150	ml	Sahne
30	ml	Ahornsirup
½	TL	Vanilleextrakt
80	g	Rohrohrzucker
2		Eigelbe
1		Ei

Zubereitung

Verrühre Ahornsirup, Ei und Eigelbe.

Koche Milch, Sahne und Vanilleextrakt auf und gieße es unter Rühren zu der Eimasse.

Lasse den Zucker mit 2 EL Wasser solange köcheln, bis der er goldbraun ist, fülle ihn dann in die geölten Förmchen und schwenke diese hin und her, so dass sich das Karamell auf dem Boden der Förmchen verteilt.

Gieße die Eiermilch durch ein Sieb in die Förmchen und stelle diese in eine Auflaufform, die bis zur Hälfte mit kochendem Wasser gefüllt ist.

Lasse die Creme dann 30 min. bei 180°C stocken.

Stürze die Karamellcreme vor dem Servieren auf Teller.

Gefrorene Bananenchips

Nährwerte pro Portion

Kalorien	50 kcal
Kohlenhydrate	4,1 g
davon zugesetzter Zucker	0 g
Fett	5,6 g
davon gesättigte Fettsäuren	0,4 g
davon ungesättigte Fettsäuren	5,2 g
Eiweiß	1,1 g

Zubereitungszeit: 10 min.
Schwierigkeit: ganz einfach
Portionen: 22

Zutaten für 22 Personen

100 g		Schokolade
5	TL	Erdnussmus
2		Bananen

Zubereitung

Schäle die Bananen, schneide sie in fingerdicke Scheiben, bestreiche davon die eine Hälfte mit Erdnussmus, lege die andere Hälfte obendrauf und lege alles für 30 min. ins Gefrierfach.

Schmelze die Schokolade über dem Wasserbad, tauche die Bananenchips ein und gebe sie erneut für 3 Stunden ins Gefrierfach.

Lasse die Bananenchips vor dem Servieren 10 min. antauen.

Süße Käsetaler

Nährwerte pro Portion

Kalorien	380 kcal
Kohlenhydrate	5 g
davon zugesetzter Zucker	0 g
Fett	32 g
davon gesättigte Fettsäuren	18 g
davon ungesättigte Fettsäuren	14 g
Eiweiß	18 g

Zubereitungszeit: 5 min.
Schwierigkeit: ganz einfach
Portionen: 1

Zutaten für 1 Person

60 g	Frischkäse
40 g	Himbeeren
1 EL	Butter
2	Eier
1	Prise Zimt

Zubereitung

Verarbeite Zimt, Eier und Frischkäse zu einem glatten Teig und lasse diesen kurz ruhen.

Erhitze die Butter in einer Pfanne, setze Teigkleckse hinein und lasse sie 3 – 4 min. bei mittlerer Hitze pro Seite goldbraun backen.

Fruchtjoghurt – Eiswürfel

Nährwerte pro Portion

Kalorien	33 kcal
Kohlenhydrate	2 g
davon zugesetzter Zucker	1 g
Fett	2 g
davon gesättigte Fettsäuren	1,1 g
davon ungesättigte Fettsäuren	0,9 g
Eiweiß	1 g

Zubereitungszeit: 5 min.
Schwierigkeit: ganz einfach
Portionen: 21

Zutaten für 21 Personen

300 g		griechischer Joghurt
150 g		gemischte Beeren
2	EL	gehackte Pistazien
2	EL	Kakao – Nibs
1	EL	Honig

Zubereitung

Verrühre die Hälfte der Beeren mit dem Honig und dem griechischen Joghurt und gebe je 1 EL Pistazien und Kakao – Nibs dazu.

Fülle die Joghurtmasse in einen Eiswürfelbehälter, streiche sie glatt, streue die restlichen Beeren, Pistazien und Kakao – Nibs darauf und stelle sie für 5 Stunden ins Gefrierfach.

Brause dann den Eiswürfelbehälter auf der Rückseite kurz mit heißem Wasser ab, damit sich die Eiswürfel besser lösen und serviere sie dann.

Birnen – Quark – Auflauf

Nährwerte pro Portion

Kalorien	317 kcal
Kohlenhydrate	35 g
davon zugesetzter Zucker	17 g
Fett	12 g
davon gesättigte Fettsäuren	5,6 g
davon ungesättigte Fettsäuren	6,4 g
Eiweiß	18 g

Zubereitungszeit: 30 min.
Schwierigkeit: mittel
Portionen: 6

Zutaten für 6 Personen

500	g	Quark
80	g	Kokosblütenzucker
50	g	Vollkornmehl
50	g	mit Kokosblütenzucker gesüßte Zartbitterschokolade
2	EL	Milch (3,5%)
2	EL	Kakaopulver
4		Eier
3		Birnen
je 1		Vanilleschote und Bio – Zitrone

Zubereitung

Schneide die Birnen in dünne Spalten, trenne die Eier, reibe die Zitronenschale ab und presse die Zitrone aus.
Kratze das Mark aus der Vanilleschote und hacke die Schokolade grob.
Verrühre Mehl, Quark, Eigelbe und Kokosblütenzucker und gebe Milch, Vanillemark, Zitronensaft und Zitronenschale dazu und vermische alles gut miteinander.
Schlage das Eiweiß steif und hebe es mit der Schokolade unter den Quark.
Fülle die Quarkmischung in 6 Auflaufförmchen, drücke die Birnen hinein und überbacke alles 4 – 5 min. unter dem Backofengrill.
Bestreue den Birnen – Quarkauflauf mit dem Kakaopulver.

Johannisbeeren – Erdbeereis

Nährwerte pro Portion

Kalorien	134 kcal
Kohlenhydrate	11 g
davon zugesetzter Zucker	6 g
Fett	7 g
davon gesättigte Fettsäuren	4 g
davon ungesättigte Fettsäuren	3 g
Eiweiß	7 g

Zubereitungszeit: 30 min.
Schwierigkeit: leicht
Portionen: 12

Zutaten für 12 Personen

400 g	Magerquark
400 g	Joghurt (3,5% Fett)
200 g	rote Johannisbeeren
200 g	Erdbeeren
100 g	Honig
200 ml	Schlagsahne

Zubereitung

Lege eine Kastenform mit Frischhaltefolie aus.

Püriere die Beeren, bis auf einige, mit 1 EL Honig.

Verrühre den restlichen Honig mit Quark und Joghurt, schlage die Sahne steif und hebe sie darunter.

Ziehe dann die Fruchtmasse unter, gieße alles in die Kastenform und gebe die Form 5 Stunden ins Gefrierfach.

Hole das Eis 15 min. vor dem Servieren aus dem Gefrierfach, stürze es auf eine Platte, ziehe die Frischhaltefolie ab, schneide das Parfait in Scheiben und bestreue es vor dem Servieren mit den restlichen Beeren.

Cranberry – Mango – Kokos – Quark

Nährwerte pro Portion

Kalorien	308 kcal
Kohlenhydrate	30 g
davon zugesetzter Zucker	4 g
Fett	10 g
davon gesättigte Fettsäuren	5,9 g
davon ungesättigte Fettsäuren	4,1 g
Eiweiß	23 g

Zubereitungszeit: 15 min.
Schwierigkeit: leicht
Portionen: 2

Zutaten für 2 Personen

300 g		Magerquark
50	ml	Ananassaft
3	EL	Kokosmilch
2	EL	getrocknete Cranberrys
2	EL	Kokosraspel
2	TL	ungesalzene Erdnüsse
2	TL	flüssiger Honig
½		Mango

Zubereitung

Schäle die halbe Mango und schneide das Fruchtfleisch in Würfel.

Gebe die Mango - Würfel in eine Schüssel, mische Ananassaft und Cranberrys unter und lasse alles 5 min. ziehen.

Hacke zwischenzeitlich die Erdnüsse grob.

Rühre Honig, Kokosraspel, Quark und Kokosmilch unter die Mango - Mischung.

Verteile den fertigen Quark auf 2 Schälchen und bestreue diese mit den Erdnüssen.

Ingwer – Dattel – Kekse

Nährwerte pro Portion

Kalorien	125 kcal
Kohlenhydrate	16 g
davon zugesetzter Zucker	0 g
Fett	5 g
davon gesättigte Fettsäuren	0,6 g
davon ungesättigte Fettsäuren	4,4 g
Eiweiß	3 g

Zubereitungszeit: 35 min.
Schwierigkeit: leicht
Portionen: 50

Zutaten für 50 Personen

125 g	geschälte Mandeln
50 g	Hirse
50 g	Weizenschrot
30	Datteln
2	Eier
1	Stück Ingwer
½	Bio – Orange

Zubereitung

Hacke die Datteln fein und die Mandeln grob.

Mahle die Hirse fein, reibe die Orangenschale ab und hacke den Ingwer fein.

Mische Ingwer, Orangenschale, Mandeln und Datteln.

Trenne die Eier, schlage das Eiweiß mit 1 EL Wasser steif und rühre die Eigelbe unter.

Füge dann die Dattelmischung, Weizenschrot und die Hirse dazu und hebe es vorsichtig unter.

Setze den Teig esslöffelweise auf ein mit Backpapier ausgelegtes Blech und backe die Kekse bei 130°C 10 – 15 min.

Bananen – Feigenkörbchen mit Honigsauce

Nährwerte pro Portion

Kalorien	301 kcal
Kohlenhydrate	34 g
davon zugesetzter Zucker	11 g
Fett	16 g
davon gesättigte Fettsäuren	7,5 g
davon ungesättigte Fettsäuren	8,5 g
Eiweiß	5 g

Zubereitungszeit: 15 min.
Schwierigkeit: leicht
Portionen: 4

Zutaten für 4 Personen

200 g		griechischer Joghurt
3	EL	flüssiger Honig
2	EL	Mandelkerne
2	EL	Butter
1	TL	weißer Balsamicoessig
4		Feigen
2		Bananen

Zubereitung

Schäle die Bananen und halbiere sie längs, schneide alle Feigen in der Mitte durch.

Erhitze die Butter in einer Pfanne und brate die Bananen – und Feigenhälften mit der Schnittfläche nach unten an.

Hacke die Mandeln und mische den Honig mit 2 EL Wasser und dem Balsamicoessig.

Richte Bananen und Feigen auf Tellern an, beträufle sie mit der Honigsauce, garniere sie mit einem großen Klecks Joghurt und bestreue sie mit den Mandeln.

Gegrillte Ananasscheiben

Nährwerte pro Portion

Kalorien	212 kcal
Kohlenhydrate	39 g
davon zugesetzter Zucker	4 g
Fett	3 g
davon gesättigte Fettsäuren	1,7 g
davon ungesättigte Fettsäuren	1,3 g
Eiweiß	4 g

Zubereitungszeit: 20 min.
Schwierigkeit: leicht
Portionen: 4

Zutaten für 4 Personen

300 g		Joghurt (3,5% Fett)
1	EL	Limettensaft
1	EL	flüssiger Honig
1	TL	gemahlener Zimt
1	TL	Kokosblütenzucker
1		Ananas
½		Vanilleschote

Zubereitung

Schneide die Ananas in 1 cm dicke Scheiben.

Verrühre den Zimt mit dem Honig, bestreiche die Ananasscheiben damit und grille diese von beiden Seiten goldbraun.

Mische Vanillemark, Joghurt, Limettensaft und Kokosblütenzucker und serviere die gegrillten Ananasscheiben mit dem Joghurt.

Himbeergallerte

Nährwerte pro Portion

Kalorien	182 kcal
Kohlenhydrate	18 g
davon zugesetzter Zucker	8 g
Fett	0 g
davon gesättigte Fettsäuren	0 g
davon ungesättigte Fettsäuren	0 g
Eiweiß	5 g

Zubereitungszeit: 40 min.
Schwierigkeit: leicht
Portionen: 6

Zutaten für 6 Personen

650 g	Himbeeren
50 g	Rohrzucker
700 ml	heller Traubensaft
12	Blätter weiße Gelatine
4	Stiele Zitronenmelisse
1	Bio – Zitrone

Zubereitung

Weiche die Gelatine 5 min. in kaltem Wasser ein und lege eine Terrine mit Klarsichtfolie aus.
Reibe die Schale der Zitrone ab und presse diese aus.
Schneide die Blätter der Zitronenmelisse in Streifen.
Mische die Himbeeren mit Zitronenmelisse und Zitronenschale und gebe sie in die Form.
Mische den Zitronensaft mit dem Traubensaft, nehme 100 ml davon ab und bringe es unter Rühren mit dem Zucker zum Kochen.
Drücke die Gelatine aus, nehme den Topf von der Herdplatte und löse die Gelatine in der heißen Flüssigkeit auf.
Gebe die Gelatinemischung zum restlichen Traubensaft, verrühre beides miteinander und gieße es in die Terrine und stelle sie 4 Stunden kalt.
Stelle die Terrine vor dem Stürzen kurz in heißes Wasser, um die Ränder zu lösen, entferne die Folie und schneide die Himbeergallerte vor dem Servieren in Scheiben.

SMOOTHIES

Orangen – Grapefruit – Smoothie

Nährwerte pro Portion

Kalorien	140 kcal
Kohlenhydrate	18 g
davon zugesetzter Zucker	3 g
Fett	4 g
davon gesättigte Fettsäuren	1,5 g
davon ungesättigte Fettsäuren	2,5 g
Eiweiß	6 g

Zubereitungszeit: 10 min.
Schwierigkeit: leicht
Portionen: 4

Zutaten für 4 Personen

500 g		Joghurt (1,5% Fett)
1	EL	Sesampaste
1	EL	Honig
2		Prisen Zimt
1		Prise gemahlenen Kardamom
1		Orange
1		Grapefruit

Zubereitung

Schneide 4 Scheiben der Grapefruit ab und presse die restliche Grapefruit und die Orange aus.

Püriere beide Saftsorten, Sesampaste, Honig, Kardamom und Joghurt und fülle das Ganze in 4 Gläser.

Bestreue den Smoothie vor dem Servieren mit Zimt und garniere ihn mit jeweils 1 Grapefruitscheibe.

Joghurt – Avocado – Smoothie

Nährwerte pro Portion

Kalorien	187 kcal
Kohlenhydrate	9 g
davon zugesetzter Zucker	0 g
Fett	14 g
davon gesättigte Fettsäuren	4,9 g
davon ungesättigte Fettsäuren	9,1 g
Eiweiß	6 g

Zubereitungszeit: 10 min.
Schwierigkeit: leicht
Portionen: 4

Zutaten für 4 Personen

400 g	Joghurt (3,5% Fett)
100 ml	Milch (3,5%)
2 TL	Zitronensaft
1	Avocado
1	Bund Basilikum
1	Prise Salz und Pfeffer

Zubereitung

Schneide die Avocado in Stücke und hacke die Hälfte der Basilikumblätter grob.

Püriere Joghurt, Basilikum, Milch, Zitronensaft und die Stücke der Avocado.

Schmecke mit Salz und Pfeffer ab und garniere den Smoothie mit den restlichen Basilikumblättern.

Radieschen – Kresse – Buttermilch – Smoothie

Nährwerte pro Portion

Kalorien	110 kcal
Kohlenhydrate	12 g
davon zugesetzter Zucker	0 g
Fett	1 g
davon gesättigte Fettsäuren	0,8 g
davon ungesättigte Fettsäuren	0,2 g
Eiweiß	10 g

Zubereitungszeit: 10 min.
Schwierigkeit: leicht
Portionen: 2

Zutaten für 2 Personen

100 g	Radieschen
500 ml	Buttermilch
1	Kästchen Kresse
1	Spritzer Zitronensaft
1	Prise Salz und Pfeffer

Zubereitung

Hacke die Radieschen sehr fein und schneide die Kresse.

Mische Buttermilch und Zitronensaft, würze mit Salz und Pfeffer und rühre Kresse und Radieschen unter.

Fülle den Smoothie in Gläser und serviere ihn.

Molke – Walnuss – Johannisbeeren – Smoothie

Nährwerte pro Portion

Kalorien	214 kcal
Kohlenhydrate	26 g
davon zugesetzter Zucker	15 g
Fett	8 g
davon gesättigte Fettsäuren	0,9 g
davon ungesättigte Fettsäuren	7,1 g
Eiweiß	7 g

Zubereitungszeit: 10 min
Schwierigkeit: leicht
Portionen: 2

Zutaten für 2 Personen

250 g	rote Johannisbeeren
200 g	Joghurt (0,1% Fett)
150 ml	Molke
2 EL	gemahlene Walnusskerne
2 EL	Akazienhonig

Zubereitung

Streife die Johannisbeeren von den Rispen und püriere sie mit Joghurt und Molke fein.

Füge Walnüsse und Honig hinzu und püriere alles nochmals.

Fülle den Smoothie in Gläser und serviere ihn.

Banane – Erdbeeren – Orangen – Smoothie

Nährwerte pro Portion

Kalorien	122 kcal
Kohlenhydrate	26 g
davon zugesetzter Zucker	0 g
Fett	2,1 g
davon gesättigte Fettsäuren	0,2 g
davon ungesättigte Fettsäuren	1,8 g
Eiweiß	2,5 g

Zubereitungszeit: 10 min.
Schwierigkeit: leicht
Portionen: 4

Zutaten für 4 Personen

500 g		Erdbeeren
2	EL	Chiasamen
2		Orangen
2		Stiele Minze
1		Banane

Zubereitung

Schneide die Erdbeeren in Stücke und die Banane in Scheiben.

Presse die Orange aus und zupfe die Blättchen der Minze ab.

Püriere Erdbeeren, Orangensaft, Banane, Chiasamen und die Minze fein.

Fülle den Smoothie in Gläser und serviere ihn.

Granatapfel – Pistazien – Smoothie

Nährwerte pro Portion

Kalorien	216 kcal
Kohlenhydrate	15 g
davon zugesetzter Zucker	1,3 g
Fett	13 g
davon gesättigte Fettsäuren	4,4 g
davon ungesättigte Fettsäuren	8,6 g
Eiweiß	9 g

Zubereitungszeit: 15 min.
Schwierigkeit: leicht
Portionen: 2

Zutaten für 2 Personen

150	g	Joghurt (3,5% Fett)
150	ml	Milch (3,5%)
60	ml	Granatapfelsaft
2	EL	Pistazienkerne
2	EL	Granatapfelkerne
1	EL	Reissirup

Zubereitung

Fülle die Granatapfelkerne in eine Eiswürfelform, gieße Wasser darauf und friere sie 4 – 6 Stunden ein.

Püriere 1 EL Pistazienkerne, Milch, Joghurt, Granatapfelsaft und Reissirup fein.

Fülle den Smoothie in Gläser, gebe die Granatapfelkerneiswürfel dazu und bestreue das Ganze vor dem Servieren mit den restlichen gehackten Pistazienkernen.

Kokos – Mango – Smoothie

Nährwerte pro Portion

Kalorien	100 kcal
Kohlenhydrate	15 g
davon zugesetzter Zucker	0 g
Fett	3 g
davon gesättigte Fettsäuren	2 g
davon ungesättigte Fettsäuren	1 g
Eiweiß	2 g

Zubereitungszeit: 10 min.
Schwierigkeit: leicht
Portionen: 4

Zutaten für 4 Personen

100 g		Sahnejoghurt
400 ml		Kokoswasser
1	EL	Zitronensaft
4		Eiswürfel
4		Stiele Minze
1		Mango

Zubereitung

Stelle 4 Scheiben der Mango beiseite und püriere das restliche Fruchtfleisch mit Kokoswasser, Zitronensaft, Joghurt und Eiswürfeln.

Fülle den Smoothie in 4 Gläser und garniere ihn vor dem Servieren mit der Minze und den Mango – Scheiben.

Beeren – Joghurt – Smoothie

Nährwerte pro Portion

Kalorien	110 kcal
Kohlenhydrate	11 g
davon zugesetzter Zucker	0 g
Fett	4 g
davon gesättigte Fettsäuren	1,9 g
davon ungesättigte Fettsäuren	2,1 g
Eiweiß	6 g

Zubereitungszeit: 10 min.
Schwierigkeit: leicht
Portionen: 4

Zutaten für 4 Personen

350 g	gemischte Beeren
100 g	griechischer Joghurt
500 ml	Buttermilch

Zubereitung

Püriere Buttermilch, Beeren und Joghurt, fülle den Smoothie in 4 Gläser und serviere ihn.

Joghurt – Rhabarber – Smoothie

Nährwerte pro Portion

Kalorien	183 kcal
Kohlenhydrate	29,7 g
davon zugesetzter Zucker	10 g
Fett	2,5 g
davon gesättigte Fettsäuren	0,3 g
davon ungesättigte Fettsäuren	2.2 g
Eiweiß	3,9 g

Zubereitungszeit: 15 min.
Schwierigkeit: leicht
Portionen: 4

Zutaten für 4 Personen

400 g	Sojajoghurt
400 g	Rhabarber
40 g	Zucker
100 ml	Wasser
3 EL	Rosenwasser
1 EL	Grenadine - Sirup

Zubereitung

Schneide die Rhabarberstangen in kleine Stücke.

Koche 100 ml Wasser mit dem Zucker auf, gebe den Rhabarber dazu, lasse alles 5 min. weiterköcheln und dann abkühlen.

Püriere dann Rhabarber, Rosenwasser, Grenadine – Sirup und Joghurt mit einem Stabmixer und stelle den Smoothie 1 Stunde kalt.

Tauche vor dem Servieren die Glasränder erst in Zitronensaft und danach in Dekorzucker.

Erdbeeren – Melonen – Smoothie

Nährwerte pro Portion

Kalorien	123 kcal
Kohlenhydrate	16 g
davon zugesetzter Zucker	0 g
Fett	4 g
davon gesättigte Fettsäuren	2,4 g
davon ungesättigte Fettsäuren	1,6 g
Eiweiß	6 g

Zubereitungszeit: 15 min.
Schwierigkeit: leicht
Portionen: 4

Zutaten für 4 Personen

250 g	Joghurt (3,5% Fett)
100 g	Erdbeeren
150 ml	Milch (3,5%)
4	Eiswürfel
½	Honigmelone
½	Zuckermelone

Zubereitung

Schneide die Erdbeeren in kleine Würfel und das Fruchtfleisch der Melonen in große.

Püriere Erdbeeren, Milch und Joghurt, gebe die Eiswürfel und Melonenwürfel dazu und püriere alles nochmals ganz fein.

Fülle den Smoothie in Gläser und garniere ihn vor dem Servieren mit Erdbeerwürfeln.

Haselnuss – Schoko – Smoothie

Nährwerte pro Portion

Kalorien	294 kcal
Kohlenhydrate	16 g
davon zugesetzter Zucker	0 g
Fett	22,4 g
davon gesättigte Fettsäuren	12,1 g
davon ungesättigte Fettsäuren	10,3 g
Eiweiß	8,3 g

Zubereitungszeit: 10 min.
Schwierigkeit: leicht
Portionen: 4

Zutaten für 4 Personen

800 ml		gut gekühlte Milch
150 ml		Sahne
2	EL	Haselnusskerne
5		Riegel Schoko und Keks

Zubereitung

Friere die Schokoriegel 20 min. an und röste währenddessen die Haselnusskerne in einer Pfanne ohne Fett an und lasse sie abkühlen.

Hacke die Schokoriegel fein, stelle 2 EL davon zum Garnieren beiseite.

Püriere die gehackten Schokoriegel, Sahne und Milch fein, fülle den Smoothie in Gläser und bestreue ihn mit den beiseite gestellten Schokostückchen.

Bananen – Gurken – Apfel – Smoothie

Nährwerte pro Portion

Kalorien	117 kcal
Kohlenhydrate	26 g
davon zugesetzter Zucker	0 g
Fett	0 g
davon gesättigte Fettsäuren	0 g
davon ungesättigte Fettsäuren	0 g
Eiweiß	1 g

Zubereitungszeit: 20 min.
Schwierigkeit: leicht
Portionen: 4

Zutaten für 4 Personen

10	Eiswürfel
4	säuerliche Äpfel
2	Stiele Petersilie
1	Banane
1	Zitrone
½	Salatgurke

Zubereitung

Presse die Zitrone aus und schneide Banane, Salatgurke und Äpfel in kleine Würfel.

Hacke die Petersilie und püriere sie mit den Würfeln von Gurke, Äpfeln und Banane.

Fülle den Smoothie in Gläser und serviere ihn.

Papaya – Karotten – Smoothie

Nährwerte pro Portion

Kalorien	242 kcal
Kohlenhydrate	24 g
davon zugesetzter Zucker	7 g
Fett	11 g
davon gesättigte Fettsäuren	2,7 g
davon ungesättigte Fettsäuren	8,3 g
Eiweiß	10 g

Zubereitungszeit: 15 min.
Schwierigkeit: leicht
Portionen: 2

Zutaten für 2 Personen

300 g		Dickmilch
2	EL	Agavendicksaft
1	EL	Sonnenblumenkerne
1	EL	Kürbiskerne
1	TL	Rapsöl
2		Karotten
1		Papaya
½		Limette

Zubereitung

Rasple die Karotten grob und schneide die Papaya in kleine Würfel.

Püriere Papaya, Karotten, Agavendicksaft, Limettensaft, Dickmilch und Rapsöl.

Fülle den Smoothie in Gläser und bestreue ihn vor dem Servieren mit den Sonnenblumen – und Kürbiskernen.

Kresse – Gurken – Smoothie

Nährwerte pro Portion

Kalorien	56 kcal
Kohlenhydrate	6 g
davon zugesetzter Zucker	0 g
Fett	2 g
davon gesättigte Fettsäuren	0,3 g
davon ungesättigte Fettsäuren	1,7 g
Eiweiß	3 g

Zubereitungszeit: 10 min.
Schwierigkeit: leicht
Portionen: 1

Zutaten für 1 Person

100 ml		Sojadrink
2	TL	Paprikapulver
1		Prise Salz
½		Salatgurke
½		Kästchen Kresse

Zubereitung

Schneide die Kresse klein und schneide die Gurke in Würfel.

Püriere Gurkenwürfel, Kresse, ½ TL Paprikapulver, Sojadrink und Salz mit einem Stabmixer.

Gebe das restliche Paprikapulver auf einen Teller, feuchte den Glasrand mit 1 Gurkenscheibe an und drücke das Glas in das Paprikapulver.

Fülle den Smoothie ins Glas und serviere ihn.

Dickmilch – Heidelbeeren – Mandel – Smoothie

Nährwerte pro Portion

Kalorien	190 kcal
Kohlenhydrate	24 g
davon zugesetzter Zucker	5 g
Fett	5 g
davon gesättigte Fettsäuren	0,5 g
davon ungesättigte Fettsäuren	4,5 g
Eiweiß	9 g

Zubereitungszeit: 10 min.
Schwierigkeit: ganz einfach
Portionen: 2

Zutaten für 2 Personen

275 g	Heidelbeeren
400 ml	Dickmilch
2 EL	gehobelte Mandeln
1 EL	flüssiger Honig

Zubereitung

Püriere alle Zutaten mit 3 – 4 Eiswürfeln fein, fülle den Smoothie in Gläser und serviere ihn

Honig – Himbeeren – Haferflocken – Smoothie

Nährwerte pro Portion

Kalorien	210 kcal
Kohlenhydrate	20 g
davon zugesetzter Zucker	8 g
Fett	9 g
davon gesättigte Fettsäuren	3,6 g
davon ungesättigte Fettsäuren	5,4 g
Eiweiß	9 g

Zubereitungszeit: 10 min.
Schwierigkeit: leicht
Portionen: 2

Zutaten für 2 Personen

250 g	Himbeeren
100 g	griechischer Sahnejoghurt
300 ml	Sojadrink
2 EL	Haferflocken
1½ EL	flüssiger Honig

Zubereitung

Püriere Haferflocken, Himbeeren, Joghurt, Sojadrink und Honig mit einem Stabmixer fein und fülle den Smoothie zum Servieren in Gläser.

Kokos – Heidelbeeren – Smoothie

Nährwerte pro Portion

Kalorien	186 kcal
Kohlenhydrate	31 g
davon zugesetzter Zucker	0 g
Fett	5 g
davon gesättigte Fettsäuren	2 g
davon ungesättigte Fettsäuren	3 g
Eiweiß	2 g

Zubereitungszeit: 10 min.
Schwierigkeit: leicht
Portionen: 2

Zutaten für 2 Personen

150 g		Heidelbeeren
300 ml		Mandelmilch
2	TL	Kokosraspel
1	TL	Kokosöl
3		Blätter Minze
2		getrocknete Datteln
1		Banane
1		Prise Zimt

Zubereitung

Schneide die Banane in Stücke und halbiere die Datteln.

Püriere Kokosraspel, Zimt, Mandelmilch, Heidelbeeren, Datteln, Banane und Kokosöl, fülle den Smoothie in Gläser und garniere diesen vor dem Servieren mit der Minze.

Joghurt – Mandel – Smoothie

Nährwerte pro Portion

Kalorien	206 kcal
Kohlenhydrate	12 g
davon zugesetzter Zucker	0 g
Fett	11 g
davon gesättigte Fettsäuren	2 g
davon ungesättigte Fettsäuren	9 g
Eiweiß	10 g

Zubereitungszeit: 10 min.
Schwierigkeit: leicht
Portionen: 1

Zutaten für 1 Person

125 ml	Sojadrink
100 ml	Joghurt
1 EL	gehackte Mandeln
2 TL	Mandelsirup
½	Bio – Orange

Zubereitung

Schneide 1 Scheibe der Orange ab und lege sie beiseite, presse den Rest aus, gebe 1 EL Saft auf einen Teller und ½ EL gehackte Mandeln auf einen zweiten.

Püriere Joghurt, Sojadrink, restliche Mandeln und Orangensaft mit einem Stabmixer fein.

Stelle die Gläser mit dem Rand zuerst in den Orangensaft und dann in die Mandeln.

Fülle schließlich den Smoothie in die dekorierten Gläser und serviere ihn.

Cranberry – Granatapfel – Smoothie

Nährwerte pro Portion

Kalorien	152 kcal
Kohlenhydrate	19 g
davon zugesetzter Zucker	0 g
Fett	4 g
davon gesättigte Fettsäuren	2 g
davon ungesättigte Fettsäuren	2 g
Eiweiß	7 g

Zubereitungszeit: 10 min.
Schwierigkeit: leicht
Portionen: 2

Zutaten für 2 Personen

150 g	Joghurt (1,5% Fett)
100 g	Cranberrys
250 ml	Milch (1,5%)
1	Granatapfel

Zubereitung

Löse die Granatapfelkerne aus und lege 1 EL der Kerne beiseite.

Püriere die restlichen Granatapfelkerne mit dem Joghurt, den Cranberrys und der Milch fein, fülle den Smoothie in Gläser und garniere mit den beiseitegelegten Kernen.

Hagebutten – Sanddorn – Smoothie

Nährwerte pro Portion

Kalorien	193 kcal
Kohlenhydrate	22 g
davon zugesetzter Zucker	0 g
Fett	7 g
davon gesättigte Fettsäuren	1,7 g
davon ungesättigte Fettsäuren	5,3 g
Eiweiß	8 g

Zubereitungszeit: 5 min.
Schwierigkeit: leicht
Portionen: 1

Zutaten für 1 Person

100	ml	Dickmilch
50	g	Joghurt
50	g	Apfelmus ohne Zucker
1	EL	Hagebutten - Mark
1	EL	Sanddorn – Mark
1		Stiel Zitronenmelisse

Zubereitung

Püriere Dickmilch, Joghurt, Apfelmus, Sanddorn – Mus und Hagebutten – Mus fein.

Fülle den Smoothie in Gläser und garniere ihn mit den Blättchen der Zitronenmelisse.

Gurke – Cranberry – Melonen – Smoothie

Nährwerte pro Portion

Kalorien	145 kcal
Kohlenhydrate	28 g
davon zugesetzter Zucker	0 g
Fett	1 g
davon gesättigte Fettsäuren	0,3 g
davon ungesättigte Fettsäuren	0,7 g
Eiweiß	2 g

Zubereitungszeit: 20 min.
Schwierigkeit: leicht
Portionen: 1

Zutaten für 1 Person

200 g	Cranberrys
1	Wassermelone
½	Salatgurke

Zubereitung

Lege 1/3 des Melonenfruchtfleisches beiseite, ebenso wie zwei dicke Gurkenscheiben und schneide die restliche Gurke in grobe Stücke.

Püriere 2/3 des Melonenfruchtfleisches, die Cranberrys und die Gurkenstücke fein.

Schneide das restliche Melonenfruchtfleisch in dicke Stifte und die Gurkenscheiben ein Stück ein.

Fülle den Smoothie in Gläser, stelle die Melonenstifte hinein und setze die Gurkenscheiben an den Glasrand.

Karotten – Orangen – Quark – Smoothie

Nährwerte pro Portion

Kalorien	142 kcal
Kohlenhydrate	19 g
davon zugesetzter Zucker	0 g
Fett	2 g
davon gesättigte Fettsäuren	0,2 g
davon ungesättigte Fettsäuren	1,8 g
Eiweiß	8 g

Zubereitungszeit: 5 min.
Schwierigkeit: leicht
Portionen: 2

Zutaten für 2 Personen

200	ml	Karottensaft
4	EL	Magerquark
1	TL	Rapsöl
2		Orangen
1		Grapefruit

Zubereitung

Presse Orange und Grapefruit aus und püriere die Säfte mit dem Karottensaft, dem Magerquark und dem Öl.

Fülle den Smoothie in Gläser und serviere ihn kalt.

Bananen – Rote Beete - Kirsch – Smoothie

Nährwerte pro Portion

Kalorien	150 kcal
Kohlenhydrate	31 g
davon zugesetzter Zucker	2 g
Fett	1 g
davon gesättigte Fettsäuren	0,2 g
davon ungesättigte Fettsäuren	0,8 g
Eiweiß	2 g

Zubereitungszeit: 5 min.
Schwierigkeit: leicht
Portionen: 2

Zutaten für 2 Personen

150	g	Kirschen
150	ml	Mandeldrink
50	ml	Rote Beete – Saft
1	TL	Honig
1	TL	Limettensaft
1	Msp.	Vanillemark
1		Banane

Zubereitung

Püriere alle Zutaten mit einem Stabmixer fein und fülle den Smoothie zum Servieren in Gläser.

Kumquat – Melonen – Gurken – Smoothie

Nährwerte pro Portion

Kalorien	94 kcal
Kohlenhydrate	19 g
davon zugesetzter Zucker	0 g
Fett	0 g
davon gesättigte Fettsäuren	0 g
davon ungesättigte Fettsäuren	0 g
Eiweiß	3 g

Zubereitungszeit: 10 min.
Schwierigkeit: ganz einfach
Portionen: 2

Zutaten für 2 Personen

4	Kumquats
1	Salatgurke
½	Zuckermelone

Zubereitung

Schneide die Gurke in Stücke und die Melone in Würfel.

Zerteile 1 Kumquat in Scheiben und viertle die restlichen.

Püriere die gewürfelten Kumquats, Melone und Gurke, fülle den Smoothie in Gläser und garniere diese vor dem Servieren mit den Kumquat - Scheiben.

Sanddorn – Dattel – Walnuss – Smoothie

Nährwerte pro Portion

Kalorien	299 kcal
Kohlenhydrate	26 g
davon zugesetzter Zucker	0 g
Fett	15 g
davon gesättigte Fettsäuren	4 g
davon ungesättigte Fettsäuren	11 g
Eiweiß	12 g

Zubereitungszeit: 10 min.
Schwierigkeit: ganz einfach
Portionen: 1

Zutaten für 1 Person

250	ml	Milch (1,5%)
2	EL	gesüßter Sanddornsaft
1½	TL	entöltes Kakaopulver
4		Walnusskerne
2		Datteln
1		Vanilleschote

Zubereitung

Halbiere die Datteln und hacke die Walnusskerne grob.

Püriere 75 ml Milch, 1 TL Kakaopulver, Sanddornsaft, Datteln und Walnüsse mit einem Stabmixer fein.

Fülle den Smoothie in Gläser.

Erwärme die Milch mit dem Vanillemark und schäume sie mit einem Schneebesen auf.

Garniere den Smoothie mit der aufgeschäumten Milch und bestreue ihn mit dem Kakaopulver.

Spinat – Melonen – Smoothie

Nährwerte pro Portion

Kalorien	82 kcal
Kohlenhydrate	15 g
davon zugesetzter Zucker	0 g
Fett	0 g
davon gesättigte Fettsäuren	0 g
davon ungesättigte Fettsäuren	0 g
Eiweiß	4 g

Zubereitungszeit: 15 min.
Schwierigkeit: leicht
Portionen: 1

Zutaten für 1 Person

250 g	junger Blattspinat
1	Zimtstange
1	Prise Muskatnuss
½	Honigmelone

Zubereitung

Schneide das Melonenfruchtfleisch in Würfel und die Zimtstange in dünne Streifen.

Wasche den Spinat und drücke ihn aus.

Püriere Spinat und Melonenwürfel und fülle den Smoothie in Gläser und streue den Muskat darüber.

Mango – Bananen – Limetten – Smoothie

Nährwerte pro Portion

Kalorien	150 kcal
Kohlenhydrate	31 g
davon zugesetzter Zucker	0 g
Fett	1 g
davon gesättigte Fettsäuren	0,3 g
davon ungesättigte Fettsäuren	0,7 g
Eiweiß	2 g

Zubereitungszeit: 10 min.
Schwierigkeit: leicht
Portionen: 2

Zutaten für 2 Personen

200 ml	Molke
3	Stiele Zitronenmelisse
1	Limette
1	Banane
1	Mango

Zubereitung

Schneide das Fruchtfleisch der Mango, bis auf 2 Scheiben, in Würfel.

Schäle die Banane und zerdrücke sie auf einem Teller.

Presse die Limette aus und träufle den Saft über die Banane.

Lege einige Blätter der Zitronenmelisse beiseite und püriere den Rest mit der gewürfelten Mango und der zerdrückten Banane.

Fülle den Smoothie in Gläser und garniere diese vor dem Servieren mit den Scheiben der Mango und der Zitronenmelisse.

Schoko – Bananen – Smoothie

Nährwerte pro Portion

Kalorien	285 kcal
Kohlenhydrate	41 g
davon zugesetzter Zucker	10 g
Fett	9 g
davon gesättigte Fettsäuren	2,8 g
davon ungesättigte Fettsäuren	6,2 g
Eiweiß	8 g

Zubereitungszeit: 10 min.
Schwierigkeit: leicht
Portionen: 1

Zutaten für 1 Person

150 g		Vanillejoghurt
2	EL	Milch (1,5%)
1	TL	entöltes Kakaopulver
1	TL	Schokoraspel
2		Walnusskerne
½		Banane

Zubereitung

Zerkleinere die ½ Banane grob und püriere sie mit Joghurt und Milch schaumig.

Fülle eine Hälfte der Mischung in ein Glas und verrühre sie mit Schokoraspel und Kakaopulver.

Hacke die Walnüsse und gebe sie unter die zweite Hälfte der Mischung.

Lasse die Schokoladenmischung über einen Löffel in die Walnussmischung laufen und serviere den Smoothie mit einem dicken Strohhalm.

Apfel – Cranberry – Smoothie

Nährwerte pro Portion

Kalorien	222 kcal
Kohlenhydrate	42 g
davon zugesetzter Zucker	0 g
Fett	3 g
davon gesättigte Fettsäuren	0,8 g
davon ungesättigte Fettsäuren	2,2 g
Eiweiß	4 g

Zubereitungszeit: 15 min.
Schwierigkeit: leicht
Portionen: 1

Zutaten für 1 Person

100 g	Cranberrys
50 g	Vanillejoghurt (1,5% Fett)
100 ml	Molke
2	Äpfel

Zubereitung

Schneide von 1 Apfel die Schale spiralförmig ab und würfle dann beide.

Püriere die gewürfelten Äpfel, die Cranberrys und die Molke und garniere den Smoothie mit der Apfelschale.

Buttermilch – Aprikosen – Mandarinen – Smoothie

Nährwerte pro Portion

Kalorien	343 kcal
Kohlenhydrate	62 g
davon zugesetzter Zucker	5 g
Fett	2 g
davon gesättigte Fettsäuren	0,8 g
ungesättigte Fettsäuren	1,2 g
Eiweiß	13 g

Zubereitungszeit: 10 min.
Schwierigkeit: ganz einfach
Portionen: 1

Zutaten für 1 Person

200	ml	Buttermilch
75	g	getrocknete Aprikosen
1	EL	Haferkleie
1	TL	Honig
1		Mandarine

Zubereitung

Zerteile die Mandarine in Schnitze und schneide die Aprikosen in Würfel.

Püriere Honig, Haferkleie, Buttermilch, Aprikosen und Mandarine mit dem Stabmixer fein und fülle den Smoothie vor dem Servieren in Gläser.

Ingwer – Pfirsich – Honig – Smoothie

Nährwerte pro Portion

Kalorien	156 kcal
Kohlenhydrate	23 g
davon zugesetzter Zucker	7 g
Fett	2 g
davon gesättigte Fettsäuren	0,4 g
davon ungesättigte Fettsäuren	1,6 g
Eiweiß	8 g

Zubereitungszeit: 15 min.
Schwierigkeit: leicht
Portionen: 2

Zutaten für 2 Personen

150 g	Joghurt (0,3% Fett)
250 ml	Soja – Reis - Drink
1 EL	flüssiger Honig
2	Pfirsiche
2	Stangen Zitronengras
1	Stück Ingwerwurzel
½	Zitrone

Zubereitung

Hacke den inneren weichen Teil des Zitronengrases fein, reibe den Ingwer und presse die Zitrone aus.

Koche Ingwer, Honig, gehacktes Zitronengras und 1 EL Zitronensaft auf, lasse es 1 min. köcheln und dann vollständig abkühlen.

Schneide das Fruchtfleisch der Pfirsiche in Stücke und püriere es mit der Honigmischung, Joghurt und Soja – Reis – Drink und fülle es vor dem Servieren in Gläser.

Soja – Melonen – Smoothie

Nährwerte pro Portion

Kalorien	80 kcal
Kohlenhydrate	12 g
davon zugesetzter Zucker	0 g
Fett	1 g
davon gesättigte Fettsäuren	0,3 g
davon ungesättigte Fettsäuren	0,7 g
Eiweiß	6 g

Zubereitungszeit: 15 min.
Schwierigkeit: leicht
Portionen: 4

Zutaten für 4 Personen

600	ml	Sojadrink
2	EL	Limettensaft
1		Zuckermelone
1		Stiel Minze

Zubereitung

Schneide das Fruchtfleisch der Melone in Würfel und püriere es mit dem Sojadrink und dem Limettensaft.

Fülle den Smoothie in Gläser und garniere ihn vor dem Servieren mit der Minze.

Orangen – Ananas – Joghurt – Smoothie

Nährwerte pro Portion

Kalorien	210 kcal
Kohlenhydrate	31 g
davon zugesetzter Zucker	0 g
Fett	6 g
davon gesättigte Fettsäuren	5,5 g
davon ungesättigte Fettsäuren	0,5 g
Eiweiß	5 g

Zubereitungszeit: 10 min.
Schwierigkeit: leicht
Portionen: 2

Zutaten für 2 Personen

150 g	Joghurt (0,3% Fett)
80 ml	Kokosmilch
1	Ananas
1	Bio – Orange

Zubereitung

Schneide die Ananas in Würfel und presse die Orange, bis auf 2 Spalten, aus.

Püriere Kokosmilch, Joghurt, Ananas und Orangensaft fein, fülle den Smoothie in Gläser und garniere diese vor dem Servieren mit den Orangenspalten.

Dattel – Kokos – Schoko – Smoothie

Nährwerte pro Portion

Kalorien	181 kcal
Kohlenhydrate	35 g
davon zugesetzter Zucker	0 g
Fett	3 g
davon gesättigte Fettsäuren	0,4 g
davon ungesättigte Fettsäuren	2,6 g
Eiweiß	2 g

Zubereitungszeit: 15 min.
Schwierigkeit: leicht
Portionen: 4

Zutaten für 4 Personen

800 ml	Kokosdrink
2 EL	entöltes Kakaopulver
4	getrocknete Datteln
1	Banane
1	Limette

Zubereitung

Schneide Banane und Datteln klein und presse die Limette aus.

Püriere Datteln, Banane, Kokosdrink, Kakaopulver und Limettensaft fein und fülle den Smoothie vor dem Servieren in Gläser.

Buttermilch – Bananen – Stachelbeeren – Smoothie

Nährwerte pro Portion

Kalorien	152 kcal
Kohlenhydrate	27 g
davon zugesetzter Zucker	8 g
Fett	1 g
davon gesättigte Fettsäuren	0,5 g
davon ungesättigte Fettsäuren	0,5 g
Eiweiß	7 g

Zubereitungszeit: 20 min.
Schwierigkeit: leicht
Portionen: 4

Zutaten für 4 Personen

300 g	Stachelbeeren
600 ml	Buttermilch
2 EL	Honig
4	Stiele Minze
2	Bananen

Zubereitung

Wasche die Stachelbeeren und lege einige zum Garnieren beiseite.

Schneide die Bananen in Scheiben und püriere sie mit 200 ml Buttermilch und den Stachelbeeren fein.

Füge dann die restliche Buttermilch und den Honig hinzu und mixe alles schaumig.

Fülle den Smoothie in Gläser und garniere ihn vor dem Servieren mit den beiseitegelegten Stachelbeeren und der Minze.

Avocado – Buttermilch – Orangen – Smoothie

Nährwerte pro Portion

Kalorien	180 kcal
Kohlenhydrate	21 g
davon zugesetzter Zucker	5 g
Fett	7 g
davon gesättigte Fettsäuren	1,8 g
davon ungesättigte Fettsäuren	5,2 g
Eiweiß	6 g

Zubereitungszeit: 10 min.
Schwierigkeit: leicht
Portionen: 1

Zutaten für 1 Person

120 ml		Buttermilch
1	EL	Zitronensaft
1	TL	Honig
1		Bio – Orange
¼		Avocado

Zubereitung

Presse die Orange, bis auf eine Spalte, aus und püriere Orangen – und Zitronensaft, Avocado - Fruchtfleisch, Honig und Buttermilch fein.

Fülle den Smoothie in ein Glas und garniere es mit der Orangenspalte vor dem Servieren.

Bananen – Feigen – Rotkohl – Smoothie

Nährwerte pro Portion

Kalorien	196 kcal
Kohlenhydrate	38 g
davon zugesetzter Zucker	8 g
Fett	2 g
davon gesättigte Fettsäuren	1,3 g
davon ungesättigte Fettsäuren	0,7 g
Eiweiß	6 g

Zubereitungszeit: 20 min.
Schwierigkeit: leicht
Portionen: 4

Zutaten für 4 Personen

200 g		Joghurt (3,5% Fett)
4	EL	Aronia - Beere
3	EL	Akazienhonig
6		Feigen
2		Bananen
1		Rotkohl

Zubereitung

Schneide den Rotkohl in grobe Stücke, die Bananen ebenso und halbiere die Feigen.

Püriere Bananen, Rotkohl, Honig, Feigen, Beeren und Joghurt fein.

Fülle den Smoothie durch ein feines Sieb in Gläser.

Karotten – Tomaten – Smoothie

Nährwerte pro Portion

Kalorien	69 kcal
Kohlenhydrate	16,2 g
davon zugesetzter Zucker	0 g
Fett	0,3 g
davon gesättigte Fettsäuren	0,1 g
davon ungesättigte Fettsäuren	0,2 g
Eiweiß	2,4 g

Zubereitungszeit: 5 min.
Schwierigkeit: leicht
Portionen: 2

Zutaten für 2 Personen

200 ml	Tomatensaft
100 ml	Karottensaft
1	Salatgurke
1	Bund Dill

Zubereitung

Schneide die Gurke in Scheiben und püriere dann alle Zutaten mit einem Stabmixer fein.

Fülle den Smoothie in Gläser und garniere ihn vor dem Servieren mit etwas Dill und jeweils 1 Gurkenscheibe.

Gurken – Tomaten – Kefir – Smoothie

Nährwerte pro Portion

Kalorien	114 kcal
Kohlenhydrate	14 g
davon zugesetzter Zucker	0 g
Fett	2 g
davon gesättigte Fettsäuren	1,1 g
davon ungesättigte Fettsäuren	0,9 g
Eiweiß	7 g

Zubereitungszeit: 10 min.
Schwierigkeit: leicht
Portionen: 1

Zutaten für 1 Person

250 g	Kirschtomaten
100 ml	Kefir
2	Stiele Dill
1	Prise Salz und Pfeffer
½	Salatgurke

Zubereitung

Schneide die geschälte Gurke in Würfel und halbiere die Tomaten, bis auf 3 Stück, die du auf einen spieß steckst.

Püriere Tomatenhälften, 2/3 des Dills, Gurkenwürfel, Salz, Pfeffer und Kefir fein.

Fülle den Smoothie in ein Glas und garniere ihn mit dem restlichen Dill und dem Tomatenspieß.

Joghurt – Kiwi – Trauben – Smoothie

Nährwerte pro Portion

Kalorien	146 kcal
Kohlenhydrate	26 g
davon zugesetzter Zucker	10 g
Fett	2 g
davon gesättigte Fettsäuren	1,1 g
davon ungesättigte Fettsäuren	0,9 g
Eiweiß	4 g

Zubereitungszeit: 25 min.
Schwierigkeit: leicht
Portionen: 4

Zutaten für 4 Personen

400 g		Joghurt (1,5% Fett)
300 g		grüne kernlose Weintrauben
2	EL	Akazienhonig
2	EL	Zitronensaft
2		Kiwis

Zubereitung

Schneide die Kiwis in Scheiben und halbiere die Trauben, bis auf 4 Stück.

Püriere die halbierten Trauben und streiche das Püree durch ein Sieb.

Gebe das Traubenpüree, die Kiwi - Scheiben, Akazienhonig, Zitronensaft und Joghurt in ein hohes Gefäß und püriere alles mit dem Stabmixer.

Fülle den Smoothie in Gläser und garniere ihn vor dem Servieren mit den restlichen Trauben.

Ananas – Sellerie – Maracuja – Smoothie

Nährwerte pro Portion

Kalorien	90 kcal
Kohlenhydrate	17 g
davon zugesetzter Zucker	10 g
Fett	0 g
davon gesättigte Fettsäuren	0 g
davon ungesättigte Fettsäuren	0 g
Eiweiß	2 g

Zubereitungszeit: 20 min.
Schwierigkeit: leicht
Portionen: 2

Zutaten für 2 Personen

75 ml	Ananassaft
1 EL	Ahornsirup
2	Maracujas
2	Staudensellerie
1	Kiwi
½	Bio - Orange

Zubereitung

Streiche das Fruchtfleisch der Maracuja durch ein feines Sieb und schneide die Kiwi und den Staudensellerie klein.

Püriere den Staudensellerie, die Kiwi, Ananassaft und Maracujafruchtfleisch fein und süße mit Ahornsirup.

Fülle den Smoothie in Gläser und serviere ihn.

Erdbeeren – Kiwi – Mango – Smoothie

Nährwerte pro Portion

Kalorien	115 kcal
Kohlenhydrate	22 g
davon zugesetzter Zucker	3 g
Fett	1 g
davon gesättigte Fettsäuren	0,2 g
davon ungesättigte Fettsäuren	0,8 g
Eiweiß	2 g

Zubereitungszeit: 20 min.
Schwierigkeit: leicht
Portionen: 4

Zutaten für 4 Personen

200 g		Erdbeeren
1	TL	Honig
4		Stiele Zitronenmelisse
3		Kiwis
1		Mango
½		Limette

Zubereitung

Schäle Mango und Kiwis.

Lege 4 Spalten der Mango beiseite und würfle den Rest.

Schneide 1 Kiwi in Scheiben, hebe diese bis später auf und schneide den Rest in Würfel.

Presse die Limettenhälfte aus.

Püriere die gewürfelten Früchte mit den Erdbeeren und dem Honig und fülle den Smoothie in Gläser.

Garniere den Smoothie mit den zurückgelegten Früchten und der Zitronenmelisse.

Bananen – Mandel – Smoothie

Nährwerte pro Portion

Kalorien	133 kcal
Kohlenhydrate	22 g
davon zugesetzter Zucker	0 g
Fett	4 g
davon gesättigte Fettsäuren	2 g
davon ungesättigte Fettsäuren	2 g
Eiweiß	2 g

Zubereitungszeit: 10 min.
Schwierigkeit: leicht
Portionen: 2

Zutaten für 2 Personen

400 ml		Mandeldrink
1	TL	Limettensaft
1	TL	Cashew - Mus
2		Stiele Minze
1		Banane

Zubereitung

Schneide die Banane klein und püriere sie mit Limettensaft, Cashew – Mus und Mandeldrink fein.

Fülle den Smoothie in Gläser und garniere ihn mit der Minze.

Kiwi – Mango – Orangen – Smoothie

Nährwerte pro Portion

Kalorien	120 kcal
Kohlenhydrate	23 g
davon zugesetzter Zucker	0 g
Fett	1 g
davon gesättigte Fettsäuren	0,2 g
davon ungesättigte Fettsäuren	0,8 g
Eiweiß	2 g

Zubereitungszeit: 15 min.
Schwierigkeit: leicht
Portionen: 4

Zutaten für 4 Personen

12	Eiswürfel
8	Orangen
4	Kiwis
2	Limetten
1	Ingwerwurzel
1	Mango

Zubereitung
Schäle Ingwer, Kiwis und Mango.

Reibe den Ingwer und schneide das Fruchtfleisch von Mango und Kiwis in Würfel.

Schneide 1 Orange in Scheiben und presse die restlichen Orangen und die Limette aus.

Püriere Eiswürfel, Limetten – und Orangensaft, Kiwi, Mango und Ingwer fein und fülle den Smoothie in Gläser und garniere ihn mit den Orangenscheiben

Mango – Ananas – Bananen – Smoothie

Nährwerte pro Portion

Kalorien	165 kcal
Kohlenhydrate	34 g
davon zugesetzter Zucker	0 g
Fett	1 g
davon gesättigte Fettsäuren	0,3 g
davon ungesättigte Fettsäuren	0,7 g
Eiweiß	3 g

Zubereitungszeit: 20 min.
Schwierigkeit: leicht
Portionen: 4

Zutaten für 4 Personen

300 g	Ananas
200 ml	Buttermilch
2	Mangos
2	Bananen

Zubereitung

Schäle Mangos, Bananen und Ananas und schneide alles in Würfel

Püriere die gewürfelten Zutaten mit Buttermilch fein und fülle den Smoothie in Gläser.

Vanille – Buttermilch – Brombeeren – Smoothie

Nährwerte pro Portion

Kalorien	250 kcal
Kohlenhydrate	19 g
davon zugesetzter Zucker	0 g
Fett	13 g
davon gesättigte Fettsäuren	5,4 g
davon ungesättigte Fettsäuren	7,6 g
Eiweiß	13 g

Zubereitungszeit: 15 min.
Schwierigkeit: leicht
Portionen: 4

Zutaten für 4 Personen

500	g	Brombeeren
40	g	Cashewkerne
700	ml	Buttermilch
80	ml	Schlagsahne
4	EL	Magerquark
1	TL	Zitronensaft
1		Vanilleschote

Zubereitung

Kratze das Mark aus der Vanilleschote und püriere es mit Buttermilch, Quark, Brombeeren, Zitronensaft und Cashewkernen fein.

Schlage die Sahne steif, fülle den Smoothie in Gläser und garniere ihn damit.

Apfel – Kräuter – Orangen – Smoothie

Nährwerte pro Portion

Kalorien	75 kcal
Kohlenhydrate	16 g
davon zugesetzter Zucker	0 g
Fett	1,5 g
davon gesättigte Fettsäuren	0,2 g
davon ungesättigte Fettsäuren	1,3 g
Eiweiß	1,9 g

Zubereitungszeit: 15 min.
Schwierigkeit: leicht
Portionen: 4

Zutaten für 4 Personen

150 g		Spinat
500 ml		Mineralwasser
1	TL	Olivenöl
2		Handvoll gemischte Kräuter
2		Äpfel
1		Orange

Zubereitung

Wasche die Kräuter und den Spinat, schneide alle Äpfel in grobe Stücke und presse die Orange aus.

Püriere Kräuter, Spinat, Apfelstücke und Orangensaft, gebe Öl und Wasser hinzu und mixe alles schaumig.

Fülle den Smoothie in Gläser und serviere ihn mit Strohhalmen.

Dattel – Feldsalat – Birnen – Smoothie

Nährwerte pro Portion

Kalorien	130 kcal
Kohlenhydrate	21 g
davon zugesetzter Zucker	0 g
Fett	4 g
davon gesättigte Fettsäuren	0,4 g
davon ungesättigte Fettsäuren	3,6 g
Eiweiß	3 g

Zubereitungszeit: 15 min.
Schwierigkeit: leicht
Portionen: 4

Zutaten für 4 Personen

100	g	Feldsalat
20	g	Mandelkerne
20	g	getrocknete Datteln
2	EL	Haferflocken
2	EL	Limettensaft
2		weiche Birnen

Zubereitung

Wasche den Feldsalat und schneide die Birnen in kleine Würfel.

Püriere Datteln, Mandeln, 300 ml Wasser, Birnen, Feldsalat und 1½ EL Haferflocken fein.

Fülle den Smoothie in Gläser und bestreue ihn vor dem Servieren mit den restlichen Haferflocken.

Buttermilch – Kirsch – Smoothie

Nährwerte pro Portion

Kalorien	232 kcal
Kohlenhydrate	31 g
davon zugesetzter Zucker	0 g
Fett	5 g
davon gesättigte Fettsäuren	3 g
davon ungesättigte Fettsäuren	2 g
Eiweiß	13 g

Zubereitungszeit: 10 min.
Schwierigkeit: leicht
Portionen: 2

Zutaten für 2 Personen

300 g	Kirschen
200 g	Dickmilch
500 ml	Buttermilch
2 EL	Agavendicksaft
1	Prise gemahlener Kardamom

Zubereitung

Entsteine die Kirschen und püriere sie mit Agavendicksaft, Kardamom, Buttermilch und Dickmilch fein.

Fülle den Smoothie in Gläser und serviere ihn.

Rote Beete – Karotten – Smoothie

Nährwerte pro Portion

Kalorien	74 kcal
Kohlenhydrate	14 g
davon zugesetzter Zucker	0 g
Fett	1 g
davon gesättigte Fettsäuren	0,1 g
davon ungesättigte Fettsäuren	0,9 g
Eiweiß	2 g

Zubereitungszeit: 10 min.
Schwierigkeit: leicht
Portionen: 1

Zutaten für 1 Person

100 ml	Rote Beete Saft
50 ml	Karottensaft
1	Bio – Orange

Zubereitung

Ziehe die Schale der Orange mit einem Sparschäler dünn ab und schneide sie in feine Streifen.

Presse die Orange aus und püriere den Saft mit Möhren – und Rote Beete – Saft.

Fülle den Smoothie in ein Glas und garniere ihn vor dem Servieren mit der Orangenschale.

SCHLUSSWORT

Ich hoffe, dass ich Dir mit diesem Buch viele Tipps und Tricks geben konnte, damit die Umstellung von Muttermilch / Flaschenmilch auf feste Nahrung für Dein Kind problemlos vonstattengehen kann.

Schließlich muss sich der gesamte Körper des kleinen Erdenbürgers anpassen und oft wird vergessen, wie komplex dieser Schritt ist und dass das Essen ein Ritual ist, welches erlernt werden muss. Wenn diese Kapazitäten begriffen und genutzt werden, ist es für Dich als Elternteil ein Leichtes, Deinem kleinen Wonneproppen bei den Mahlzeiten fundamentale Details beizubringen.

Die Facetten der Ernährung sind so verschiedenartig wie die Kinder selbst. Die Erreichung des Ziels hängt von der Geschwindigkeit ab, die jedes einzelne Kind vorgibt, so dass dieser neue Kurs mit Ruhe und Besinnlichkeit beschritten werden sollte und nicht mit Eile und Hast.

Hoffentlich ist mir die verständliche Darstellung der Informationen gelungen, wichtige Dinge in Deinen Alltag mit Kind reibungslos zu integrieren.

Die Begleitung Deiner Familie auf diesem Weg war mir eine Freude und so bin ich optimistisch, dass die Informationen, Tipps und Tricks dazu beitragen werden, dass Du Dich traust, Neues auszuprobieren.

Meine Bitte an Dich wäre, dass wenn dir dieses Buch gefallen hat und es Dir ein wenig einen Weg gezeigt hat, die für Dich wichtigen Entscheidungen zu treffen, dann würde ich mich über eine positive Rezension von Dir sehr freuen.

RECHTLICHES

Impressum

Vital children wird vertreten durch:

Marc Wagener

Sassenfeld 6a

41334 Nettetal

Deutschland

Coverbild

Design: fiver.com; Cover: oksun70 | depositphotos.com

Icon

Printed in Poland
by Amazon Fulfillment
Poland Sp. z o.o., Wrocław

51090874R00201